W0029684

DIE WELT DES CHRESTOMANCI

Neun Leben für den Zauberer

Diana Wynne Jones

DIE WELT DES CHRESTOMANCI

Neun Leben für den Zauberer

Aus dem Englischen von
Ingrid Weixelbaumer

CARLSEN

Außerdem bei Carlsen erschienen:
DIE WELT DER CHRESTOMANCI
Zauberstreit in Caprona
Sieben Tage Hexerei

Unter dem Titel »Wir sind aufs Hexen ganz versessen« 1981 in gekürzter Fassung im Cecilie Dressler Verlag erschienen.

3 4 5 03 02 01

Originalverlag: Macmillan Children's Books, Great Britain 1977
Originaltitel: Charmed Life
Deutsch von Ingrid Weixelbaumer
Umschlagtypografie: Doris K. Künster
Umschlagillustration: Sabine Wilharm
Lektorat: Gabriele Dietz
Satz: Dörlemann Satz, Lemförde
Druck und Bindung: Pustet, Regensburg
ISBN: 3-551-55211-8
Printed in Germany

Erstes Kapitel

Cat Chant bewunderte seine Schwester Gwendolen. Sie war älter als er und sie war eine Hexe. Er bewunderte sie und hing an ihr – ja, er klammerte sich an sie. Große Veränderungen waren in ihr Leben getreten und hatten zur Folge, dass Cat niemand sonst blieb, an den er sich klammern konnte.

Die erste große Veränderung brachte eine Dampferfahrt. Es war ein heißer Tag. Der Dampfer war voll gestopft mit Leuten in feinen Kleidern, man redete und lachte und aß Schnecken mit dünnen gebutterten Weißbrotscheiben.

Tatsächlich war der Dampfer überlastet und uralt. Irgendetwas war mit dem Steuer nicht in Ordnung. Die ganze lachende, Schnecken schmausende Gesellschaft in Sonntagskleidern wurde von der Strömung erfasst und fortgerissen. Unterhalb des Wehrs rammte der Dampfer einen der Pfosten, die verhindern sollten, dass Menschen von der Strömung erfasst und fortgerissen wurden, und der Raddampfer, alt, wie er war, brach mitten entzwei. Wolken von Dampf pfiffen aus geborstenen Rohren und übertönten das Schreien der Unglücklichen, die einer nach dem anderen über Bord gingen. Die Damen in ihren hautengen Röcken und die Herren in maßgeschneidertem blauem Tuch konnten überhaupt nicht schwimmen. Aber Gwendolen war eine Hexe, darum ertrank sie nicht. Und Cat, der sich an Gwendolen festkrallte, als das Schiff den Pfosten rammte, kam ebenfalls mit dem Leben davon. Außer ihnen gab es nur wenige Überlebende.

Das ganze Land war zutiefst erschüttert. Die Raddampfergesellschaft und die Stadt Wolvercote kamen gemeinsam für die Beerdigungskosten auf. Gwendolen und Cat erhielten von öffentlicher Hand grobe schwarze Kleider und fuhren in einer von schwarzen Pferden gezogenen Kutsche, jedes mit einem schwarzen Federbusch auf dem Kopf, hinter den Leichenwagen her. Die restlichen Überlebenden leisteten ihnen Gesellschaft. Cat betrachtete sie und fragte sich, ob sie wohl auch Hexen und Zauberer waren; er sollte es nie erfahren. Der Bürgermeister von Wolvercote hatte für die Katastrophenopfer einen Fonds gegründet. Aus allen Ecken des Landes strömte Geld herbei. Die anderen nahmen ihr Teil und reisten ab, um anderswo ein neues Leben zu beginnen. Alle – außer Cat und Gwendolen. Da sich nirgendwo Verwandte der beiden finden ließen, blieben sie in Wolvercote.

Eine Zeit lang genossen sie es, berühmt zu sein. Jedermann war sehr freundlich zu ihnen. Alle sagten, was für hübsche kleine Waisen sie doch seien. Das stimmte. Beide waren blond, mit heller Haut und blauen Augen, und Schwarz stand ihnen ganz ausgezeichnet. Gwendolen war bildhübsch und ziemlich groß für ihr Alter. Cat dagegen war eher klein. Gwendolen behandelte ihn mütterlich. Die Leute fanden das rührend und Cat war es nur recht. Es half ihm ein wenig über das Gefühl der Verlorenheit und Leere hinweg, das ihn erfüllte. Damen der Gesellschaft brachten ihm Kuchen und schenkten ihm Spielsachen. Ratsherren kamen und erkundigten sich nach seinem Wohlergehen. Und der Bürgermeister sprach persönlich vor und tätschelte seinen Kopf. Er erklärte ihnen, dass das Geld aus dem Fonds von einer Treuhandgesellschaft verwaltet würde, bis sie beide erwachsen seien. So lange werde die Stadt für ihre Erziehung und ihren Unterhalt aufkommen.

»Und wo wollt ihr Kinder wohnen?«, fragte er gütig.

Prompt antwortete Gwendolen, Mrs Sharp eine Treppe tiefer hätte ihnen angeboten sie bei sich aufzunehmen. »Mrs Sharp war immer so freundlich zu uns«, fügte sie hinzu. »Wir möchten sehr gern bei ihr wohnen.«

Mrs Sharp war wirklich immer besonders freundlich zu ihnen gewesen. Auch sie war eine Hexe. Eine *beglaubigte Hexe*, wie das Schild in ihrem Fenster verkündete.

Der Bürgermeister zögerte. Wie alle, die kein Talent zum Hexen und Zaubern haben, missbilligte er diejenigen, die es besaßen. Er fragte Cat, wie er sich zu Gwendolens Plan stelle. Cat hatte nichts dagegen. Er wollte gern weiter in dem Haus wohnen, in dem er bisher gewohnt hatte. Da der Bürgermeister das Glück der beiden im Sinn hatte, willigte er ein. Gwendolen und Cat zogen eine Treppe tiefer zu Mrs Sharp.

Viel später erst wurden Cat die Zusammenhänge klar. Er erinnerte sich, dass dies der Moment der Wahrheit gewesen war, der Augenblick, wo er erkannte, dass Gwendolen eine Hexe war. Bis zu jenem Zeitpunkt war er sich nicht sicher gewesen. Wenn er seine Eltern fragte, hatten sie nur bekümmert den Kopf geschüttelt. Wie zum Beispiel damals, als Gwendolen ihm Krämpfe geschickt hatte. Es war eine entsetzliche Aufregung gewesen und Cat wollte nicht glauben, dass Gwendolen daran schuld sein sollte.

Doch jetzt war das alles ganz anders. Mrs Sharp machte kein Hehl daraus.

»Du hast wirklich Talent zum Hexen, mein Schatz«, sagte sie glückstrahlend zu Gwendolen. »Und ich würde es mir nie verzeihen, wenn ich zuließe, dass dieses Talent vergeudet wird. Wir müssen uns auf der Stelle nach einem Lehrer für dich umsehen. Es gäbe Schlimmeres, als Mr Nostrum von nebenan zu bitten. Er mag ja der schlechteste Geisterbeschwörer in der Stadt sein, aber er ist ein hervorragender Lehrmeister. Er wird dir eine solide Grundlage vermitteln, mein Herz.«

Der Zauberunterricht bei Mr Nostrum kostete je Stunde 1 Pfund für Anfänger und 1 Guinee, also ein Goldstück, für Fortgeschrittene. Ziemlich teuer, fand Mrs Sharp. Sie setzte ihren besten Hut auf, den mit den schwarzen Perlen, und eilte ins Rathaus, um sich zu erkundigen, ob der Fonds für Gwendolens Unterricht aufkäme.

Zu ihrem Ärger lehnte der Bürgermeister ab. Er erklärte Mrs Sharp klipp und klar, dass Hexen und Zaubern nicht zur normalen Schulbildung gehörten. Die Perlen auf ihrem Hut rasselten vor Empörung, als Mrs Sharp unverrichteter Dinge heimkam. Der Bürgermeister hatte ihr eine flache Pappschachtel in die Hand gedrückt, voll mit Krimskrams, den die liebenswürdigen Damen der Gesellschaft im Schlafzimmer von Gwendolens Eltern eingesammelt hatten.

»Wenn einer ein Talent hat, so hat er auch das Recht, es zu entfalten«, sagte Mrs Sharp und knallte die Schachtel auf den Küchentisch. »Und das habe ich ihm auch gesagt! Aber keine Sorge, mein Schatz«, fügte sie hinzu, als Gwendolen aufbrausen wollte. »Irgendein Weg findet sich immer. Mr Nostrum würde dich bestimmt kostenlos unterrichten, wenn wir ihm nur den richtigen Anreiz bieten. Werfen wir doch mal einen Blick in diese Schachtel hier. Wer weiß, vielleicht haben deine armen Eltern irgendetwas hinterlassen, was diesen Zweck erfüllen könnte.«

Mrs Sharp leerte den Inhalt der Schachtel auf den Tisch aus. Eine merkwürdige Ansammlung unterschiedlichster Dinge kam zum Vorschein. Cat konnte sich nicht erinnern, auch nur die Hälfte davon früher schon mal gesehen zu haben. Da fand sich eine Heiratsurkunde, die besagte, dass Francis John Chant und Caroline Mary Chant vor zwölf Jahren in der Kirche St. Margaret getraut worden waren, weiter ein vertrockneter Blumenstrauß, mit dem seine Mutter vermutlich vor den Altar getreten war. Darunter kam ein

Paar funkelnder Ohrringe zum Vorschein, die Cat nie an seiner Mutter gesehen hatte.

Mrs Sharps Hut rasselte, als sie sich rasch darüber beugte. »Brillantohrringe!«, rief sie. »Eure Mutter muss vermögend gewesen sein! Also, wenn ich die Mr Nostrum brächte … Aber wir kriegen mehr dafür, wenn ich sie zu Mr Larkins trage.« Mr Larkins war der Besitzer des Trödelladens an der Ecke, bloß dass er nicht nur Trödel verkaufte. Zwischen Kaminvorsetzern aus Messing und angeschlagenem Tongeschirr konnte man manchmal auch recht wertvolle Dinge entdecken sowie den diskreten Hinweis: *Exotische Waren* – was besagte, dass Mr Larkins in seinem Laden auch Fledermausflügel, getrocknete Wassermolche, Alraunwurzeln und ähnliche Zaubermittel führte. Kein Zweifel, dass Mr Larkins sich sehr für ein Paar Brillantohrringe interessieren würde. Mrs Sharps Augen verengten sich zu begehrlichen Schlitzen, als sie die Hand nach den Ohrringen ausstreckte.

Im selben Moment streckte auch Gwendolen die Hand danach aus. Wortlos. Mrs Sharp sagte ebenfalls nichts. Beide Hände verharrten in der Luft. Man konnte spüren, dass hier ein grimmiger, unsichtbarer Kampf stattfand. Dann ließ Mrs Sharp die Hand sinken. »Danke«, sagte Gwendolen kalt und steckte die Ohrringe in die Tasche ihres schwarzen Kleides.

»Siehst du?«, sagte Mrs Sharp, die gern das Beste daraus machen wollte. »Du bist wirklich begabt, mein Schatz!« Damit wandte sie sich dem restlichen Inhalt der Schachtel zu. Sie kramte eine alte Pfeife, Bänder, ein Zweiglein Erika mit weißen Blüten, Speisekarten, Konzertkarten und schließlich ein Bündel alter Briefe hervor. Sie strich mit dem Daumen an der Kante entlang. »Liebesbriefe«, sagte sie. »Er an sie.« Ohne die Briefe näher anzusehen legte sie das Bündel wieder hin und griff nach einem zweiten. »Sie an ihn. Wertlos.«

Cat beobachtete, wie Mrs Sharp mit ihrem breiten roten Daumen ein drittes Bündel Briefe abtastete, und dachte, dass man eine Menge Zeit sparte, wenn man eine Hexe war.

»Geschäftsbriefe«, sagte Mrs Sharp. Ihr Daumen hielt an und strich dann noch einmal langsam an dem Stoß aufwärts. »Nun, was haben wir denn da?«, sagte sie, knüpfte das rosa Band auf, mit dem das Bündel verschnürt war, und zog vorsichtig drei Briefe heraus. Sie faltete sie auseinander.

»Chrestomanci!«, rief sie. Kaum hatte sie es ausgesprochen, schlug sie sich auf den Mund. Ihr Gesicht war rot. Cat sah, dass sie zugleich überrascht, erschrocken und voller Habgier war. »Was mag *ihn* bewogen haben deinem Vater zu schreiben?«

»Lassen Sie sehen«, sagte Gwendolen.

Mrs Sharp breitete die drei Briefe auf dem Küchentisch aus. Gwendolen und Cat beugten sich darüber. Was Cat als Erstes ins Auge sprang, war die energische Unterschrift auf allen dreien:

Weiter fiel ihm auf, dass zwei der Briefe von derselben energischen Hand geschrieben waren wie die Unterschriften. Der erste trug ein zwölf Jahre zurück liegendes Datum, kurz nachdem seine Eltern geheiratet hatten. Er lautete:

Lieber Frank,
nun setz dich nicht gleich aufs hohe Ross. Ich habe dir das Angebot nur gemacht, weil ich dachte, es könnte hilfreich sein. Ich bin nach wie vor zu jeder mir möglichen Hilfeleistung bereit, wenn du mich wissen lässt, was ich in der Sache tun kann. Ich fühle mich dir verpflichtet. Stets dein
Chrestomanci

Der zweite Brief war kürzer.

Lieber Chant,
ich wünsche dir das Gleiche. Fahr zur Hölle. Chrestomanci

Das Datum des dritten Briefes war sechs Jahre alt und dieser war von anderer Hand geschrieben. Chrestomanci hatte nur seinen Namen darunter gesetzt.

Sir,
vor sechs Jahren wurden Sie gewarnt, dass etwas dergleichen geschehen könnte, und Sie haben unmissverständlich zu verstehen gegeben, dass Sie diesbezüglich keine Hilfe in Anspruch nehmen wollen. Ihre Probleme interessieren uns nicht. Außerdem sind wir kein Wohltätigkeitsverein.
Chrestomanci

»Was mag ihm dein Vater bloß gesagt haben?«, überlegte Mrs Sharp laut, von Neugier und Ehrfurcht ergriffen. »Nun, was glaubst du, mein Schatz?«

Gwendolen hielt die Hände mit gespreizten Fingern über die Briefe, fast so, als wärmte sie sie über dem Feuer. Der kleine Finger an jeder Hand zuckte. »Ich weiß nicht. Es scheint sich um etwas sehr Wichtiges zu handeln – vor allem der erste und der dritte klingen wahnsinnig interessant.«

»Wer ist Chrestomanci?«, fragte Cat. Der Name war schwer auszusprechen. Er zerstückelte ihn und versuchte sich zu erinnern, wie Mrs Sharp gesagt hatte: KREST-OH-MAN-TSCHI. »Ist das richtig so?«

»Ja, vollkommen richtig. Aber zerbrich dir nicht den Kopf darüber, wer er ist, mein Liebling«, sagte Mrs Sharp. »Und wichtig und interessant sind schwache Wörter dafür, mein Schatz. Ich möchte wissen, was dein Vater zu ihm gesagt hat. Es war sicher etwas, das nicht viele Leute auszusprechen wagen, wenn ich das richtig deute. Und sieh, was er dafür bekommen hat! Drei echte Unterschriften! Mr Nostrum würde sein Augenlicht dafür geben. Oh, du bist ein Glückspilz! Dafür wird er dich garantiert kostenlos unterrichten! Jeder Hexenmeister hier zu Lande würde das tun!«

Vergnügt begann Mrs Sharp, die Sachen wieder in die Schachtel zu räumen. »Was mag das hier sein?« Ein kleines rotes Streichholzheft war aus dem Bündel Geschäftsbriefe herausgefallen. Mrs Sharp hob es vorsichtig auf und öffnete es ebenso vorsichtig. Knapp die Hälfte der dünnen Streichhölzer war noch übrig. Drei davon waren abgebrannt ohne aus dem Heft gerissen worden zu sein. Das dritte war so stark versengt, dass Cat vermutete, dieses müsse die beiden anderen mit in Brand gesteckt haben.

»Hm«, machte Mrs Sharp. »Ich glaube, das solltest du lieber an dich nehmen, mein Schatz.« Sie gab Gwendolen das kleine rote Heft und Gwendolen steckte es zu den Ohrringen in die Tasche. »Und wie wäre es, wenn du das hier behältst, mein Liebling?«, sagte Mrs Sharp zu Cat, da ihr einfiel, dass auch er ein Anrecht auf die Sachen hatte. Sie reichte ihm das Erikazweiglein mit den weißen Blüten. Cat steckte es ins Knopfloch und trug es so lange, bis es zerfiel.

Gwendolen schien aufzublühen, seit sie bei Mrs Sharp wohnte. Ihre Haare schienen noch goldener zu glänzen, das Blau ihrer Augen leuchtete tiefer und ihr ganzes Auftreten strahlte Frohsinn und Zuversicht aus. Vielleicht schrumpfte Cat ein wenig, um ihr Platz zu machen – er merkte es selbst gar nicht. Nicht etwa, dass er unglücklich gewesen wäre. Mrs Sharp war zu ihm genauso freundlich und gut wie zu Gwendolen. Die Stadt kümmerte sich vorbildlich um sie beide. Cat und Gwendolen wurden auf die beste Schule in Wolvercote geschickt. Cat ging gern hin. Er hatte nur ein einziges Problem, er war Linkshänder. Die Lehrer bestraften ihn, sooft sie ihn dabei erwischten, dass er mit der linken Hand schrieb. Aber so war es in allen Schulen, in denen Cat bisher gewesen war, und er hatte sich daran gewöhnt. Alle mochten ihn und er hatte viele Freunde. Trotzdem fühlte er sich im tiefsten Herzen einsam und verloren. Deshalb klammerte er sich so an Gwendolen – weil sie allein seine Familie war.

Manchmal riss ihr ein wenig die Geduld mit ihm. »Lass mich jetzt endlich mal in Ruhe, Cat«, pflegte sie in solchen Momenten zu sagen, »sonst ...« Dann packte sie ihre Lehrbücher in eine Notenmappe und eilte zu Mr Nostrum hinüber.

Mr Nostrum war hochbeglückt, dass er Gwendolen unterrichten durfte und dafür die Briefe bekam. Mrs Sharp gab ihm jeweils einen für die Dauer eines Jahres, beginnend mit dem letzten Brief. »Nicht alle auf einmal«, sagte sie. »Er könnte sonst habgierig werden. Und wir wollen den besten bis zuletzt aufsparen.«

Gwendolen war eine hervorragende Schülerin. Ja, sie war eine so viel versprechende Hexe, dass sie die erste Anfängerklasse übersprang und gleich in der zweiten begann. Das Examen für die zweite und dritte Klasse erledigte sie in einem Aufwasch kurz nach Weihnachten und im darauf folgenden Sommer trat sie bereits in den Kreis der fortgeschrittenen Zauberlehrlinge ein. Sie war Mr Nostrums Lieblingsschülerin – wie er Mrs Sharp über die gemeinsame Hofmauer mitteilte – und Gwendolen kam stets strahlend vom Unterricht nach Hause. So ging sie denn an zwei Abenden wöchentlich zu Mr Nostrum hinüber, mit ihrer Notenmappe unterm Arm, genauso wie andere zum Musikunterricht gehen. Tatsächlich führte Mrs Sharp in den Rechnungen, die sie dem Gemeinderat vorlegte, Musikstunden für Gwendolen auf. Cat fand das ziemlich unredlich, weil Mr Nostrum in Wirklichkeit ja nur die Briefe als Lohn erhielt.

»Ich muss mir für meine alten Tage etwas beiseite legen«, rechtfertigte sich Mrs Sharp ungehalten. »Es bringt mir nicht eben sehr viel ein, euch bei mir zu haben, oder? Und ich kann mich nicht darauf verlassen, dass deine Schwester sich an mich erinnern wird, wenn sie erst mal erwachsen und berühmt ist. Oh nein – darüber mache ich mir keine Illusionen.«

Cat wusste, dass Mrs Sharp sehr wahrscheinlich Recht hatte. Sie tat ihm sogar ein wenig Leid, denn er hatte mittlerweile gemerkt, dass sie keine sehr gute Hexe war. Wenn das Schild in ihrem Fenster sie als *beglaubigte Hexe* anpries, so war das in Wahrheit die allerniedrigste Stufe. Es kam nur dann jemand zu ihr, um sich Rat und Hilfe durch Zauberei zu holen, wenn er sich die drei *akkreditierten Hexen* ein Stück weiter unten in der Straße nicht leisten konnte. Mrs Sharp besserte ihre Einkünfte auf, indem sie für Mr Larkins, den Besitzer des Trödelladens, Vermittlerdienste übernahm. Sie beschaffte ihm ›exotische Waren‹, das heißt gewisse fremdartige Zaubermittel von nicht weiter her als aus London. »Oh ja«, sagte sie oft zu Gwendolen, »Beziehungen, die habe ich. Ich kenne die richtigen Leute, die mir jederzeit einen Liter Drachenblut besorgen können, ungesetzlich oder nicht.

Solange du mich hast, mein Schatz, wird es dir an nichts fehlen.«

Vielleicht hoffte Mrs Sharp, obwohl sie sich über Gwendolen keine Illusionen machte, sie könnte eines Tages, wenn Gwendolen erwachsen sein würde, dennoch ihre Managerin werden. Cat vermutete das jedenfalls. Aber er war überzeugt, dass Gwendolen sie ablegen würde wie einen alten Hut, sobald sie berühmt war. Deshalb sagte er: »Aber *ich* werde mich dann um Sie kümmern.« Er konnte sich das nicht wirklich vorstellen, aber es war ihm ein Bedürfnis, ihr das zu sagen.

Mrs Sharp dankte es ihm von Herzen. Zur Belohnung meldete sie ihn in der Musikschule an. »Damit auch der Bürgermeister keinen Grund mehr hat, sich zu beklagen«, erklärte sie, stolz darauf, zwei Fliegen mit einem Schlag getroffen zu haben.

Cat begann Geige spielen zu lernen. Er fand, dass er gute Fortschritte machte, und übte fleißig. Nie würde er begreifen, warum die Leute, die eine Treppe höher wohnten, jedes Mal auf den Fußboden klopften, sobald er zu fiedeln anfing. Mrs Sharp, die total unmusikalisch war, nickte ihm lächelnd zu, wenn er spielte, und spornte ihn auf diese Weise mächtig an.

Eines Abends fiedelte er so vor sich hin, als Gwendolen hereinstürzte und ihm einen Zauberspruch ins Gesicht schleuderte. Bestürzt stellte Cat fest, dass er eine große gestreifte Katze am Schwanz hielt. Er hatte ihren Kopf unter sein Kinn geklemmt und sägte mit dem Geigenbogen auf ihrem Rücken herum. Hastig ließ er sie fallen. Dennoch biss und kratzte sie, dass es wehtat.

»Warum hast du das getan?«, fragte er Gwendolen. Die Katze machte einen Buckel und starrte ihn an.

»Weil ich diese Katzenmusik einfach nicht länger ertragen kann«, antwortete Gwendolen. »Da – miez, miez!« Die Katze hatte auch für Gwendolen nichts übrig. Sie kratzte die Hand, die sie ihr hinstreckte. Gwendolen versetzte ihr einen Klaps. Die Katze rannte davon, Cat hinter ihr her. »Halt!«, rief er. »Das ist doch meine Geige! Halt!« Aber die Katze entwischte ihm und das war das Ende der Geigenstunden.

Mrs Sharp war von Gwendolens Talentprobe sehr beeindruckt. Sie rückte einen Stuhl an die Hofmauer, kletterte hinauf und erstattete Mr Nostrum auf der anderen Seite der Mauer Bericht. Von dort verbreitete sich die Geschichte wie ein Lauffeuer in der Nachbarschaft.

Diese Nachbarschaft wimmelte von Hexen und Wahrsagerinnen, Zauberern und Magiern. All diese Leute brachten Gwendolen großes und wohlwollendes Interesse entgegen. Die Katzengeschichte beeindruckte sie enorm. Tatsächlich hätschelten sie die Katze wie ein Maskottchen und nannten es – wie könnte es anders sein – Fiedel. Und obwohl das Tier übellaunig und zänkisch blieb, bekam es immer genug zu fressen. Aber mehr noch hätschelten sie Gwendolen. Mr Larkins machte ihr Geschenke. Der Magier aus Leidenschaft, ein muskulöser junger Mann und immer unrasiert, stürzte aus dem Haus, sooft er Gwendolen vorbeikommen sah, und schenkte ihr ein Stierauge. Die Hexen überhäuften sie mit einfachen Zaubersprüchen, die sie für sie aufschrieben.

Gwendolen war maßlos erbost darüber. »Die glauben wohl, ich bin ein Baby, oder was? Ich bin *meilenweit* über solchen kindischen Kram hinaus!« Mit diesen Worten warf sie die Zettel mit den Sprüchen verächtlich fort.

Mrs Sharp, für jede Hilfe dankbar, hob sie auf und versteckte sie sorgfältig, aber das eine oder andere Mal fand Cat einen dieser merkwürdigen Sprüche, der herumlag. Dann konnte er einfach nicht widerstehen ihn auszuprobieren. Er wünschte sich nur ein klein wenig von Gwendolens Talent. Und er hoffte noch immer, er wäre ein Spätentwickler und eines Tages würde ihm ein Spruch gehorchen. Aber keiner tat ihm den Gefallen. Nicht einmal der eine, der Messingknöpfe in Goldknöpfe verwandeln sollte, was Cat besonders erstrebenswert schien.

Auch die verschiedenen Wahrsager und Zukunftsdeuter machten Gwendolen Geschenke. Von dem Hellseher bekam sie eine alte Kristallkugel, von der Kartenlegerin ein Paket Karten. Die Wahrsagerin las ihr die Zukunft aus der Hand. Gwendolen strahlte, als sie nach Hause kam.

»Ich werde berühmt! Sie hat gesagt, ich könnte einmal die Welt regieren, wenn ich bloß den richtigen Dreh finde!«, erklärte sie.

Cat zweifelte nicht daran, dass Gwendolen eines

Tages berühmt sein würde. Trotzdem war ihm nicht ganz klar, wie sie die Welt regieren sollte, und das sagte er ihr auch. »Du kannst immer nur ein *Land* regieren, selbst wenn du den König zum Mann nimmst«, wandte er ein. »Und der Prinz von Wales hat vergangenes Jahr geheiratet.«

»Es gibt noch andere Arten zu regieren, du Dummkopf«, gab Gwendolen zurück. »Auch Mr Nostrum hat diesbezüglich allerlei Pläne mit mir. Aber es wird nicht immer alles glatt gehen, oh nein. Zum einen droht mir ein schwerer Rückschlag, den ich zu überwinden haben werde, und zum anderen ein mächtiger, dunkler Unbekannter. Aber als sie mir prophezeite, ich würde die Welt regieren, da haben alle meine Finger gezuckt, und das ist ein untrügliches Zeichen. Ich *weiß* also, dass es die Wahrheit ist!« Gwendolens Zuversicht schien grenzenlos.

Am folgenden Tag rief die Wahrsagerin, Miss Larkins, Cat zu sich und erbot sich, auch ihm die Zukunft vorauszusagen.

Zweites Kapitel

Miss Larkins war die Tochter von Mr Larkins, dem Besitzer des Trödelladens. Sie war jung und hübsch und hatte feuerrotes Haar. Sie trug es zu einem Knoten aufgesteckt. Ein paar rote Strähnen ringelten sich lose herab und verflochten sich raffiniert mit den Ohrringen, die wie Papageienschaukeln an ihren Ohrläppchen baumelten. Sie war eine sehr begabte Wahrsagerin und bevor jene Katzengeschichte Aufsehen erregte, war Miss Larkins das Maskottchen der Nachbarschaft gewesen. Cat erinnerte sich, dass sogar seine Mutter Miss Larkins Geschenke zugesteckt hatte.

Cat wusste, welchem Umstand er ihr Angebot, ihm die Zukunft vorauszusagen, verdankte. Miss Larkins war eifersüchtig auf Gwendolen. »Nein, nein, vielen Dank«, sagte er, maßlos erschrocken, und wich von Miss Larkins' kleinem Tisch zurück, auf dem verschiedene Wahrsagemittel ausgebreitet lagen. »Machen Sie sich keine Mühe. Ich will gar nichts wissen.«

Aber Miss Larkins trat auf ihn zu und packte ihn an den Schultern. Cat wand sich unter ihren Händen. Miss Larkins bespritzte ihn mit einem Duft, der wie eine ganze Veilchenwiese roch, und ihre Ohrringe klirrten wie Handschellen, als sie ihm ganz nahe kam. »Dummer Junge!«, sagte sie mit ihrer vollen, melodiösen Stimme. »Ich will dir nicht wehtun.« Miss Larkins versuchte, ihm tief in die Augen zu sehen, was nicht ganz gelang, weil Cat schnell die Augen zugemacht hatte. Er krümmte und wand sich noch heftiger und hätte sich vielleicht befreien können, wäre Miss Larkins nicht plötzlich in eine Art Trance, einen schlafähnlichen Zustand, gefallen. Er öffnete die Augen und sah, dass sie ihn mit leerem Blick anstarrte. Sie zitterte am ganzen Leib, so dass ihr Mieder knarrte, als schwankte ein rostiges Tor, leise vom Wind hin und her bewegt, in den Angeln. »Oh bitte – bitte! Lassen Sie mich los!«, rief Cat. Miss Larkins schien nicht zu hören. Cat tastete nach den Fingern, die sich in seine Schultern krallten, und versuchte sie loszureißen. Er konnte sie keinen Millimeter bewegen. Hilflos starrte er in Miss Larkins' leere Augen.

Miss Larkins öffnete den Mund und eine vollkommen fremde Stimme sprach daraus. Es war eine lebhafte, freundliche Männerstimme. »Du hast eine Last von meiner Seele genommen, mein Junge«, sagte die Stimme. »Es wird nun eine große Veränderung in dein Leben treten. Aber du warst schrecklich unbekümmert. Bedenke doch – vier bereits verloren und nur noch fünf übrig. Du musst wirklich besser aufpassen. Es droht dir von mindestens zwei Seiten Gefahr, wusstest du das?«

Die Stimme verstummte. Cat wagte sich vor Angst nicht zu rühren. Er konnte nichts tun als warten … bis Miss Larkins wieder zu sich kam. Sie gähnte und ließ ihn los, um sich die Hand vor den Mund zu halten.

»Also«, sagte sie mit ihrer normalen Stimme, »das war's. Was habe ich gesprochen?«

Cat überlief eine Gänsehaut. Sie hatte keine Ahnung, was sie gesprochen hatte! Er stürzte zur Tür.

Miss Larkins setzte ihm nach, packte abermals seine Arme und schüttelte ihn. »Sag es mir! Sag's mir! Was habe ich gesprochen?« Sie rüttelte so heftig, dass sich ihr Knoten löste und das rote Haar in langen Strähnen herabfiel. Ihr Mieder knarrte wie verzogene Bohlen. Sie war Furcht erregend. »Mit wessen Stimme habe ich gesprochen?«, fragte sie eindringlich.

»Es war eine – eine Männerstimme«, stammelte Cat.

Miss Larkins schien verblüfft. »Ein Mann? Nicht Bobby oder Doddo – keine Kinderstimme, meine ich?«

»Nein«, sagte Cat.

»Sehr merkwürdig!«, sagte Miss Larkins verwundert. »Ich bediene mich sonst nie der Stimme eines Mannes. Was sprach er?«

Cat wiederholte die Worte. Er war überzeugt, dass er sie nie vergessen würde, und wenn er neunzig Jahre alt werden sollte.

Es war ein gewisser Trost, dass Miss Larkins die Worte genauso verwirrten wie ihn selbst. »Nun, ich nehme an, es sollte eine Warnung sein«, sagte sie zweifelnd. Sie schien enttäuscht. »Und sonst nichts? Kein Wort über deine Schwester?«

»Nein«, sagte Cat.

»Tja, nicht zu ändern«, meinte Miss Larkins unwirsch und ließ Cat los, um ihr Haar wieder aufzustecken.

Darauf hatte Cat nur gewartet. Er rannte hinaus auf die Straße. Er fühlte sich ganz zittrig.

Im nächsten Moment lief er zwei Männern in die Arme.

»Ach, das ist doch der junge Eric Chant, wenn ich nicht irre«, sagte Mr Nostrum. »Ich darf wohl annehmen, du kennst meinen Bruder William, junger Chant?«

Wieder fühlte sich Cat am Arm gepackt. Er versuchte zu lächeln. Nicht dass er irgendetwas gegen Mr Nostrum gehabt hätte. Es war nur außerordentlich schwierig, sich mit ihm zu unterhalten, weil Mr Nostrum ständig in diesem spaßigen Ton zu ihm sprach und ihn ›junger Chant‹ nannte.

Mr Nostrum war klein und dicklich und seine grauen Haare flatterten wie zwei Flügel an seinem Kopf. Auch war da irgendetwas mit seinem linken Auge. Es starrte seitwärts und schien dabei auf und ab zu wandern. Cat fand, dass auch dieser Umstand eine Unterhaltung ziemlich erschwerte. Sah Mr Nostrum ihn nun an und hörte er ihm zu? Oder waren seine Gedanken mitsamt diesem Auge ganz woanders?

»Ja, ja, ich kenne Ihren Bruder, natürlich, Mr Nostrum«, sagte Cat. Mr William Nostrum besuchte seinen Bruder regelmäßig. Cat sah ihn ungefähr einmal im Monat. Er war ein ziemlich wohlhabender Hexenmeister mit einer gut gehenden Praxis in Eastbourne.

Er war einen Kopf kleiner als Henry Nostrum. Eine schwere silberne Uhrkette spannte sich quer über die Weste, die sich ihrerseits über seinen Kugelbauch spannte. Sonst war er das exakte Ebenbild von Mr Henry Nostrum, abgesehen von seinen Augen, die *beide* seitwärts schielten. Cat wunderte sich, dass Mr William überhaupt irgendetwas sehen konnte. »Guten Tag, Sir«, grüßte er höflich. »Wie geht es Ihnen?«

»Danke, sehr gut«, sagte Mr William mit düsterer Stimme, so als wäre genau das Gegenteil der Fall.

Mr Henry Nostrum blickte entschuldigend zu Cat auf. »Die Wahrheit ist, junger Chant«, erklärte er, »dass wir einen kleinen Rückschlag erlitten haben. Mein Bruder ist verstimmt.« Er senkte die Stimme und sein wanderndes Auge wanderte an Cats rechter Seite auf und ab. »Es handelt sich um diese Briefe von – na, du weißt schon, von wem. Wir können rein gar nichts herausfinden. Gwendolen weiß nicht das Mindeste darüber. Hast etwa du, junger Chant, zufälligerweise eine Ahnung, warum dein geschätzter und beklagenswerter Vater mit – sagen wir mit der erlauchten Person, die sie unterzeichnete, in Briefwechsel gestanden haben könnte?«

»Keine blasse Ahnung«, sagte Cat, »leider.«

»Wäre es möglich, dass ein Verwandtschaftsverhältnis bestand?«, fragte Mr Henry Nostrum. »Chant ist ein guter Name.«

»Oder ein schlechter«, entgegnete Cat. »Wir haben keine Verwandten.«

»Aber wie verhält es sich mit deiner lieben Mutter?«, beharrte Mr Nostrum. Sein linkes Auge schweifte in die Ferne, während sein Bruder es fertig brachte, düster auf den Bürgersteig zu starren und gleichzeitig zu den Dachfirsten emporzublicken.

»Du siehst, Henry, der arme Junge weiß überhaupt nichts«, sagte Mr William. »Ich bezweifle, dass er uns den Mädchennamen seiner lieben Mutter sagen kann.«

»Oh doch, den weiß ich«, sagte Cat. »Er steht in der Heiratsurkunde. Sie hieß ebenfalls Chant.«

»Merkwürdig«, sagte Mr Nostrum und warf seinem Bruder einen einäugigen Blick zu.

»Merkwürdig – und hilft uns überhaupt nicht weiter«, pflichtete Mr William bei.

Cat wollte nichts wie weg. »Also, wenn Sie das so dringend wissen müssen«, sagte er, »warum schreiben Sie dann nicht an Mr – äh – Mr Chres…«

»Pst!«, machte Mr Henry Nostrum energisch.

»Pscht!«, machte sein Bruder fast ebenso energisch.

»Die erlauchte Person, meine ich«, verbesserte Cat sich schnell.

»Es wird uns weiterhelfen, Henry, es wird!«, rief Mr William. Und triumphierend lüftete er die silberne Uhrkette und zerrte und rüttelte daran. »Dann also mit Silber!«

»Das freut mich«, sagte Cat höflich, obwohl er nichts begriffen hatte. »Ich muss jetzt gehen.« Und dann rannte er die Straße hinunter, so schnell ihn seine Beine trugen.

Als Cat am Abend nach Hause kam, war auch Gwendolen soeben vom Unterricht bei Mr Nostrum zurückgekehrt. Ihre Augen leuchteten triumphierend wie immer.

»Das war eine großartige Idee von dir«, sagte sie zu Cat. »Ich begreife gar nicht, wieso ich selbst noch nicht daran gedacht habe, an Chrestomanci zu schreiben. Aber ich habe es jetzt nachgeholt.«

»Wieso du? Wieso nicht Mr Nostrum?«, fragte Cat.

»Es wirkt viel ungezwungener, wenn ich ihn frage«, erklärte Gwendolen. »Mr Nostrum hat mir gesagt, was ich schreiben soll.«

»Warum will er das überhaupt wissen?«, fragte Cat.

»Willst du es etwa nicht wissen?«, rief Gwendolen überschwänglich.

»Nein«, sagte Cat. »Ich nicht.« Und weil er mit alldem nichts zu tun haben wollte, wandte er sich an den folgenden zwei Tagen vorsichtshalber nach rechts, sooft er das Haus verließ, damit er nicht noch einmal Miss Larkins oder den Nostrums in die Arme lief.

Es waren die schönen goldenen Tage, die Zeit, wo der Sommer in den Herbst übergeht. Cat war mit seinen Freunden zusammen. Eines Tages entdeckten sie einen Obstgarten, in dem ein Baum stand, der voll herrlicher süßer Äpfel hing. Sie stopften sich die Taschen und schließlich auch noch ihre Mützen voll. Dann tauchte ein wütender Gärtner auf und jagte sie mit einer Harke davon. Glücklich trug Cat seine pralle, knubbelige Mütze nach Hause. Mrs Sharp aß für ihr Leben gern Äpfel.

Er betrat das Haus durch die Hintertür, stürzte mit seinem Schatz in der Mütze in die Küche und rief: »Mrs Sharp! Sehen Sie, was ich Ihnen mitgebracht habe, Mrs Sharp!«

Mrs Sharp war nirgends zu sehen. Indessen prallte Cat beinah mit einem großen, auffallend gut gekleideten Herrn zusammen, der mitten in der Küche stand.

Cat starrte ihn verdutzt an. War das ein neuer, wohlhabender Ratsherr? Niemand sonst trug solche Hosen mit perlgrauen Streifen, einen Mantel aus schimmerndem Samt und einen so großen Hut, der ebenso glänzte wie die Schuhe. Der Mann hatte dunkles Haar. Es war so glatt wie sein Hut. Oder war dies Gwendolens dunkler Unbekannter, der gekommen war, um ihr zu helfen die Welt zu regieren? Jedenfalls durfte er nicht in der Küche stehen bleiben. Besucher wurden immer gleich ins Wohnzimmer gebeten.

In der Küche herrschte das übliche Durcheinander. Der Herd war voller Asche und auf dem Tisch lagen allerlei Zaubermittel in schmuddeligen Tüten aus Zeitungspapier und schmierigen Töpfchen.

»Oh, guten Tag, Sir. Darf ich Sie bitten mitzukommen, Sir?«

Der Unbekannte blickte erstaunt auf Cat hinunter.

»Wer bist du?«, fragte er. »Ich habe das Gefühl, ich sollte dich kennen. Was hast du da in deiner Mütze?«

»Äpfel«, sagte Cat und zeigte sie ihm. »Köstlich süße Äpfel. Ich hab sie geklaut.«

Der Unbekannte zog die Augenbrauen hoch. »Klauen«, sagte er, »ist nur ein anderes Wort für Stehlen.«

Das wusste Cat auch. Er fand es äußerst humorlos, darauf hingewiesen zu werden. »Ich weiß. Aber ich wette, Sie haben das auch getan, Sir, als Sie in meinem Alter waren.«

Der Unbekannte hüstelte und wechselte das Thema. »Du hast noch nicht gesagt, wer du bist.«

»Oh, tut mir Leid«, sagte Cat. »Ich bin Eric Chant – aber man nennt mich nur Cat.«

»Dann ist Gwendolen Chant also deine Schwester?«, fragte der Unbekannte. Sein Blick wurde immer strenger und mitleidsvoller. Cat vermutete, dass er Mrs Sharps Küche für eine Lasterhöhle hielt.

»Richtig … Wollen Sie nicht mit ins Wohnzimmer kommen, Sir?«, wiederholte Cat. »Dort drin ist es gemütlicher.«

»Ich habe einen Brief von deiner Schwester bekommen«, sagte der Unbekannte ohne sich von der Stelle zu rühren. »Daraus habe ich den Eindruck gewonnen, du wärst zusammen mit deinen Eltern ertrunken.«

»Sie müssen sich geirrt haben«, sagte Cat, nicht ganz bei der Sache. »Ich bin nicht ertrunken, weil ich mich an Gwendolen geklammert habe, und sie ist eine Hexe … Dort drüben ist es sauberer, wirklich …«

»Ich verstehe«, sagte der Unbekannte. »Übrigens – ich bin Chrestomanci.«

»Oh!«, rief Cat. Er legte die Mütze mit den Äpfeln mitten zwischen die Zaubersachen auf den Tisch. »Also, dann müssen Sie sofort mit ins Wohnzimmer kommen.«

»Warum?«, fragte Chrestomanci verblüfft.

»Weil«, sagte Cat gereizt, »weil Sie eine viel zu wichtige Person sind, um in der Küche herumzustehen.«

»Wieso glaubst du, dass ich eine wichtige Person bin?«, fragte Chrestomanci noch verblüffter.

Cat hatte plötzlich den Wunsch, ihn zu schütteln. »Sie müssen es einfach sein. Sie sind so angezogen. Und Mrs Sharp hat es auch gesagt. Sie hat gesagt, Mr Nostrum würde sein Augenlicht für Ihre drei Briefe geben.«

»Und – *hat* Mr Nostrum sein Augenlicht dafür gegeben?«, fragte Chrestomanci.

»Nein. Aber er unterrichtet Gwendolen dafür«, sagte Cat.

»Was? Für sein Augenlicht? Wie unangenehm!«, meinte Chrestomanci zerstreut.

Zum Glück waren jetzt Schritte zu hören. Gwendolen, strahlend und atemlos, stürzte herein. »Mr Chrestomanci?«

»Nur Chrestomanci«, sagte der Unbekannte. »Ja. Also du bist Gwendolen.«

Im nächsten Moment rauschte Mrs Sharp, fast ebenso atemlos, in die Küche. Endlich ließ Chrestomanci sich ins Wohnzimmer bitten. Mrs Sharp bot ihm unterwürfig eine Tasse Tee an.

Chrestomanci kam gleich zur Sache und fragte, wieso Gwendolen und Cat bei Mrs Sharp wohnten. Mrs Sharp versuchte den Eindruck zu erwecken, als sorgte sie umsonst für den Unterhalt der beiden, aus reiner Herzensgüte. Sie hoffte, Chrestomanci würde sich bereit finden für die Kosten aufzukommen, wie es bekanntlich schon die Stadt tat.

Aber Gwendolen hatte beschlossen ein leuchtendes Beispiel von Ehrlichkeit abzugeben. »Die Stadt zahlt«, sagte sie, »weil es allen so Leid tut wegen des Unfalls.«

Cat war froh, dass sie die Sache klargestellt hatte. Gleichzeitig ahnte er jedoch, dass Gwendolen schon im Begriff war, Mrs Sharp abzulegen wie einen alten Hut.

»Ich werde mit dem Bürgermeister sprechen«, sagte Chrestomanci und erhob sich. Er griff nach seinem vornehmen Hut und klopfte ihn an seinem eleganten Ärmel ab. Dann schüttelte er Gwendolen und Cat die Hand und sagte: »Ich weiß, ich hätte schon viel früher kommen sollen, um nach euch zu sehen. Verzeiht mir. Euer Vater, müsst ihr wissen, war so verdammt kaltschnäuzig. Ich hoffe, wir sehen uns wieder.« Damit verließ er das Haus und fuhr in seiner Kutsche davon. Mrs Sharp blieb verbittert, Gwendolen jubelnd und Cat bedrückt zurück.

»Warum bist du bloß so glücklich?«, fragte er seine Schwester.

»Weil er vor Rührung über uns arme Waisen zerflossen ist«, antwortete Gwendolen. »Er wird uns adoptieren. Mein Glück ist besiegelt!«

»Red keinen Quatsch!«, fuhr Mrs Sharp sie an. »Und wenn er noch so aufgedonnert dahergekommen ist – versprochen hat er nichts.«

Gwendolen lächelte zuversichtlich. »Sie haben meinen herzzerreißenden Brief nicht gelesen.«

»Mag sein. Aber er hat gar kein Herz, das man zerreißen könnte«, erklärte Mrs Sharp.

Doch Gwendolen sollte Recht behalten. Am Nachmittag kam der Bürgermeister und teilte ihnen mit, dass Chrestomanci beantragt habe Cat und Gwendolen zu sich zu nehmen, ganz so, als ob sie zur Familie gehörten. »Ich brauche euch wohl nicht zu sagen, was für ein Glück das für euch ist«, schloss er gütig.

Damit trat die zweite große Veränderung in Cats Leben.

Eine Woche lang rannten sie von früh bis spät herum, bekamen neue Kleider und überhaupt alles, was für ihre Abreise erforderlich war. Doch während Gwendolen immer aufgeregter und siegesgewisser wurde, malte Cat sich die Zukunft in düstersten Farben aus. Schon jetzt spürte er, wie Mrs Sharp und alle Nachbarn in der Coven Street, sogar Miss Larkins, ihm fehlen würden, fast so, als hätte er sie schon verlassen.

Auf dem Bahnhof bereitete ihnen die Stadt einen großen Abschied mit wehenden Fahnen und einer Blechmusikkapelle. Als der Zug sich schnaufend in Bewegung setzte, winkte Gwendolen gemessen mit der behandschuhten Hand – königlich war das einzig richtige Wort dafür. Cat sah, dass sie aufbrach, die Welt zu regieren. Gwendolen ließ sich mit lässiger Eleganz auf ihrem Sitz zurücksinken. »Ich hab's geschafft!«, rief sie. »Cat, ist das nicht fantastisch?«

»Nein«, sagte Cat unglücklich. Steif und verstört saß er auf der äußersten Kante seines Sitzes. »Ich habe jetzt schon Heimweh.«

»Warum denn? Begreife, endlich sind wir das langweilige Wolvercote los, dieses elende Nest voll stumpfsinniger Ratsherren und geschwätziger, mittelmäßiger Zauberer! Und Chrestomanci habe ich einfach um den Finger gewickelt. Das hast du doch wohl bemerkt, oder?«

»Es ist mir nicht besonders aufgefallen«, sagte Cat. »Ich meine, du warst nett zu ihm ...«

»Ach, halt den Mund oder ich schicke dir Schlimmeres als Krämpfe!«, sagte Gwendolen.

Drittes Kapitel

Die Fahrt dauerte etwa eine Stunde. Dann fuhr der Zug pfeifend in Bowbridge ein, wo sie aussteigen sollten.

»Es ist erschreckend klein«, stellte Gwendolen kritisch fest.

»Bowbridge!«, rief ein Gepäckträger, der auf dem Bahnsteig entlanglief. »Bowbridge! Die jungen Chants werden gebeten, hier auszusteigen!«

»Die jungen Chants!«, sagte Gwendolen verächtlich. »Können die mich nicht respektvoller behandeln?« Trotzdem genoss sie die Aufmerksamkeit, die ihnen zuteil wurde. Als Gwendolen die damenhaften Handschuhe auszog, sah Cat, dass sie vor Aufregung zitterte. Zum Gepäckträger, der ihr Gepäck über den zugigen Bahnsteig bugsierte, sagte sie: »*Wir* sind die jungen Chants!«

Das schien den Mann überhaupt nicht zu beeindrucken. Er nickte nur und eilte voraus in die Bahnhofshalle, die noch zugiger als der Bahnsteig war. Gwendolen musste ihren Hut festhalten. Mit langen Schritten und wogendem Mantel kam ein junger Mann auf sie zu.

»Gwendolen und Eric Chant? Schön, dass ihr da seid. Ich bin Michael Saunders. Ich werde euch zusammen mit den anderen Kindern unterrichten.«

»Den *anderen* Kindern?«, fragte Gwendolen spitz. Aber Mr Saunders war schon weg, um nach dem Gepäck zu sehen. Gwendolen ärgerte sich ein bisschen. Doch als Mr Saunders zurückkam und sie auf den Bahnhofsvorplatz hinausführte, wartete dort ein Automobil auf sie – lang, schwarz und glänzend. Da vergaß Gwendolen ihren Ärger.

Cat wäre eine Kutsche lieber gewesen. Das Auto sprang mit einem Satz an, heulte auf und stank nach Benzin. Cat wurde es im Handumdrehen schlecht. Während sie Bowbridge verließen und auf einer kurvenreichen Landstraße dahindröhnten, wurde ihm noch schlechter. Der einzige Vorteil war, dass das Auto sehr schnell vorankam. Bereits nach zehn Minuten sagte Mr Saunders: »Dort könnt ihr schon das Schloss sehen. Von hier hat man den besten Blick.«

Cat drehte sein grünes und Gwendolen ihr rosiges Gesicht in die Richtung, in die er zeigte. Das Schloss war grau, mit vielen Türmen und Türmchen, und stand auf einem Hügel. Die Straße wand sich in Serpentinen hinauf. Hinter der nächsten Kehre sahen sie, dass an das alte Schloss ein neuer Trakt mit großen Fenstern angebaut war. Sie konnten mächtige Bäume sehen – dunkle, gedrungene Zedern und hohe Ulmen – und dazwischen Rasenflecke und Blumenbeete.

»Es sieht wunderhübsch aus«, sagte Cat. Jetzt hoffte er nur noch, dass das letzte Stück der Straße nicht allzu tollkühn gewunden war.

Sie war es nicht. Das Auto bog durch ein großes Gittertor in eine lange Allee ein, die geradewegs auf das prächtige Portal des alten Schlosses zuführte. Gwendolen lehnte sich ungeduldig nach vorn, um als Erste auszusteigen. Sie konnte es kaum erwarten, großartig Einzug zu halten.

Aber das Auto fuhr weiter, an der grauen, buckeligen Mauer des alten Schlosses entlang. Es hielt vor einer unscheinbaren Tür des neuen Traktes. Man hätte sie fast für eine Geheimtür halten können.

»Ich führe euch hier hinein«, erklärte Mr Saunders fröhlich, »weil das die Tür ist, die ihr meistens benutzen werdet.«

Cat war es nur recht. Er fand diese Tür irgendwie heimeliger. Aber Gwendolen, um ihren großen Auftritt betrogen, warf Mr Saunders einen wütenden Blick zu.

Sie stiegen aus und folgten Mr Saunders ins Haus. Sein Mantel bauschte sich am Rücken, obwohl hier absolut kein Wind wehte. Die Tür öffnete sich in einen rechteckigen, glänzenden Flur. Hier erwartete sie eine überaus imposante Person. Sie hatte ein hautenges purpurrotes Kleid an und trug das Haar zu einem pechschwarzen Gebilde aufgetürmt. Cat dachte, es könne niemand anders als Mrs Chrestomanci sein.

»Das ist Miss Bessemer, die Haushälterin«, sagte Mr Saunders. »Miss Bessemer – das sind Eric und Gwendolen. Eric ist die Autofahrt nicht besonders gut bekommen, fürchte ich.«

Cat wurde rot. Gwendolen, ziemlich verstimmt, von einer Haushälterin empfangen zu werden, streckte Miss Bessemer kühl die Hand hin.

Miss Bessemer schüttelte Hände wie eine Königin. Cat fand, dass sie die ehrfurchteinflößendste Person sei, die ihm je begegnet war. Miss Bessemer lächelte ihm freundlich zu. »Armer Eric«, sagte sie. »Auto fahren ist auch für mich eine Qual. Aber jetzt, wo du aus dem elenden Ding draußen bist, wird dir gleich besser sein. Kommt jetzt und seht euch eure Zimmer an.«

Sie folgten ihr Treppen hinauf, Korridore entlang und noch mehr Treppen empor. Cat hatte nie zuvor solchen Luxus gesehen. Alles war mit einem weichen grünen Teppich ausgelegt, wie Gras im Morgentau, und der Fußboden auf beiden Seiten war so glänzend poliert, dass der Teppich und die strahlend weißen Wände und die Bilder an den Wänden sich darin spiegelten. Rundum herrschte Stille, nichts war zu hören als ihre Schritte und Miss Bessemers purpurnes Knistern.

Miss Bessemer öffnete eine Tür und goldene Nachmittagssonne flutete ihnen entgegen. »Das ist dein Zimmer, Gwendolen. Diese Tür dort führt ins Badezimmer.«

»Danke«, sagte Gwendolen und schwebte hoheitsvoll hinein. Cat lugte an Miss Bessemer vorbei und sah, dass der Raum sehr groß war. Ein kostbarer türkischer Teppich bedeckte den Boden.

Miss Bessemer sagte: »Die Familie speist früh zu Abend. Aber ich nehme an, ihr möchtet schon mal eine Tasse Tee. In wessen Zimmer soll ich ihn bringen lassen?«

»In meines bitte«, antwortete Gwendolen prompt.

Nach einer kurzen abwartenden Pause meinte Miss Bessemer: »Schön, das wäre also geklärt, ja? Dein Zimmer ist dort oben, Eric.«

Der Weg zu seinem Zimmer führte über eine Wendeltreppe hinauf. Cat war entzückt. Es schien, als läge es im alten Teil des Schlosses. Und so war es auch. Der Raum war rund. An den drei Fenstern sah man, dass die Außenmauer fast einen Meter dick war. Cat konnte nicht widerstehen, er musste gleich auf eine der niedrigen Fensterbänke klettern und hinausschauen. Über die breiten Wipfel der Zedern hinweg blickte er auf einen herrlichen Rasen, der sich wie grüner Samt zwischen den Bäumen ausbreitete. Jenseits der Rasenfläche zogen sich Blumenbeete terrassenförmig den Hügel hinab. Dann sah er sich im Zimmer um. Die gewölbten Wände und der offene Kamin waren weiß gekalkt. Es gab noch einen Tisch, eine Kommode, natürlich ein Bett und ein Bücherregal, in dem interessant aussehende Bücher standen.

»Oh, das gefällt mir!«, rief Cat.

»Leider befindet sich dein Badezimmer am Ende des Ganges«, sagte Miss Bessemer entschuldigend. Da Cat bisher noch nie ein eigenes Badezimmer besessen hatte, machte ihm das überhaupt nichts aus.

Kaum war Miss Bessemer gegangen, lief er hinüber, um es zu besichtigen. Er staunte nicht wenig. Da waren rote Handtücher in dreierlei Größen und ein Badeschwamm so groß wie eine Melone. Die Badewanne stand auf Löwenfüßen. Eine Ecke des

Raumes war gefliest und mit roten Kautschukvorhängen zu einer Dusche abgetrennt. Cat musste sie einfach gleich ausprobieren. Er hinterließ eine ziemliche Überschwemmung. Noch leicht dampfend ging er in sein Zimmer zurück. Sein Gepäck war inzwischen heraufgebracht worden und ein rothaariges Stubenmädchen war gerade dabei, es auszupacken. Das Mädchen hieß Mary und sie fragte ihn, ob sie die Sachen auch an den richtigen Platz räumte. Sie war so nett und liebenswürdig, wie man nur sein konnte, aber Cat war vollkommen eingeschüchtert. Ihre roten Haare erinnerten ihn an Miss Larkins und es fiel ihm absolut nichts ein, was er hätte sagen können.

Weil es hier nichts mehr für ihn zu tun gab, ging er zu Gwendolen hinunter.

Ihr Koffer stand mitten im Zimmer. Gwendolen saß in königlicher Pose an einem runden Tisch am Fenster, vor sich eine große zinnerne Teekanne, einen Teller Butterbrote und einen Teller mit Zwieback.

»Ich habe das Mädchen gebeten, den Tee sofort zu bringen, weil ich fast verhungere. Und nun sieh dir das an! Nicht mal Marmelade!« Gwendolen war schlechter Laune. »Wir werden hier mitten im Luxus verhungern!«

Ihr Zimmer war wirklich luxuriös ausgestattet. Die Tapeten schienen aus blauem Samt zu sein, Kopf- und Fußteil des Bettes sowie die Sessel waren ebenfalls mit blauem Samt gepolstert und die blausamtene Überdecke passte haargenau dazu. Der Toilettentisch hätte einer Prinzessin wohl angestanden, mit kleinen goldenen Schubladen, Haarbürsten mit Goldrücken und einem hohen ovalen Spiegel in vergoldetem Rahmen. Gwendolen gab zu, dass er ihr gefiel.

Ihr Badezimmer war mit blau-weißen Fliesen gekachelt und die Wanne in den Fußboden eingelassen. Cat gefiel sein Badezimmer besser. Vielleicht lag es daran, dass er sich so lange in diesem hier aufhalten musste. Gwendolen sperrte ihn nämlich darin ein, während sie ihren Koffer auspackte, den kein Dienstbote anrühren durfte. Ihre Geheimnisse, sagte sie, wolle sie selber auspacken.

»Ich finde, die Dienstboten hier sind nicht sehr höflich«, sagte sie später. »Das Mädchen wollte mir seine Hilfe förmlich aufdrängen. Wenn sie noch ein Wort sagt, wird sie gleich eine Beule auf der Nase haben – auch wenn sie Euphemia heißt. Obwohl«, fügte Gwendolen milder hinzu, »wenn jemand mit dem Namen Euphemia geschlagen ist, muss man ihm einiges nachsehen. Jetzt geh und zieh deinen neuen Anzug an, Cat. In einer halben Stunde gibt es Abendessen und wir müssen uns dafür umziehen.«

Eine halbe Stunde später kam das Mädchen, das zu seinem Verhängnis Euphemia hieß, um ihn und Gwendolen hinunter in den Salon zu führen, wo die Familie versammelt war.

Gwendolen segelte in ihrem hübschen blauen Kleid selbstbewusst herein. Cat folgte ihr mit eingezogenem Kopf. Der Raum schien voller Menschen zu sein. Da waren eine alte Dame mit Spitzenhandschuhen und ein kleiner Herr mit buschigen Augenbrauen, der mit lauter Stimme über Aktien und Gewinne sprach. Weiter Mr Saunders, dessen Arme und Beine eindeutig zu lang für seinen glänzenden schwarzen Anzug waren, sodann zwei jüngere Damen sowie zwei jüngere Herren. Chrestomanci war prächtig in dunkelroten Samt gekleidet. Er warf Cat und Gwendolen einen zerstreuten, überraschten Blick zu, aus dem Cat schloss, dass Chrestomanci vergessen hatte, wer sie waren.

»Oh«, sagte Chrestomanci. »Äh – das ist meine Frau.«

Sie wurden einer dicklichen Dame mit gutmütigem Gesicht vorgestellt. Sie hatte ein prachtvolles Spitzenkleid an – doch abgesehen davon war sie eine ganz gewöhnliche Person. Sie lächelte den beiden freundlich zu. »Eric und Gwendolen, nicht wahr? Ihr müsst mich Milly nennen, meine Lieben. Und das sind meine kleinen Lieblinge, Julia und Roger.«

Zwei dicke Kinder kamen auf ihren Wink herbei. Beide waren ziemlich blass und neigten zu Atemnot. Das Mädchen trug ein Spitzenkleid wie die Mutter, doch die feinsten Kleider konnten nicht die Tatsache verbergen, dass die beiden Kinder noch gewöhnlicher aussahen als ihre Mutter. Sie wechselten mit Cat und Gwendolen einen höflichen Blick und alle vier sagten: »Sehr erfreut.« Mehr schien es nicht zu sagen zu geben.

Ein Butler öffnete die Doppeltür am Ende des Raumes und teilte mit, dass das Essen aufgetragen sei. Gwendolen warf ihm einen empörten Blick zu. »Warum hat *er* uns nicht empfangen?«, flüsterte sie, während sie und Cat in den Speisesaal hinübergingen. »Warum wurden wir an die Haushälterin abgeschoben?«

Cat antwortete nicht. Er war zu sehr damit beschäftigt, an Gwendolens Seite zu bleiben. Man verteilte sich um eine lange, festlich gedeckte Tafel. Falls jemand versucht hätte, Cat einen Platz zuzuweisen, der nicht unmittelbar neben Gwendolen war, so wäre er garantiert vor Schreck in Ohnmacht gefallen. Zum Glück versuchte es niemand. Auch so war die Mahlzeit schrecklich genug. Diener reichten köstliche Speisen in Silberschüsseln über Cats linke Schulter. Jedes Mal sprang er überrascht von seinem Stuhl hoch und stieß gegen die Schüssel. Das größte Problem bestand darin, dass er Linkshänder war. Der Löffel und die Gabel, womit er die Speisen aus der Schüssel auf seinen Teller transportieren sollte, lagen immer verkehrt. Er versuchte sie zu vertauschen und ließ den Löffel fallen. Er versuchte sie so zu nehmen, wie sie lagen, und verschüttete die Soße. Der Diener sagte: »Das ist nicht schlimm, Sir«, was die Sache nur noch schlimmer machte.

Das Allerschlimmste aber war die Konversation. An einem Ende der Tafel redete der kleine Herr mit der lauten Stimme unentwegt über Aktien und Gewinne. Auf Cats Seite unterhielt man sich über Kunst. Mr Saunders hatte anscheinend im Sommer eine Auslandsreise gemacht. Er hatte Statuen und Gemälde in ganz Europa gesehen und bewundert. Er war so in Fahrt, dass er vor Begeisterung mit der Hand auf den Tisch schlug. Er redete über Werkstätten und Schulen, von *Quattrocento* und niederländischen *Interieurs*, bis es sich in Cats Kopf zu drehen begann. Und zu seiner Bestürzung interessierten sich auch die beiden Kinder für Kunst. Sie tuschelten und nickten, als wüssten sie tatsächlich, wovon die Erwachsenen sprachen.

Cat empfand seine Unwissenheit als niederschmetternd. Die ganze Unterhaltung, die Schwierigkeiten bei Tisch und der fade Zwieback, den er zum Tee gegessen hatte – alles zusammen trug dazu bei, dass er überhaupt keinen Appetit hatte. Er ließ den halben Eiskrempudding stehen.

Endlich war es vorbei. Sie durften sich in Gwendolens luxuriöses Zimmer zurückziehen. Gwendolen setzte sich mit Schwung auf das gepolsterte Bett.

»Was für ein kindischer Trick!«, sagte sie. »Derart anzugeben, nur damit wir uns klein und unwichtig vorkommen. Mr Nostrum hat mich schon davor gewarnt. Es soll nichts anderes als die Armseligkeit ihres Geistes verschleiern. Was für eine grässliche, dumme Person! Und hast du je so einfältige, alberne Geschöpfe wie diese Kinder gesehen? Ich weiß schon jetzt, dass ich alles hier verabscheuen werde. Dieses Schloss erdrückt mich schon am ersten Tag!«

»Vielleicht wird es besser, wenn wir uns eingewöhnt haben«, sagte Cat ohne große Hoffnung.

»Es wird noch schlimmer«, prophezeite Gwendolen. »Von diesem Schloss geht irgendetwas aus. Ein schlechter Einfluss und so eine – Leblosigkeit. Es quetscht das Leben und meine Zauberkraft aus mir heraus. Ich kann kaum atmen.«

»Das bildest du dir ein«, sagte Cat.

»Nein, ich bilde es mir nicht ein«, sagte Gwendolen. »Ich dachte, es sei so stark, dass du es auch spürst. Fühlst du es nicht?«

Cat wusste, was sie meinte. Irgendetwas war eigenartig in diesem Schloss. Er hatte geglaubt, es liege nur daran, dass es so still war. Aber es war mehr als das: Die ganze Atmosphäre war erfüllt von einer Sanftheit, einer weichen Schwere, als würde jedes Wort, das sie sprachen, von einer großen Daunendecke verschluckt. Ganz normale Geräusche, wie ihre beiden Stimmen, wirkten dünn. Sie fanden kein Echo.

»Ja, es ist eigenartig«, sagte er.

»Es ist mehr als eigenartig – es ist unerträglich!«, rief Gwendolen. Dann fügte sie zu Cats Verblüffung hinzu: »Ich bedaure es trotzdem nicht, dass ich hergekommen bin.«

»Ich schon«, sagte Cat seufzend. Er vermisste Mrs Sharp schrecklich.

Viertes Kapitel

Die gleiche Sanftheit und Stille herrschte, als die rothaarige Mary Cat am nächsten Morgen weckte. Obwohl das Schloss, wie Cat inzwischen wusste, voller Menschen sein musste, war kein einziger Laut zu hören. Auch von draußen drangen keine Geräusche herein.

Ich weiß, wie es ist!, dachte Cat. Es ist, als wenn es in der Nacht geschneit hat. Bei diesem Gedanken wurde ihm so wohlig warm, dass er gleich wieder in die Federn kroch.

»Du musst wirklich aufstehen, Eric«, sagte Mary und rüttelte ihn am Arm. »Ich habe dein Badewasser einlaufen lassen und euer Unterricht beginnt um neun. Beeil dich, sonst bleibt dir keine Zeit zum Frühstücken.«

Nach dem Bad sauste Cat die Wendeltreppe hinunter zu Gwendolen.

»Wohin gehen wir zum Frühstück?«, fragte er sie besorgt.

Gwendolen war morgens nie besonders gut aufgelegt. Sie saß vor dem goldgerahmten Spiegel und kämmte mürrisch ihr Haar. »Ich weiß es nicht und es ist mir egal! Halt die Klappe!«, sagte sie.

»Aber, aber, wie redest du denn mit deinem Bruder?«, bemerkte das Mädchen namens Euphemia, das Cat fröhlich ins Zimmer gefolgt war. Sie war hübsch und schien ganz und gar nicht unter ihrem Namen zu leiden. »Das Frühstückszimmer ist dort drüben. Kommt mit.«

Gwendolen schleuderte die Haarbürste von sich. Dann folgten sie Euphemia nur wenige Schritte den Gang entlang in das Frühstückszimmer. Es war ein luftiger Raum mit einer Reihe großer Fenster, jedoch – verglichen mit den übrigen Räumen des Schlosses – ziemlich schäbig. Die Ledersessel waren abgenutzt. Der grasgrüne Teppich hatte Flecken. Keine Schranktür schloss ordentlich, Spielzeugeisenbahnwaggons und Tennisrackets und alles mögliche andere klemmten dazwischen. Julia und Roger saßen wartend an einem Tisch am Fenster.

Mary, die ebenfalls auf sie gewartet hatte, sagte: »Höchste Zeit!«, und setzte einen Speisenaufzug in einem Schacht neben dem Kamin in Bewegung. Es machte KLICK. Mary öffnete die Aufzugstür und holte eine große Platte mit Butterbroten und einen dampfenden braunen Krug mit Kakao heraus. Sie stellte beides auf den Tisch und Euphemia goss jedem Kind einen Becher Kakao ein.

Gwendolen starrte von ihrem Becher auf die Butterbrote. »Ist das alles?«

»Was möchtest du noch?«, fragte Euphemia.

Gwendolen wusste nicht, was sie antworten sollte, weil ihr alles zugleich einfiel: Speck und Eier, Pampelmuse, Toast und Honig. Sie starrte weiter.

»Entscheide dich«, sagte Euphemia schließlich. »Auch ich möchte frühstücken, weißt du.«

»Gibt es keine Orangenmarmelade?«, fragte Gwendolen.

Euphemia und Mary sahen einander an. »Julia und Roger dürfen keine Marmelade essen«, sagte Mary.

»Ich schon«, entgegnete Gwendolen. »Bringt mir sofort etwas Orangenmarmelade.«

Mary trat zu der Sprechanlage neben dem Aufzug und nach einigem Gerumpel und einem neuerlichen KLICK kam ein Topf Orangenmarmelade an. Mary stellte ihn vor Gwendolen hin.

»Danke«, sagte Cat eifrig. Er war genauso darauf erpicht wie Gwendolen – ja sogar noch weit mehr, weil er Kakao verabscheute.

»Keine Ursache! Ganz und gar nicht!«, sagte Mary – es konnte nur spöttisch gemeint sein – und beide Mädchen gingen hinaus.

Eine Weile redete niemand. Dann sagte Roger zu Cat: »Bitte gib mir die Marmelade rüber.«

»Du darfst keine essen«, erinnerte ihn Gwendolen.

»Niemand merkt's, wenn ich eins von euren Messern verwende«, meinte Roger gelassen.

Cat schob ihm die Marmelade und auch sein Messer hinüber. »Warum dürft ihr nicht?«

»Wir sind zu dick«, sagte Julia und nahm, als Roger fertig war, seelenruhig die Orangenmarmelade und das Messer an sich. Kein Wunder, dachte Cat, als er sah, wie viel Marmelade sie auf ihr Brot türmte.

Gwendolen beobachtete sie angewidert und blickte

dann selbstgefällig an ihrem hübschen Leinenkleid hinunter. »Euer Vater ist so ein gut aussehender Mann«, sagte sie. »Es muss schrecklich enttäuschend für ihn sein, dass ihr beide so pummelig und wenig hübsch seid wie eure Mutter.«

Die beiden Kinder sahen sie über ihre Marmeladenberge hinweg ungerührt an. »Ach, ich weiß nicht«, meinte Roger.

»Pummelig ist bequem«, sagte Julia. »Es muss schrecklich ungemütlich sein, wenn man wie eine Porzellanpuppe aussieht, so wie du.«

In Gwendolens Augen trat ein starrer Glanz. Sie machte ein kleines Zeichen unter der Tischplatte. Das dick mit Orangenmarmelade bestrichene Brot schlüpfte aus Julias Hand und klatschte ihr mit der Marmeladenseite mitten ins Gesicht. Julia schnappte nach Luft.

»Was fällt dir ein, mich zu beleidigen!«, sagte Gwendolen.

Julia schälte gemächlich das Brot von ihrem Gesicht und tastete dann nach einem Taschentuch. Cat erwartete, dass sie sich damit das Gesicht abwischen würde. Aber sie kümmerte sich nicht um die Marmelade, die in Klümpchen an ihren Wangen herunterlief. Sie knüpfte nur einen Knoten in das Taschentuch. Langsam zog sie den Knoten fest und sah Gwendolen dabei viel sagend an. Beim letzten, endgültigen Zug schoss der halb volle Kakaokrug dampfend in die Luft. Er schwebte eine Sekunde lang frei im Raum, schwenkte dann seitwärts und blieb genau über Gwendolens Kopf stehen. Dann begann er langsam zu kippen.

»Halt!«, rief Gwendolen. »Hör auf damit!« Sie hob eine Hand, um den Krug abzuwehren. Der Krug wich ihr aus und kippte weiter. Gwendolen machte wiederum ein Zeichen und stieß keuchend seltsame Worte aus. Der Krug kümmerte sich nicht darum. Er neigte sich immer mehr, bis sich am Ende der Tülle Kakao ansammelte. Gwendolen versuchte, sich seitwärts darunter wegzubeugen. Der Krug rückte in der Luft nach, bis er wieder über ihrem Kopf hing.

»Soll ich?«, fragte Julia und ihr Marmeladengesicht grinste.

»Wehe!«, schrie Gwendolen. »Ich sag's Chrestomanci! Ich - oh!« Gwendolen hob nochmals die Hand und wieder wich der Krug ihr aus.

»Vorsicht. Du wirst ihn umstoßen. Wäre doch schade, wenn du dir den Kakao über dein hübsches Kleid kippst«, sagte Roger, der mit wohlgefälligem Grinsen zusah.

»Du, halt den Mund!«, brüllte Gwendolen ihn an und rutschte so weit zur Seite, dass sie schon fast auf Cats Schoß saß. Cat wurde unruhig, da der Krug nun auch über ihm schwebte.

Aber in diesem Augenblick öffnete sich die Tür und Chrestomanci trat ein. Er trug einen geblümten seidenen Morgenrock in Dunkelrot und Purpur, der am Hals und an den Ärmeln mit Goldborten eingefasst war. Chrestomanci wirkte darin unglaublich lang und unglaublich dünn und unheimlich würdevoll. Als er eintrat, lächelte er, aber das Lächeln verschwand, als er den Krug sah.

Der Krug versuchte ebenfalls zu verschwinden. Er flüchtete bei Chrestomancis Eintritt zurück auf den Tisch, so hastig, dass Kakao heraus und auf Gwendolens Kleid schwappte. Julia und Roger blickten erschrocken drein. Julia knotete das Taschentuch auf, als ginge es um ihr Leben.

»Nun, eigentlich bin ich gekommen, um euch guten Morgen zu wünschen«, sagte Chrestomanci. »Aber wie ich sehe, ist es damit nichts.« Er blickte von dem Krug auf Julias marmeladenverschmierte Wangen. »Wenn ihr zwei jemals wieder Orangenmarmelade essen wollt, dann haltet euch gefälligst an die Regeln. Und das gilt für euch *alle.*«

»Ich habe überhaupt nichts getan«, sagte Gwendolen unschuldsvoll.

»Doch«, sagte Roger.

Chrestomanci trat ans Ende des Tisches und blickte auf die vier hinunter, die Hände in den Taschen seiner eleganten Robe vergraben. Er sah darin so riesengroß aus, dass es Cat fast verwunderte, dass er überhaupt ins Zimmer passte.

»Es gilt eine absolute Regel hier in diesem Schloss, unbedingt und ohne Ausnahme«, sagte er, »die ihr euch in eurem eigenen Interesse gut merken solltet. Kinder dürfen nicht hexen, auf keinerlei Art und Weise, außer in Anwesenheit von Michael Saunders, dessen Aufgabe es ist, euch dabei zu überwachen. Hast du verstanden, Gwendolen?«

»Ja«, sagte Gwendolen. Sie presste die Lippen aufeinander und ballte die Fäuste, trotzdem zitterte sie vor Wut. »Aber ich weigere mich, so einer albernen Regel zu gehorchen.«

Chrestomanci schien das überhört zu haben und auch ihren Zorn nicht zu bemerken. Er wandte sich zu Cat. »Hast auch du verstanden, Eric?«

»Ich?«, fragte Cat überrascht. »Ja, natürlich.«

»Fein«, sagte Chrestomanci. »Also, dann will ich euch jetzt guten Morgen wünschen.«

»Guten Morgen, Daddy«, sagten Julia und Roger.

»Äh – guten Morgen«, sagte Cat. Gwendolen stellte sich taub. Chrestomanci lächelte und rauschte würdevoll hinaus.

»Petze!«, zischte Gwendolen Roger zu, sobald sich die Tür hinter Chrestomanci geschlossen hatte. »Und das mit dem Krug war ein mieser Trick! Das habt ihr zusammen gemacht, stimmt's?«

Roger grinste, kein bisschen verlegen. »Hexen liegt bei uns in der Familie«, meinte er.

»Ich gehe mich waschen.« Julia nahm drei Butterbrote als Wegzehrung mit. »Sag Michael, ich bin gleich wieder da, Roger!«, rief sie ihrem Bruder zu.

Sie war kaum draußen, da ging plötzlich eine Tür auf, die Cat bisher nicht bemerkt hatte, und Mr Saunders trat ein.

»Tja, meine Herrschaften«, sagte er fröhlich, »Zeit für den Unterricht. Herein mit euch, nun wollen wir euch mal ein wenig auf den Zahn fühlen.«

Die Tür führte in ein Klassenzimmer, ein richtiges, echtes Klassenzimmer mit vier Pulten, einer Tafel, einem Globus, dem üblichen narbigen Klassenzimmerfußboden und dem gewissen, unverkennbaren Schulgeruch.

Zwei der vier Pulte waren braun und alt. Zwei waren neu und gelb gestrichen. Gwendolen und Cat setzten sich wortlos in die neuen Pulte. Julia stürzte mit seifenglänzendem Gesicht herein und setzte sich neben Roger in das zweite alte Pult. Das Auf-den-Zahn-Fühlen begann. Mr Saunders ging schlaksig vor der Tafel auf und ab und stellte knifflige Fragen. Ein langer Arm schoss vor und ein knochiger Finger zeigte auf Cat. »Welche Rolle spielte Hexerei in den Rosenkriegen?«

»Äh«, sagte Cat, »ähem. Tut mir Leid, aber das habe ich noch nicht gelernt.«

»Gwendolen?«

»Oh – eine sehr große Rolle«, meinte Gwendolen aufs Geratewohl.

»Falsch«, sagte Mr Saunders. »Roger?«

Das Auf-den-Zahn-Fühlen brachte zu Tage, dass Roger und Julia – erstens – den Sommer über eine ganze Menge vergessen hatten, dass sie aber – zweitens – Cat in den meisten Dingen ein gutes Stück und Gwendolen in allem und jedem meilenweit voraus waren.

»Was hast *du* in der Schule bloß gelernt?«, fragte Mr Saunders sie erbost.

Gwendolen zuckte mit den Schultern. »Ich hab's vergessen. Es interessiert mich nicht. Ich habe mich aufs Hexen konzentriert und ich gedenke das auch weiter zu tun.«

»Ich fürchte, daraus wird nichts.«

Gwendolen starrte ihn an, sie glaubte, nicht richtig gehört zu haben. »Was soll das heißen?« Ihre Stimme überschlug sich fast. »Aber ich bin unheimlich begabt! Ich *muss* damit weitermachen!«

»Deine Begabung bleibt dir erhalten«, sagte Mr Saunders. »Du kannst das Hexen wieder aufnehmen, wenn du andere Dinge gelernt hast. Schlag dein Arithmetikbuch auf und löse die ersten vier Aufgaben. Eric, ich glaube, dir werde ich in Geschichte ein wenig auf die Sprünge helfen. Schreib mir einen Aufsatz über König Knuts Regierung.« Er ging weiter zu Roger und Julia und gab auch ihnen Arbeiten auf.

Cat und Gwendolen schlugen die Bücher auf. Gwendolens Gesicht war zuerst rot geworden, jetzt wurde es weiß. Als Mr Saunders sich über Roger beugte, erhob sich das Tintenfass in ihrem Pult aus der Halterung, schwebte empor und kippte seinen Inhalt über Mr Saunders' ausgebeulten Tweed-Rücken. Cat biss sich auf die Lippen, um nicht loszuplatzen. Julia verfolgte die Sache mit ruhigem Interesse. Mr Saunders schien nichts zu merken. Das Tintenfass schwebte lautlos in die Halterung zurück.

»Gwendolen«, sagte Mr Saunders ohne sich umzudrehen. »Hol die Tintenflasche und den Trichter aus dem Bücherschrank und füll das Tintenfass nach. Und zwar bis obenhin!« Gwendolen stand auf, trotzig und beschwingt, fand die große Flasche und den Trichter und ging daran, ihr Tintenfass zu füllen. Nach zehn Minuten schüttete sie noch immer Tinte durch den Trichter. Ihr Gesicht zeigte zuerst Verwirrung, dann wurde es rot und schließlich abermals weiß vor Wut. Sie wollte die Flasche absetzen und stellte fest, dass sie das nicht konnte.

Mr Saunders drehte sich zu ihr um.

»Sie sind ein echtes Scheusal!«, sagte Gwendolen. »Außerdem darf ich hexen, wenn Sie dabei sind.«

»Niemand darf Tinte über seinen Lehrer kippen«, entgegnete Mr Saunders vergnügt. »Und wie ich dir schon sagte, ist mit der Hexerei vorläufig Schluss. Gieß die Tinte nach, bis ich dir Einhalt gebiete.«

Gwendolen goss eine halbe Stunde lang Tinte nach und wurde von Minute zu Minute wütender.

Cat war beeindruckt. Mr Saunders muss ein ziemlich mächtiger Zauberer sein, dachte er. Auf seinem Rücken war keine Spur von Tinte mehr zu sehen. Cat warf hin und wieder einen Blick nach Mr Saunders, weil er nicht sicher war, ob er die Schreibfeder gefahrlos aus der rechten in die linke Hand nehmen konnte. Er war oft genug dafür bestraft worden, dass er mit der linken Hand schrieb, und hatte Übung darin, den Lehrer immer im Auge zu behalten. Wenn Mr Saunders in seine Richtung sah, schrieb er mit der rechten Hand. Sie war langsam und widerspenstig. Aber kaum wandte sich Mr Saunders ab, wechselte er die Feder aus der rechten in die linke Hand und sie flog nur so über das Papier. Ein weiteres Problem war, dass er das Heft schräg halten musste, um nicht mit dem linken Ärmel die Tinte zu verwischen.

Als die halbe Stunde um war, sagte Mr Saunders

ohne sich umzudrehen, Gwendolen möge aufhören, Tinte nachzugießen, und an die Rechenarbeit gehen. Dann sagte er, noch immer mit dem Rücken zu Cat: »Eric, was machst du da?«

»Ich schreibe einen Aufsatz über König Knut«, antwortete Cat unschuldig.

Mr Saunders drehte sich um, aber inzwischen lag das Heft wieder gerade und Cat hielt die Feder in der rechten Hand. »Mit welcher Hand hast du soeben geschrieben?«, fragte Mr Saunders. Daran war Cat gewöhnt. Er streckte die rechte Hand mit der Feder hoch. »Mir sah es nach beiden Händen aus«, meinte Mr Saunders und kam herüber, um das Geschriebene zu betrachten. »Stimmt, es *waren* beide.«

»Aber man merkt es doch gar nicht«, sagte Cat unglücklich.

»Nicht sehr«, gab Mr Saunders zu. »Macht dir das Spaß, abwechselnd mit der rechten und der linken Hand zu schreiben?«

»Nein«, sagte Cat. »Aber ich bin Linkshänder.«

Wie Cat gefürchtet hatte, bekam Mr Saunders einen Tobsuchtsanfall. Sein Gesicht lief rot an. Er ließ seine große knochige Hand auf Cats Pult herabsausen, dass Cat hochsprang; ebenso sein Tintenfass, das überschwappte und die Hand von Mr Saunders und Cats Aufsatz mit Tinte bekleckste. »Linkshänder!«, brüllte Mr Saunders. »Warum, zum Teufel, schreibst du dann nicht mit der linken Hand?«

»Die – die anderen haben mich immer bestraft, wenn ich das tat«, stammelte Cat verdattert.

»Dann gehören sie bei lebendigem Leib geröstet!«, donnerte Mr Saunders. »Wer immer diese anderen sind! Du schadest dir selbst ungeheuerlich damit. Falls ich dich noch einmal dabei erwische, dass du mit der rechten Hand schreibst, kannst du was erleben!«

»Ja«, sagte Cat erleichtert, aber immer noch verwirrt. Er blickte traurig auf seinen tintenbekleckten Aufsatz und hoffte, Mr Saunders würde vielleicht ein bisschen hexen. Aber der griff nach dem Heft und riss die Seite glatt heraus.

»Und jetzt schreib das noch einmal anständig«, sagte er und warf das Heft vor Cat auf das Pult.

Cat schrieb noch immer über König Knut, als Mary hereinkam und auf einem Tablett Milch und Zwieback sowie eine Tasse Kaffee für Mr Saunders brachte. Nach der Milchpause teilte Mr Saunders Cat und Gwendolen mit, sie könnten jetzt gehen, sie seien frei bis zum Mittagessen. »Allerdings nicht zur Belohnung für gute Mitarbeit«, sagte er. »Geht und schnappt etwas frische Luft.« Sie waren schon in der Tür, als er sich zu Roger und Julia wandte. »Und wir wollen uns jetzt ein wenig mit Hexerei beschäftigen«, erklärte er. »Hoffen wir, dass ihr das nicht auch alles vergessen habt.«

Gwendolen drehte sich auf der Türschwelle um.

»*Du* nicht«, sagte Mr Saunders. »Du weißt, warum.«

Gwendolen machte auf dem Absatz kehrt und rannte los. Cat lief hinter ihr her, so schnell er konnte.

Er holte sie erst ein, als sie in einen viel prächtigeren Teil des Schlosses gelangt waren. Eine breite Marmortreppe führte in elegantem Bogen abwärts. Das Licht fiel von hoch oben durch eine zierliche Glaskuppel herein.

»Das ist nicht der richtige Weg!«, keuchte Cat.

»Doch«, entgegnete Gwendolen grimmig. »Ich muss Chrestomanci finden. Warum dürfen diese zwei Fettsäcke hexen lernen und ich nicht? Ich bin doppelt so begabt wie sie. Einer allein hat es ja nicht mal geschafft, einen Kakaokrug zum Schweben zu bringen! Ich *muss* mit Chrestomanci reden!«

Wie es der Zufall wollte, kam Chrestomanci auf der anderen Seite der Treppe die Galerie entlang. Er schien mit seinen Gedanken meilenweit entfernt zu sein. Gwendolen und Cat umrundeten die Marmorplattform und pflanzten sich vor ihm auf. Chrestomanci blinzelte, dann blickte er fragend von einem zum anderen. »Wünscht einer von euch beiden etwas von mir?«

»Ja, ich«, sagte Gwendolen. »Mr Saunders will mir keinen Unterricht im Hexen geben und ich wünsche, dass Sie es ihm befehlen.«

»Oh, aber das kann ich nicht«, sagte Chrestomanci geistesabwesend. »Es tut mir Leid … und so weiter.«

Gwendolen stampfte mit dem Fuß auf. Das verursachte kein nennenswertes Geräusch, selbst hier auf dem Marmorboden nicht, es hallte nicht einmal wider. Gwendolen brüllte. »Warum nicht? Sie müssen einfach! Sie müssen, Sie müssen!«

Chrestomanci äugte mit überraschtem Vogelblick auf sie hinunter, so als sähe er sie zum ersten Mal. »Es scheint dir nicht zu passen«, sagte er, »aber ich fürchte, es ist nicht zu ändern. Ich habe Michael Saunders untersagt, euch Unterricht im Hexen und Zaubern zu erteilen.«

»Sie stecken dahinter! Aber warum bloß?«, rief Gwendolen.

»Weil du nichts als Unfug treiben würdest, darum natürlich«, erklärte Chrestomanci. »Aber in einem Jahr etwa will ich es noch mal in Erwägung ziehen.«

Er lächelte Gwendolen an, ganz so, als erwarte er, dass sie ihm vor Freude um den Hals fallen werde, und schritt versonnen die Treppe hinab.

Gwendolen trat gegen die Brüstung. Sie bekam einen Tobsuchtsanfall, der dem von Mr Saunders nicht nachstand. Sie trampelte und schrie und schüttelte die Faust hinter Chrestomanci her. »Na warte!«, rief sie. »Das wirst du bereuen!« Aber so laut sie auch brüllte, ihre Stimme klang dünn und schwach wie ein mickriges hohes Quieken. Immerhin lockte es die Dame mit den Spitzenhandschuhen aus einer Tür in der Galerie.

»Ihr kleinen Quälgeister!«, sagte sie. »Wenn ihr schreien wollt, müsst ihr in den Park hinausgehen.«

»Gehen wir!«, sagte Gwendolen missmutig zu Cat, und beide liefen zurück in den Teil des Schlosses, der ihnen vertraut war. Nach einigem Suchen fanden sie die Tür, durch die sie das erste Mal hereingekommen waren, und traten hinaus.

Sie durchquerten den Wald von Rhododendronbüschen und gelangten auf den großen weichen Rasen mit den Zedern. Der zog sich die ganze Front des neueren Schlosstraktes entlang. Jenseits des Rasenstreifens erspähte Cat eine verlockende sonnendurchtränkte, hohe alte Mauer, die von Bäumen überragt wurde. Gewiss waren es die Ruinen eines noch älteren Schlosses. Cat peilte sie an und zog Gwendolen mit sich.

Die erste Mauer, zu der sie gelangten, war eine niedrige Gartenmauer. Eine Tür führte in einen streng geometrisch angelegten Park. Breite Kieswege liefen schnurgerade zwischen Buchsbaumhecken entlang. Eiben waren zu regelmäßigen Pyramiden zurechtgestutzt, sämtliche Blumen waren gelb und standen in ordentlichen Gruppen beisammen.

»Langweilig«, sagte Cat und ging voran, auf die zerfallene Mauer zu, die man jenseits des Parks sehen konnte.

Wieder stießen sie auf eine niedrige Gartenmauer und traten jetzt in einen Obstgarten. Es war ein sehr ordentlicher Obstgarten, dessen Bäume, alle in gleicher Höhe, auf Spaliere aufgezogen waren. Sie trugen die schönsten Äpfel. Nach dem, was Chrestomanci übers Äpfelklauen gesagt hatte, wagte Cat nicht, einen Apfel zu pflücken, aber Gwendolen nahm sich einen großen roten Cox Orange und biss hinein.

Im selben Moment schoss ein Gärtner um die Ecke und erklärte ihnen vorwurfsvoll, dass es verboten sei, Äpfel zu pflücken.

Gwendolen schleuderte den Apfel auf den Weg. »Dann behalten Sie ihn. Es ist sowieso eine Made drin.«

Sie gingen weiter und ließen den Gärtner mit dem angebissenen Apfel, den er kummervoll betrachtete, zurück. Sie gelangten in einen Rosengarten und Gwendolen wollte eine Rose pflücken. Augenblicklich tauchte wieder ein Gärtner auf und gab ihnen höflich zu verstehen, dass es nicht erlaubt sei, Blumen abzubrechen. Also warf Gwendolen die Rose zu Boden. Cat blickte über die Schulter und stellte fest, dass die Ruinen jetzt hinter ihnen waren. Er machte kehrt und ging zurück. Aber er konnte sie nicht erreichen. Unverhofft stieß er auf einen steilen kleinen Pfad, der sich zwischen zwei Mauern emporwand. Und dort oben, am Ende des Pfades, lagen die Ruinen.

Begeistert stürmte Cat den steilen Weg hinauf. Die sonnendurchtränkte Mauer vor ihm war größer als die meisten anderen Häuserwände und ganz oben wuchsen Bäume. Als Cat nahe genug war, sah er, dass eine Steintreppe wie eine steinerne Leiter an der Mauer emporführte. Der Fuß der Treppe war dicht mit Heckenrosen überwuchert. Cat musste eine lange Ranke roter Rosen beiseite biegen, um die unterste Stufe zu betreten.

Kaum hatte er den Fuß darauf gesetzt, als ein dritter Gärtner den steilen Pfad heraufkeuchte. »Halt! Das darfst du nicht! Dort oben ist Chrestomancis Garten!«

»Warum dürfen wir da nicht hin?«, fragte Cat enttäuscht.

»Weil es nicht erlaubt ist, darum.«

Langsam und widerwillig kehrte Cat um. Der Gärtner stand am Fuß der Treppe, um sich zu überzeugen, dass Cat sich entfernte.

»Mist!«, sagte Cat.

»Chrestomancis Verbote machen mich langsam krank«, sagte Gwendolen. »Höchste Zeit, dass ihm mal jemand einen Denkzettel verpasst.«

»Was hast du vor?«, fragte Cat.

»Wart's ab«, sagte Gwendolen und presste die Lippen entschlossen zusammen.

Fünftes Kapitel

Weil Gwendolen sich weigerte, ihren Bruder in ihren Plan einzuweihen, sah Cat trüben Zeiten entgegen. Nach einem gesunden und bekömmlichen Mittagessen aus Steckrüben und gekochtem Hammelfleisch hatten sie wieder Unterricht. Danach verschwand Gwendolen sehr schnell. Cat durfte nicht mit und wusste nicht, was er mit sich anfangen sollte.

Ihm blieb nichts anderes übrig, als allein herumzuwandern. Ein Stück hügelabwärts lag ein Kastanienwäldchen, aber die Kastanien waren noch nicht reif. Als Cat lustlos in die Bäume hinaufblickte, entdeckte er dort in mittlerer Höhe ein Baumhaus. Das gefiel ihm. Er wollte gerade hinaufklettern, als er Stimmen hörte und Julias Rock zwischen den Blättern flattern sah. Also wieder nichts. Das Baumhaus gehörte Julia und Roger und beide spielten darin. Cat konnte sich nicht vorstellen, dass sie Lust hatten, ihn mitspielen zu lassen.

Er ging weiter. Auf dem Rasen traf er Gwendolen, die unter einer Zeder eifrig ein kleines Loch grub.

»Was tust du da?«, fragte Cat.

»Hau ab«, sagte Gwendolen.

Cat entfernte sich. Er war sicher, dass Gwendolens Graben mit Hexerei zu tun hatte und damit, dass sie

Chrestomanci einen Denkzettel verpassen wollte. Es war zwecklos, in Gwendolen zu dringen, wenn sie so geheimnisvoll tat. Cat musste abwarten. Er wartete das ganze schreckliche Abendessen lang, den ganzen endlosen Abend und die ganze schreckliche Nacht hindurch.

Am nächsten Morgen wachte Cat früh auf. Er stürzte an eines seiner drei Fenster und sah sofort, was Gwendolen angestellt hatte. Der ganze Rasen war ruiniert. Er war nicht mehr eine sanfte Fläche grünen Samtes. Er war ein Meer von Maulwurfshügeln. In beiden Richtungen, so weit das Auge reichte, zogen sich abwechselnd kleine grüne Wälle, kleine Haufen brauner Erde, lange Streifen aufgeworfener Erde und lange grüne Kämme unterwühlten Grases entlang. Eine Armee von Maulwürfen musste die ganze Nacht am Werk gewesen sein. Etwa ein Dutzend Gärtner stand verstört und ratlos herum.

Cat schlüpfte in seine Kleider und stürmte die Treppe hinunter. Gwendolen stand im Nachthemd am Fenster, weit hinausgelehnt, und strahlte vor Stolz. »Sieh dir das an!«, sagte sie zu Cat. »Ist das nicht wundervoll? Es hat mich gestern Stunden gekostet. Ich wollte sicher sein, dass die Verwüstung perfekt ist. Das wird Chrestomanci ein bisschen zu denken geben.«

Cat zweifelte nicht daran. Er hatte keine Ahnung, was es kosten würde, eine so große Rasenfläche zu erneuern, aber billig war es gewiss nicht. Er fürchtete, dass dieser Streich Gwendolen ernsthaften Ärger eintragen könnte.

Aber zu seinem Erstaunen wurde der Rasen mit keinem Wort erwähnt. Euphemia, die kurz darauf ins Zimmer kam, sagte nur: »Ihr beide werdet wieder zu spät zum Frühstück kommen.« Roger und Julia sagten überhaupt nichts. Wortlos nahmen sie die Marmelade und Cats Messer in Empfang. Kein Ton kam über ihre Lippen. Und als Mr Saunders zum Unterricht rief, wandte er sich sofort dem Lehrstoff zu. Cat schloss daraus, dass niemand wusste, wer die Maulwurfshügel verursacht hatte.

Mr Saunders verkündete, dass der Nachmittag schulfrei sei. Alle Mittwochnachmittage seien schulfrei. Und als sie zum Mittagessen gingen, war kein einziger Maulwurfshügel mehr zu sehen. Der Rasen war wieder eine grüne Samtfläche wie vordem.

»Ich kann es einfach nicht glauben!«, flüsterte Gwendolen Cat zu. »Es muss ein Täuschungsmanöver sein! Sie wollen, dass ich mir klein und unwichtig vorkomme.«

Nach dem Essen gingen sie hinaus, um sich die Sache aus der Nähe anzusehen. Sie mussten sehr vorsichtig sein, weil Mr Saunders in einem Liegestuhl unter den Zedern saß. Er las in einem gelben Taschenbuch, das ihn mächtig zu amüsieren schien. Gwendolen schlenderte bis in die Mitte des Rasens hinaus und tat so, als bewundere sie von dort aus das Schloss. Sie bückte sich, um ihr Schuhband festzubinden, und stocherte mit dem Finger im Rasen.

»Ich begreife das nicht!«, sagte sie. »Er ist tatsächlich echt!«

Mr Saunders rief sie zu sich.

Einen Moment lang sah es so aus, als hätte Gwendolen Angst. Aber sie verbarg es und ließ sich nichts anmerken. Lässig schlenderte sie auf den Liegestuhl zu. Cat folgte ihr.

Mr Saunders legte das Buch ins wieder schöne grüne Gras und lächelte ihnen entgegen. »Ihr zwei seid so schnell verschwunden, dass ich nicht mehr dazu kam, euch euer Taschengeld zu geben. Da habt ihr es.« Er drückte jedem eine große Silbermünze in die Hand. Cat starrte sein Geldstück an. Es war eine Krone – ganze fünf Shilling. Noch nie in seinem Leben hatte er so viel Taschengeld bekommen. Es verblüffte ihn noch mehr, als Mr Saunders hinzufügte: »Soviel kriegt ihr jeden Mittwoch. Ich weiß nicht, ob ihr sparsam seid oder das Geld zum Fenster rausschmeißt. Was Julia und Roger betrifft, so gehen sie meistens ins Dorf und verpulvern es für Süßigkeiten.«

»Danke«, sagte Cat. »Vielen Dank. Wollen wir ins Dorf hinuntergehen, Gwendolen?«

»Meinetwegen«, antwortete Gwendolen bereitwillig. Sie kämpfte mit sich. Einerseits wäre sie gern im Schloss geblieben, um sich allen Unannehmlichkeiten, die ihr die Maulwürfe eintragen könnten, tapfer zu stellen, andererseits war sie erleichtert, eine Ausrede zum Verschwinden zu haben. »Ich nehme an, Chrestomanci wird mich rufen lassen, sobald er herausgefunden hat, dass ich es war«, sagte sie, während sie die Allee hinuntergingen.

»Glaubst du, dass Mr Saunders den Rasen wieder in Ordnung gebracht hat?«, fragte Cat.

Gwendolen runzelte die Stirn. »Unmöglich. Er hat uns ja währenddessen unterrichtet.«

»Diese Gärtner«, überlegte Cat. »Einige von ihnen könnten Magier sein. Sie sind immer unglaublich schnell aufgetaucht.«

Gwendolen lachte spöttisch.

»Immerhin«, meinte Cat, »sie könnten Spezialisten - Gartenmagier - sein.«

Wieder lachte Gwendolen.

Das Dorf lag am Fuß des Hügels, auf dem das Schloss stand. Es gab einen Bäckerladen mit schön gewölbtem Torbogen, einen verlockenden Bonbonladen und das Postamt. Cat wollte den beiden Läden einen Besuch abstatten, aber Gwendolen ging zielstrebig auf einen Dorfjungen zu, der in der Nähe herumlungerte.

»Hier im Dorf soll ein Mr Baslam wohnen. Kannst du mir sagen, wo?«

Der Junge schnitt eine Grimasse. »Der? Dort unten am Ende der Allee, falls ihr's wirklich wissen wollt.« Er sah sie an wie jemand, der auf ein Trinkgeld wartete.

Weder Cat noch Gwendolen hatten außer dem einen Kronenstück noch Geld bei sich. Sie mussten gehen, ohne ihm etwas zu geben. Der Junge rief hinter ihnen her:

»Knickerige kleine Hexe! Filziger kleiner Zauberer!«

Gwendolen rührte das überhaupt nicht. Aber Cat war es so peinlich, dass er am liebsten umgekehrt wäre, um alles zu erklären.

Mr Baslam wohnte in einem schäbigen kleinen Haus mit einem Schild im Fenster, auf dem stand: EKSOTTISCHE WAREN. Gwendolen warf nur einen mitleidigen Blick darauf, während sie mit dem abgegriffenen Türklopfer an die Eingangstür hämmerte. Mr Baslam öffnete: ein Fettwanst in einer alten Hose und mit roten Augen und tiefen Tränensäcken wie ein Bernhardiner. Er wollte die Tür gleich wieder zumachen, als er sah, wer draußen stand.

»Danke, heute nicht«, sagte er. Eine Bierfahne wehte ihnen entgegen.

»Mr Nostrum schickt mich«, sagte Gwendolen. »Mr William Nostrum.«

Die Tür blieb in der Schwebe. »Ach«, sagte Mr Baslam. »Dann kommt lieber herein, ihr beiden. Hier entlang.« Er führte sie in ein düsteres Zimmer mit vier Stühlen, einem Tisch und etlichen Dutzend Glaskästen voll ausgestopfter Tiere. »Also setzt euch«, sagte Mr Baslam widerwillig.

Cat setzte sich vorsichtig und gab sich Mühe, nicht zu tief einzuatmen. Neben dem Bierdunst, der aus Mr Baslams Mund kam, roch es hier schwach nach Fäulnis und Moder und irgendwie nach Eingepökeltem. Vielleicht ist eines der ausgestopften Tiere nicht sorgfältig präpariert worden, dachte Cat. Gwendolen schien der Geruch nicht zu stören. Sie saß da wie der leibhaftige Inbegriff eines reizenden kleinen Mädchens und lächelte Mr Baslam liebenswürdig an.

»Ich glaube, Ihr Schild draußen ist falsch geschrieben.«

»Ich weiß. Ich weiß«, sagte Mr Baslam ungeduldig. »Aber ich will ja gar nicht, dass man mich ernst nimmt, klar? Nicht schon vor der Haustür jedenfalls. Also, was wollt ihr? Mr William Nostrum berichtet mir nicht eben sehr viel über seine Pläne. Ich bin nur ein bescheidener Lieferant.«

»Deshalb bin ich hier. Ich brauche einiges«, sagte Gwendolen. Cat hörte gelangweilt zu, wie Gwendolen um verschiedene Zaubermittel feilschte: Augen von Wassermolchen, Schlangenzungen, Kardamom, Nieswurz, Salpeter sowie alle möglichen Samen und Harze. Mr Baslam verlangte mehr dafür, als Gwendolen zahlen wollte.

»Du weißt genau, was du willst, nicht wahr?«, sagte er verdrießlich.

»Ich weiß, was das Zeug kosten darf«, entgegnete Gwendolen. Sie nahm ihren Hut ab, verstaute die Tüten, die Mr Baslam ihr widerwillig gab, darin und setzte ihn ordentlich wieder auf. »Und nun brauche ich noch etwas Drachenblut«, sagte sie.

»Ooooh!« Mr Baslam schüttelte den Kopf, dass seine schlaffen Wangen schlabberten. »Es ist verboten, Drachenblut zu benutzen, mein Fräulein. Das sollte dir bekannt sein. Ich weiß wirklich nicht, ob ich dir das beschaffen kann.«

»Mr Nostrum – beide Mr Nostrums sagten mir, Sie könnten einfach *alles* beschaffen. Sie seien der beste Mittelsmann weit und breit«, sagte Gwendolen. »Ich verlange das Drachenblut nicht sofort. Ich bestelle es.«

Mr Baslam fühlte sich durch das Lob geschmeichelt. Aber er hatte noch immer Zweifel. »Ist 'n schrecklich starker Zauber, für den man Drachenblut braucht«, sagte er weinerlich. »Also, du wirst doch wohl nicht selbst – so 'n junges Fräulein wie du …«

»Ich weiß es noch nicht«, sagte Gwendolen. »Aber ich glaube, vielleicht doch. Ich bin schon eine fortgeschrittene Hexe, wissen Sie. Und ich will einfach etwas Drachenblut haben, für den Fall, dass ich es mal brauche.«

»Das Zeug ist nicht billig«, warnte er sie. »In dem Preis ist das Risiko inbegriffen, verstehst du? Ich will nicht mit dem Gesetz in Konflikt kommen.«

»Ich werde es in Raten bezahlen«, erklärte Gwendolen. »Sie können den Rest der fünf Shilling als Anzahlung behalten.«

Mr Baslam konnte nicht widerstehen. »Abgemacht«, sagte er. Gwendolen lächelte herablassend und erhob sich. Auch Cat sprang erleichtert auf. »Und wie steht es mit dir, junger Freund?«, fragte Mr Baslam schmeichelnd. »Hast du keine Lust, dich ein wenig in der Zauberkunst zu versuchen?«

»Er ist nur mein Bruder«, sagte Gwendolen. »Wann werden Sie das Drachenblut haben?«, fragte sie ihn, schon auf der Türschwelle.

Mr Baslam überlegte. »Sagen wir – in etwa einer Woche?«

Gwendolens Gesicht leuchtete auf. »Großartig! Ich hab's ja gewusst, dass Sie ein guter Vermittler sind.«

Sie triumphierte. »Eine Woche!«, sagte sie draußen. »Das ist schneller, als ich zu träumen gewagt habe. Es muss aus dieser anderen Welt herübergeschmuggelt werden, weißt du. Er scheint dort unglaublich gute Beziehungen zu haben.«

»Oder er hat das Zeug schon da, in einem von seinen ausgestopften Tieren«, sagte Cat, der Mr Baslam nicht ausstehen konnte. »Wozu brauchst du überhaupt Drachenblut? Mrs Sharp hat einmal gesagt, es kostet fünfzig Pfund die Unze.«

»Sei still«, sagte Gwendolen. »Oh je, komm schon, beeil dich, Cat! Gehn wir in den Bonbonladen da. Die da braucht nicht zu wissen, wo ich gewesen bin.«

Auf dem Dorfanger stand eine Frau mit aufgespanntem Sonnenschirm und unterhielt sich mit einem Dorfbewohner. Es war niemand anders als Chrestomancis Frau. Cat und Gwendolen verdrückten sich schnell in den Bonbonladen und hofften, Milly habe sie nicht gesehen. Cat kaufte zwei Tüten Rahmbonbons, eine für sich und eine für Gwendolen. Milly rührte sich nicht vom Fleck, also kaufte er auch noch Lakritzen. Milly war noch immer da. Cat erstand einen Federputzer für Gwendolen und für sich selbst eine Postkarte mit dem Bild des Schlosses. Milly machte keine Anstalten zu verschwinden. Da Cat nichts mehr einfiel, was er noch kaufen könnte, blieb ihnen nichts anderes übrig, als das Geschäft zu verlassen.

Milly winkte ihnen. »Kommt, meine Lieben. Wir wollen zusammen nach Hause gehen. Ich habe auf euch gewartet.«

Es gab kein Entrinnen. Im Schatten ihres Sonnenschirms wanderten sie an Millys Seite zum Schloss zurück.

»Wie schön, dass wir endlich einmal Gelegenheit haben, uns ein wenig zu unterhalten«, sagte Milly. »Wie gefällt es euch hier? Findet ihr es sehr merkwürdig und fremd bei uns?«

»Ein … bisschen«, gab Cat zu.

»Die ersten Tage sind immer die schlimmsten«, sagte Milly. »Ich bin sicher, ihr werdet euch bald eingewöhnt haben. Und scheut euch nicht, die Spielsachen im Spielzimmer zu benutzen. Sie sind für alle da.«

So redete und schwatzte sie, während sie die Allee hinaufgingen, als hätten Maulwürfe und Zauberspuk niemals existiert. Cat mochte sie. Er stellte fest, dass er die Konversation mit Chrestomancis Frau bestritt. Sobald klar war, dass Milly weder die Maulwürfe noch Mr Baslam erwähnen würde, hüllte Gwendolen sich in trotziges Schweigen und ließ Cat reden. Nach einer Weile fragte Milly ihn, was er im Schloss von allen Dingen am merkwürdigsten fände.

Cat antwortete schüchtern, aber ohne zu zögern:

»Die Art und Weise, wie beim Abendessen geredet wird.«

Milly stieß einen Schrei hellster Verzweiflung aus. »Oh weh! Armer Eric! Wirklich, ich habe deine Blicke gesehen! Ist das nicht schrecklich! Wenn Michael einmal angefangen hat, sich für irgendetwas zu begeistern, dann redet er über nichts anderes. Aber warte, in ein, zwei Tagen müsste sich das gelegt haben, dann können wir uns wieder vernünftig unterhalten und ein wenig lustig sein. Ich lache gern beim Essen, du auch? Ich fürchte allerdings, nichts wird den armen Bernard davon abhalten können, über Aktien und Gewinne zu reden. Aber man braucht sich überhaupt nicht darum zu kümmern. Niemand hört Bernard zu. Übrigens – magst du Sahnetörtchen?«

»Oh ja«, sagte Cat.

»Fein!«, rief Milly. »Ich habe den Tee nach draußen auf den Rasen bestellt, weil heute euer erster Mittwoch ist. Außerdem wäre es einfach zu schade, das schöne Wetter nicht auszunützen. Wenn wir hier durchschlüpfen, kommen wir direkt zur Teewiese.«

Und wirklich, nachdem sie sich mit Milly durch das Gebüsch geschlagen hatten, standen sie vor einer stattlichen Anzahl von Liegestühlen, die sich zwanglos um den von Mr Saunders gruppierten. Diener schleppten Tische und balancierten Tabletts. Der Großteil der Schlossbewohner hatte sich bei den Liegestühlen eingefunden. Mit gemischten Gefühlen gesellte sich Gwendolen zu ihnen. Sie war sicher, Chrestomanci würde sie jetzt gleich wegen der Maulwürfe zur Rede stellen. Zudem hatte sie keine Chance, den Hexenkram unbemerkt aus dem Hut zu nehmen.

Aber Chrestomanci war gar nicht da. Er als Einziger fehlte. Milly bahnte sich ihren Weg zwischen Bernard (Aktien und Gewinne) und Julia hindurch, vorbei an der alten Dame in Handschuhen, und zeigte mit der Spitze ihres Sonnenschirms auf Mr Saunders. »Michael, ich verbiete dir strengstens, beim Tee über Kunst zu reden«, sagte sie lachend.

Offensichtlich sprach sie den übrigen Familienmitgliedern aus dem Herzen. Einige riefen: »Hört, hört!«, und Roger sagte: »Können wir anfangen, Mummy?«

Cat genoss das Picknick. Zum ersten Mal, seit er hier war, konnte er eine Mahlzeit ungetrübt genießen. Es gab hauchdünne Gurkensandwiches und große matschige Sahnetörtchen. Cat verdrückte sogar noch mehr als Roger. Um ihn herum plätscherte fröhliches, belangloses Geplauder und goldener Sonnenschein lag warm und friedlich auf den grünen Rasenflächen. Cat fing an daran zu glauben, dass er – mit etwas Übung – hier im Schloss beinah glücklich sein könnte.

Gwendolen war weit davon entfernt, glücklich zu sein. Die Papiertüten auf ihrem Kopf drückten und schienen immer schwerer zu werden. Der Geruch, den sie verströmten, überdeckte den Duft der Sahnetörtchen. Und das Gespräch mit Chrestomanci würde bis zum Abendessen auf sich warten lassen!

Die Dämmerung senkte sich bereits herab, als die Familie im Speisesaal zusammenkam. Eine Reihe brennender Kerzen erhellte die lange, glänzende Tafel von einem Ende bis zum anderen. Die Kerzen und der übrige Raum spiegelten sich in der langen Fensterfront, auf die Cat blickte. Es war ein hübsches Bild. Da Mr Saunders beim Tee nicht über Kunst hatte reden dürfen, holte er das jetzt nach und war noch gesprächiger als sonst. Er redete und redete. Chrestomanci wirkte verträumt und aufgeräumt. Er hörte zu und nickte vor sich hin. Gwendolen wurde von Minute zu Minute wütender. Es fiel kein Wort über den Rasen und die Maulwürfe.

Gwendolen kochte. Sie wollte, dass man ihre Macht erkannte. Sie wollte Chrestomanci zeigen, dass sie eine Hexe war, mit der man rechnen musste. Es blieb ihr also gar nichts anderes übrig, als sich etwas Neues einfallen zu lassen.

Mr Saunders redete immer noch. Diener brachten den nächsten Gang. Cat schaute geradeaus in das gegenüberliegende Fenster, um zu sehen, wann das Silbertablett zu ihm kam. Es fehlte nicht viel und er hätte laut aufgeschrien.

Draußen am Fenster stand eine knochendürre weiße Gestalt. Sie presste sich an die dunkle Außenseite des Glases, schnitt Grimassen und winkte. Eine Jammergestalt, schlaff und weiß und widerlich. Schlabberig und schleimig. Obwohl Cat fast im selben Moment begriff, dass dies Gwendolens Werk war, starrte er die Erscheinung entsetzt an.

Milly beobachtete Cat und folgte seinem Blick. Sie schauderte und klopfte dann mit ihrem Löffel sanft auf Chrestomancis Handrücken. Chrestomanci hob seinen träumerischen Blick und sah ebenfalls zum Fenster hinüber. Gelangweilt zog er die Augenbrauen hoch und seufzte.

»Frazier, würden Sie bitte die Vorhänge zuziehen? Danke«, sagte Chrestomanci. »Übrigens, Gwendolen, als ich sagte ›im Schloss‹, meinte ich selbstverständlich die Außenanlagen ebenso wie die inneren Räumlichkeiten. – Du kannst weitersprechen, Michael. Venedig.«

Alles nahm seinen Fortgang, das Essen, die Unterhaltung – so als wäre überhaupt nichts gewesen. Nur Cat brachte keinen Bissen mehr hinunter.

»Vergiss es, du Idiot! Ich habe es weggeschickt!«, flüsterte ihm Gwendolen zu. Ihre Stimme zitterte vor Zorn.

Sechstes Kapitel

Nach dem Abendessen, in ihrem Zimmer, machte Gwendolen ihrer Empörung Luft. Sie sprang aufs Bett und schmiss schreiend mit Kissen um sich. Cat stand an die Wand gedrückt und wartete, dass sie sich beruhigte. Aber Gwendolen beruhigte sich nicht.

»Ich hasse diesen Ort!«, brüllte sie. »Sie versuchen alles mit sanfter, zuckersüßer Nettigkeit zuzudecken. Ich hasse es, ich hasse es!« Ihre Stimme kroch in die Samtvorhänge des Zimmers und wurde von der sanften Stille des Schlosses verschluckt. »Hörst du's?«, rief Gwendolen. »Es ist wie eine Daunendecke, diese entsetzliche Nettigkeit! Ich ruiniere ihren Rasen und sie laden mich zum Tee ein. Ich beschwöre ein entzückendes Gespenst herauf und sie lassen die Vorhänge zuziehen. *Frazier, würden Sie bitte die Vorhänge zuziehen!* Ha! Chrestomanci macht mich krank!«

»Ich fand, es war ein fürchterliches Gespenst«, sagte Cat schaudernd.

»Du wusstest nicht, dass ich so etwas kann, nicht wahr?«, rief Gwendolen. »Es sollte nicht *dich* erschrecken, du Dummkopf. Es hätte Chrestomanci einen Schock versetzen sollen. Ich hasse ihn! Er hat sich nicht mal dafür interessiert.«

»Warum wollte er, dass wir hier wohnen, wenn er sich nicht für dich interessiert?«, wunderte sich Cat.

Gwendolen war wie vom Donner gerührt. »Daran habe ich noch gar nicht gedacht!«, sagte sie. »Das ist wirklich sonderbar. Geh, lass mich allein. Ich will darüber nachdenken. – Jedenfalls«, rief sie Cat nach, als er zur Tür ging, »*wird* er sich für mich interessieren. Dafür werde ich schon sorgen!«

Wieder einmal war Cat allein, einsam und betrübt. Dann fiel ihm ein, was Milly gesagt hatte, und er ging zum Spielzimmer. Roger und Julia spielten auf dem fleckigen Teppich mit Zinnsoldaten. Die kleinen Grenadiere marschierten auf und ab. Einige schwenkten Kanonen. Andere lagen hinter Kissen in Deckung und feuerten mit kaum hörbarem Knall ihre Gewehre ab.

Roger und Julia drehten sich wie ertappt zu ihm. »Du wirst das für dich behalten, ja?«, sagte Julia.

»Möchtest du mitspielen?«, fragte Roger höflichkeitshalber.

»Oh nein, danke«, sagte Cat hastig. Er wusste, dass er gar nicht mitspielen konnte, außer Gwendolen half ihm dabei. Aber was sollte er sonst tun? Er erinnerte sich nun auch, dass Milly ihm geraten hatte sich genauer im Schloss umzusehen. Er ging also auf Entdeckungsreise und kam sich sehr mutig vor.

Das nächtliche Schloss schien fremd und geheimnisvoll. Kleine, trübe elektrische Lichter wiesen ihm in regelmäßigen Abständen den Weg. Der grüne Teppich schimmerte sanft, Cat huschte leise dahin, begleitet von seinem eigenen Schatten, der gespenstisch neben ihm herglitt. Er gelangte zu einer Wendeltreppe, die der Zwilling jener Treppe war, die zu seinem Zimmer hinaufführte, nur dass sich die Spirale in die entgegengesetzte Richtung wand. Cat stieg vorsichtig hinauf.

Gerade als er die letzte Windung erreichte, öffnete sich oben im Korridor eine Tür. Ein helles Lichtrechteck fiel auf die gegenüberliegende Wand; darin stand ein Schatten, der nur Chrestomanci gehören konnte. Niemand sonst warf einen solchen Schatten – so groß und so dünn. Cat blieb stehen.

»Und wir wollen hoffen, dass dieses Mädchen das nicht noch einmal versucht«, sagte Chrestomanci. Seine Stimme klang munterer als sonst und ziemlich wütend. Die Stimme von Mr Saunders, ein Stück weiter entfernt, sagte: »Ich habe die Nase schon voll von ihr, ehrlich. Was ist bloß in sie gefahren, dass sie die Quelle ihres Talents derart vergeudet?«

»Unwissenheit«, sagte Chrestomanci.

»Ich saß ja mit dem Rücken zu dem Ding«, sagte Mr Saunders. »Welches war es denn? Nummer fünf?«

»Nein. Nummer drei, nach dem Aussehen seiner Haare zu schließen. Ein Geist«, fügte Chrestomanci hinzu. Er stieg jetzt die Treppe hinab. Cat stand vor Schreck wie gelähmt. »Höchste Zeit, dass ich mich mit der Prüfungskommission in Verbindung setze«, rief Chrestomanci über die Schulter zurück. »Diese Pfuscher lassen ihre guten Schüler einfach draufloshexen, ohne ordentliche und ordnungsgemäße Vorbereitung.« Mit diesen Worten bog Chrestomanci um die nächste Treppenwindung, und wer stand da vor ihm? Cat.

»Oh, hallo«, sagte Chrestomanci. »Ich hatte keine Ahnung, dass du hier bist. Willst du heraufkommen und Michaels Werkstatt sehen?«

Cat nickte. Etwas anderes wagte er nicht.

Chrestomanci schien aber ganz freundlich und Mr Saunders ebenfalls. »Hallo, Eric«, sagte er in seiner fröhlichen Art, als Chrestomanci Cat ins Zimmer schob. »Sieh dich nur um. Sagen dir diese Dinge hier irgendetwas?«

Cat schüttelte den Kopf. Der Raum war rund wie sein eigenes Zimmer, nur größer, und es sah aus wie eine richtige Zauberwerkstatt. So viel begriff er. Er erkannte den fünfzackigen Stern, der auf den Fußboden gemalt war. Der Geruch, den die von der Decke herabhängende brennende Pechpfanne verströmte, war ihm vertraut: Es war der gleiche Geruch, der daheim in Wolvercote die Luft des Hexenviertels erfüllte. Aber er hatte keine Ahnung, wozu all die Dinge auf Tischen und Regalen dienten. Auf einem der Tischgestelle standen Destillierapparate, Kolben und Gläser dicht an dicht, in einigen davon blubberte es, andere waren leer. Auf dem nächsten türmten sich Bücher und Pergamentrollen.

Cat ließ den Blick über die mit noch mehr Büchern voll gestopften Regale rundum an den Wänden gleiten und weiter über Regale, die sich unter der Last der Töpfe und Gläser bogen, in denen die verschiedenen Zaubermittel aufbewahrt wurden. Kein Zweifel, Mr Saunders arbeitete in großem Stil. Cats flinke Augen lasen im Darüberhuschen die Aufschrift auf den Schildern, die an den großen Gefäßen klebten: *Wassermolchaugen*, *Gummiarabikum*, *Alraunwurzel-Elixier*, *Drachenblut (getrocknet)*. Dieses letzte Glas war fast bis oben hin mit einem dunkelbraunen Pulver angefüllt. Der dritte Tisch war über und über mit Kreidezeichen versehen und in der Mitte lag ein mumifiziertes Geschöpf. Es sah aus wie eine große Eidechse, mit Krallen an den Füßen wie ein Hund. Und am Rücken schien es Flügel zu haben. Cat war beinah sicher, dass es einstmals ein kleiner Drache gewesen war.

»Sagt dir das wirklich nichts, hm?«, fragte Mr Saunders.

Cat drehte sich um und stellte fest, dass Chrestomanci gegangen war. Das erleichterte ihn etwas. »Muss eine Menge gekostet haben, das alles«, sagte er.

»Glücklicherweise bezahlt es der Steuerzahler«, antwortete Mr Saunders. »Möchtest du mehr erfahren?«

»Sie meinen – hexen lernen?«, fragte Cat. »Nein. Nein, danke. Ich würde es darin zu rein gar nichts bringen.«

»Wie kommst du darauf, dass du es zu nichts bringen würdest?«

»Weil ich es nicht kann«, erklärte Cat. »Zaubersprüche gelingen mir einfach nicht.«

»Bist du sicher, dass du es richtig versucht hast?«,

fragte Mr Saunders. Er trat zu dem mumifizierten Drachen – oder was es war – und gab ihm geistesabwesend einen leichten Klaps. Zu Cats Entsetzen begann sich das Ding zu krümmen und breitete die Flügel am Rücken aus. Dann erstarrte es wieder und lag leblos da. Cat war fast genauso erschrocken wie damals, als Miss Larkins plötzlich mit der Stimme eines Mannes gesprochen hatte. Da durchfuhr ihn ein entsetzlicher Gedanke – die Stimme war der von Mr Saunders nicht unähnlich gewesen.

»Ich habe es auf alle möglichen Arten versucht«, sagte Cat und wich unmerklich zurück. »Aber ich konnte nicht mal Knöpfe in Gold verwandeln. Und das war ein kinderleichter Spruch.«

Mr Saunders lachte. »Vielleicht warst du nicht habgierig genug. Nun gut. Mach dich aus dem Staub, wenn du willst.«

Cat ließ sich das nicht zweimal sagen. Während er durch die schummerigen Korridore lief, überlegte er, ob er Gwendolen von dieser Begegnung erzählen sollte. Er fand, sie habe ein Recht darauf, zu erfahren, dass Chrestomanci sich doch für ihr Gespenst interessiert hatte, ja sogar darüber erbost war. Aber Gwendolens Tür war verschlossen und sie antwortete nicht, als er sie rief.

Am Morgen versuchte er es wieder. Gwendolen ließ ihn herein, doch bevor er noch den Mund aufmachen konnte, kam Euphemia und überbrachte einen Brief. Gwendolen riss ihn ihr ungeduldig aus der Hand und

Cat erkannte Mr Nostrums zackige Handschrift auf dem Kuvert.

Im nächsten Moment bekam Gwendolen einen Wutanfall.

»Wer hat das getan? Wann ist dieser Brief gekommen?« Der Briefumschlag war an der oberen Längskante säuberlich aufgeschlitzt.

»Heute Morgen, wie aus dem Poststempel zu ersehen ist«, sagte Euphemia. »Aber du brauchst mich deshalb nicht so anzuschauen. Miss Bessemer hat ihn mir so übergeben.«

»Wie kann sie es wagen!«, rief Gwendolen. »Was fällt ihr ein, meine Briefe zu öffnen! Ich muss sofort zu Chrestomanci!«

»Das wird dir hinterher Leid tun«, sagte Euphemia, als Gwendolen an ihr vorbei zur Tür stürzte.

»Ach, halt den Mund, du doofes Froschgesicht!«, fauchte Gwendolen sie an. Cat fand das ziemlich gemein. Euphemia war trotz ihrer leicht vorquellenden Augen ausgesprochen hübsch.

»Komm mit, Cat!«, rief Gwendolen. Cat keuchte hinter ihr her und holte sie erst bei der Treppe ein. »Chrestomanci!«, brüllte Gwendolen. Es klang dünn und schwach und hatte kein Echo.

Chrestomanci, in einem langen wallenden, orange und leuchtend rosa gemusterten Morgenrock, kam die Marmorstufen herauf. Er sah aus wie der Kaiser von Peru. Das milde, versonnene Lächeln auf seinem Gesicht ließ vermuten, dass er Cat und Gwendolen nicht bemerkt hatte.

Gwendolen rief von oben: »He, Sie da! Bitte hierher, aber schnell!« Chrestomanci hob den Kopf und zog die Augenbrauen hoch.

»Jemand hat meine Post geöffnet«, sagte Gwendolen. »Es ist mir egal, wer es war, aber ich dulde das nicht! Hören Sie?«

Cat schluckte. Chrestomanci schien überrascht. »Wie meinst du das – du duldest es nicht?«, fragte er.

»Ich lasse mir das nicht gefallen!«, brüllte Gwendolen. »In Zukunft hat man mir die Briefe ungeöffnet zu übergeben!«

»Du meinst, ich soll sie vorher unter Dampf öffnen und hinterher wieder zukleben?«, fragte Chrestomanci. »Es ist bedeutend mühsamer, aber ich werde es tun, wenn es dir so lieber ist.«

Gwendolen starrte ihn an. »Sie selbst haben das getan? Sie haben einen Brief aufgemacht, der an mich adressiert war?«

Chrestomanci nickte milde. »Selbstverständlich. Wenn jemand wie Henry Nostrum dir einen Brief schreibt, muss ich sichergehen, dass er nichts Unpassendes schreibt. Er ist ein äußerst fragwürdiger Mensch.«

»Er war mein Lehrer!«, sagte Gwendolen wütend.

»Es ist jammerschade, dass du so einen elenden Pfuscher zum Lehrer hattest. Du musst so vieles wieder verlernen. Und ein Jammer ist auch, dass ich kein Recht habe, deine Briefe zu öffnen. Ich hoffe, du wirst nicht allzu viele bekommen, sonst kriege ich noch Gewissensbisse.«

»Sie haben also die Absicht, es wieder zu tun?«, sagte Gwendolen. »Nun, dann sehen Sie sich vor. Ich warne Sie!«

»Das ist sehr aufmerksam von dir«, meinte Chrestomanci und schritt gelassen davon.

Gwendolen starrte rachsüchtig hinter ihm her. »Na warte! Mach dich nur lustig über mich!«

»Du warst schrecklich unhöflich«, sagte Cat.

»Er hat's nicht besser verdient«, entgegnete Gwendolen. »Mr Nostrums Brief zu lesen! Nicht dass es mir viel ausmacht. Wir haben einen Code vereinbart. Das Scheusal Chrestomanci wird nie erfahren, was er mir wirklich mitteilt. Trotzdem, es ist eine Beleidigung, es ist entwürdigend. Ich bin in diesem Schloss auf ihre Wohltätigkeit angewiesen. Und ich stehe mutterseelenallein in meinem Elend und kann sie nicht mal davon abhalten, meine Briefe zu öffnen. Aber ich werd's ihnen zeigen!«

Cat hielt es für besser, nicht darauf zu antworten. Gwendolen stürmte ins Spielzimmer, setzte sich an den Tisch und begann endlich, den Brief zu lesen.

»Ich hab's dir gleich gesagt«, bemerkte Euphemia.

Gwendolen warf ihr einen giftigen Blick zu. »Wart's nur ab, du auch!«, sagte sie und las weiter. Nachdem sie ein paar Zeilen überflogen hatte, schaute sie noch einmal in das Kuvert. »Da ist auch einer für dich«, sagte sie zu Cat und schob ihm einen zusammengefalteten Briefbogen hinüber.

Der Brief war von Mrs Sharp. Sie schrieb:

Mein liber Cat,
wie geht es dir mein Liber? Mir geht es gut. Bin sehr einsam und vermisse euch beide, besonders ohne dich ist es so still hier. Habe gehofft ich kann bisschen Frieden finden aber vermisse deine Stimme und wünsche mir das du hereinkommst und Äpfel bringst. Etwas ist passirt, nämlich ein Herr ist gekommen und hat fünf Pfund für die olle Katze gegeben die was dein Libling war. Also das war vielleicht so'n komischer Kauz. Während wir alles taten um das Katzenfie einzufangen erzählte er mir pausenlos über Akten und Gewinne und Kapitalinvestonen und solchen Kram. Er sagte mir was ich mit den fünf Pfund tun sollte. Na ja ich verstand nicht viel davon. Aber ich habe getan was er mir gerahten hat. Und weist du was mir die fünf Pfund eingebracht haben? Sage und schreibe einhundert Pfund! Und als ich Mr Nostrum davon erzählte nahm er fünf Pfund aus seiner Kasse und tat mit ihnen das gleiche und verlor sie bis auf den letzten Penny. Ist das nicht komisch?

Ich wollte dir ein Päkchen machen mit Lebkuchenmännern und vielleicht könnte ich sie dir mal bringen. Aber Mr Nostrum hat gesagt, das soll ich nicht. Jedenfalls hoffe ich für dich das du reich und glücklich bist. Alles Libe für Gwendolen. Wünsche du bis wider da Cat und das Geld bedeutet nix. Deine dich libende

Ellen Sharp

Cat las es zwischen Tränen und Lachen. Das Heimweh überfiel ihn mit solcher Macht, dass er keinen Bissen mehr hinunterbrachte.

»Was ist los? Fehlt dir etwas, Eric?«, fragte Mr Saunders.

Während Cat gewaltsam seine Gedanken aus Wolvercote zurückholte, verdunkelte sich das Fenster und wurde schwarz. Plötzlich war es stockfinster im Zimmer. Julia quietschte. Mr Saunders tastete sich zum Lichtschalter.

Währenddessen wurde das Fenster wieder hell und durchlässig. Gleich einem Blitzlicht enthüllte es Rogers grinsendes und Julias gelangweiltes Gesicht, Gwendolen, die mit steinerner Miene dasaß, und Mr Saunders, der, eine Hand noch am Lichtschalter, Gwendolen gereizt ansah.

»Ich nehme an, die Ursache dessen befindet sich außerhalb des Schlossbezirkes, oder nicht?«, fragte er.

»Außerhalb der Toreinfahrt«, antwortete Gwendolen patzig. »Ich habe es heute Morgen dorthin gelegt.«

Das Fenster verfinsterte sich wieder.

»Wie oft haben wir das jetzt zu erwarten?«, fragte Mr Saunders.

»Zweimal halbstündlich«, antwortete Gwendolen.

»Danke«, sagte Mr Saunders eisig und drehte das Licht an.

»Nun, da wir wieder sehen können, Gwendolen, schreibst du hundertmal: *Ich habe dem Geist des Gesetzes und nicht dem des Briefes zu gehorchen.* Und Roger – hör auf zu grinsen.«

Den ganzen Tag über verdunkelten sich die Fenster des Schlosses jede Viertelstunde. Aber wenn

Gwendolen gehofft hatte, Chrestomanci würde sich darüber ärgern, hatte sie sich getäuscht. Es geschah nichts weiter, als dass in allen Räumen des Schlosses den ganzen Tag das Licht brannte.

Vor dem Mittagessen ging Cat hinaus, um sich die Sache von draußen anzusehen. Es war ungefähr so, als ob von Fenster zu Fenster in regelmäßigen Abständen zwei schwarze Fensterläden zuklappten. Es begann mit dem äußersten Fenster rechts oben. Von dort sprang es zum nächsten und so weiter bis ans Ende der Reihe, dann die darunter liegende Fensterreihe von links nach rechts und so weiter bis hinunter zum Erdgeschoss. Cat hatte eine solche Serie ungefähr bis zur Hälfte verfolgt, als Roger sich zu ihm gesellte.

»Deine Schwester scheint einen ausgeprägten Ordnungssinn zu haben«, bemerkte er.

»Den haben alle Hexen, glaube ich«, entgegnete Cat.

»Ich nicht«, sagte Roger ohne eine Spur von Bedauern. »Und Julia auch nicht. Ja, nicht mal Michael, wenn ich mir's recht überlege. Kommst du nach dem Unterricht mit uns ins Baumhaus spielen?«

Cat freute sich sehr. So sehr, dass er darüber sogar sein Heimweh vergaß. Er verbrachte einen fröhlichen Nachmittag unten im Wäldchen und half mit, das Dach des Baumhauses zu erneuern. Als sie ins Schloss zurückkamen, stellten sie fest, dass der Fensterspuk nachließ. Statt rabenschwarzer Dunkelheit breitete sich nur noch graues Zwielicht aus. Am nächsten

Morgen war der ganze Zauber vorbei. Und Chrestomanci hatte kein Wort darüber verloren.

Doch Gwendolen führte bereits etwas Neues im Schilde. An der Einfahrt behexte sie den Bäckerjungen, der frisches Brot fürs Schloss brachte. Als der Junge bei der Küche vom Rad stieg, schaute er etwas belämmert drein und sagte, er fühle sich schwindlig im Kopf. Aber die Kinder bekamen Kuchen zum Frühstück.

»Du sorgst wirklich für gute Laune, Gwendolen«, sagte Mary, als sie den Kuchen aus dem Aufzug nahm. »Ich lach mich kaputt! Roberts hat geglaubt, er spinnt, wie er statt an einem Brot plötzlich an einem alten Stiefel rumsägt. Aber am meisten musste ich über das Gesicht von Mr Frazier lachen, der es auch mal versuchen wollte und feststellte, dass er an einem Stein schnippelte. Dann ...«

»Sieh dich vor, dass ich dich nicht verhexe«, sagte Gwendolen mürrisch.

Roger erfuhr von Mary, was mit den restlichen Brotlaiben geschehen war. Einer war ein weißes Kaninchen geworden, ein anderer ein Straußenei und ein dritter hatte sich in eine riesige weiße Zwiebel verwandelt. Darüber hinaus war Gwendolen nichts mehr eingefallen und sie hatte das übrige Brot zu Käse gemacht.

»Mieser alter Käse allerdings«, sagte Roger.

Es wurde nicht bekannt, ob auch Chrestomanci der Sache gebührend Anerkennung zollte, denn wieder äußerte er sich mit keinem Wort darüber.

Der darauf folgende Tag war ein Samstag. Gwendolen fing den Milchmann ab. Der Frühstückskakao schmeckte abscheulich.

»Langsam hab ich es satt«, sagte Julia schroff. »Daddy kann es sich leisten, keine Notiz davon zu nehmen, weil er Tee ohne Milch trinkt.« Sie starrte Gwendolen viel sagend an. Gwendolen starrte zurück und Cat spürte wieder ein unsichtbares Ringen, genau wie damals, als Mrs Sharp sich die Ohrringe seiner Mutter hatte aneignen wollen. Doch diesmal bekam Gwendolen nicht, was sie wollte. Sie schlug die Augen nieder und verzog den Mund.

Julia glaubte, sie hätte Gwendolen geschlagen. Das war ein verhängnisvoller Irrtum.

Samstagvormittag hatten sie Unterricht. Gwendolen empörte sich darüber. »Es ist ungeheuerlich«, sagte sie zu Mr Saunders. »Warum quälen Sie uns so?«

»Das ist der Preis, den ich für meinen freien Mittwochnachmittag bezahlen muss«, erklärte ihr Mr Saunders. »Und wenn wir schon von quälen reden – es wäre mir lieb, wenn du irgendetwas anderes verhexen würdest, nur nicht gerade die Milch.«

»Ich werd's mir merken«, sagte Gwendolen zuckersüß.

Siebentes Kapitel

Samstagnachmittag regnete es. Gwendolen schloss sich in ihr Zimmer ein und wieder einmal wusste Cat nicht, was er anfangen sollte. Ratlos lungerte er am Fuß der Treppe herum, als Roger aus dem Spielzimmer kam.

»Das trifft sich gut«, sagte Roger erfreut. »Julia will nicht mit mir Soldaten spielen. Willst du?«

»Aber ich kann das nicht – nicht so wie ihr«, wandte Cat zögernd ein.

»Das ist doch egal«, meinte Roger, »ehrlich.«

Aber es war nicht egal. Cat mochte seine leblose Armee von Zinnsoldaten noch so geschickt manövrieren lassen – sobald Rogers Truppen aufmarschierten, fielen Cats Soldaten um wie Kegel. Nach fünf Minuten hatte er nur noch drei einsatzfähige Grenadiere.

»Das ist sinnlos«, sagte Roger.

»Ja, wirklich«, stimmte Cat bekümmert zu.

»Julia!«, sagte Roger.

»Ja?« Julia hatte es sich in dem schäbigsten Lehnsessel bequem gemacht. Sie hatte einen Lutscher im Mund, las in einem Buch und strickte gleichzeitig.

»Könntest du Cats Soldaten für ihn in Bewegung setzen?«, fragte Roger.

»Ich lese«, antwortete Julia, ohne den Lutscher aus

dem Mund zu nehmen. »Es ist gerade wahnsinnig spannend. Einer ist verloren gegangen und die anderen glauben, dass er elend umgekommen ist.«

»Sei keine Spielverderberin«, sagte Roger. »Sonst verrate ich dir, ob er umgekommen ist.«

»Dann lass ich deine Unterhose zu Eis gefrieren«, sagte Julia liebenswürdig. »Also gut.« Sie zog ihr Taschentuch heraus, machte einen Knoten hinein, legte das verknotete Taschentuch auf die Sessellehne und las und strickte weiter.

Cats Soldaten rappelten sich vom Boden hoch.

Das war schon ein großer Fortschritt, wenn auch noch nicht restlos zufrieden stellend. Cat konnte seinen Soldaten nicht erklären, was sie tun sollten. Er musste sie mit den Händen in Stellung bringen. Die Soldaten schienen darüber gar nicht froh zu sein. Bestürzt sahen sie zu den großen, fuchtelnden Händen hinauf.

Die Schlacht begann. Die Soldaten schienen zu wissen, wie sie vorrücken mussten. Cat hatte hinter einem Kissen eine Reservekompanie versteckt. Als das Gefecht auf dem Höhepunkt war, schickte er sie hinaus, um Rogers rechten Flügel anzugreifen. Rogers rechter Flügel schwenkte herum und griff seinerseits an. Und jeder Einzelne von Cats Reservisten machte kehrt und rannte. Der Rest seiner Armee sah die Reservisten davonrennen und rannte ebenfalls. Drei Sekunden später versuchten sie sich alle im Spielzeugschrank zu verstecken und Rogers Soldaten mähten sie reihenweise nieder.

Roger ärgerte sich. »Julias Soldaten rennen *immer* davon!«

»Weil es genau das ist, was ich auch tun würde«, sagte Julia. Sie zog eine Stricknadel aus der Strickerei und legte sie als Lesezeichen in ihr Buch. »Ich begreife nicht, warum nicht alle Soldaten das tun.«

»Ach, komm schon, mach sie ein bisschen tapferer«, bettelte Roger. »Es ist nicht fair Eric gegenüber.«

»Du hast nur gesagt: Setz sie in Bewegung«, stellte Julia fest. In diesem Moment wurde die Tür geöffnet und Gwendolen streckte den Kopf herein.

»Ich brauche Cat«, sagte sie.

»Er ist beschäftigt«, sagte Roger.

»Das ist mir egal«, sagte Gwendolen. »Ich brauche ihn.«

Julia streckte ihr eine Stricknadel entgegen und schrieb mit der Spitze eine kleine Acht in die Luft. Das Zeichen leuchtete auf und schwebte einen Moment lang zwischen ihnen. »Hinaus«, sagte Julia. »Verschwinde!«

Gwendolen zog sich eilig zurück und schloss die Tür hinter sich. Es war, als könnte sie nicht anders. Ihr Gesichtsausdruck verriet deutlich, dass sie mit den Zähnen knirschte. Julia lächelte milde und zeigte mit der Stricknadelspitze auf Cats Soldaten. »Los«, sagte sie. »Ich habe ihnen Tapferkeit ins Herz gepflanzt.«

Kurz vor dem Essen ging Cat zu Gwendolen, um sie zu fragen, was sie von ihm wollte. Gwendolen war in ein dickes Buch vertieft und beachtete ihn überhaupt nicht. Cat legte den Kopf schief und las den Titel. *Außerirdische Welten, Band 3.* Unvermittelt begann Gwendolen zu lachen. »Oh, jetzt weiß ich, wie es funktioniert!«, rief sie. »Das ist ja noch besser, als ich dachte. Jetzt weiß ich, was ich zu tun habe!« Dann ließ sie das Buch sinken und fragte Cat, was er sich vorhin eigentlich gedacht habe.

»Wozu hättest du mich gebraucht?«, fragte Cat. »Woher hast du das Buch?«

»Aus der Schlossbibliothek«, antwortete Gwendolen. »Und jetzt brauche ich dich nicht mehr. Ich wollte dir von Mr Nostrums Plänen erzählen und vielleicht von meinen eigenen, aber ich hab mir's anders überlegt. Wie kannst du einfach dasitzen und zusehen, wie Julia, diese Kröte, mich hinausschickt!«

»Ich wusste nicht, dass Mr Nostrum irgendwelche Pläne hat«, sagte Cat.

»Natürlich hat er Pläne – warum, glaubst du, habe ich damals an Chrestomanci geschrieben? Falls du es gern wissen möchtest – ich sag's dir nicht, und wenn du mich noch so bittest. Von mir erfährst du nichts. Es wird dir noch Leid tun. Euch allen wird es Leid tun!«

Gwendolen rächte sich an Julia zu Beginn des Abendessens. Ein Diener reichte gerade eine Schüssel mit Suppe über Julias Schulter. Im selben Moment verwandelte sich ihr Rock in ein Bündel Schlangen. Julia sprang mit einem Schrei hoch. Suppe ergoss sich über die Schlangen und floss nach allen Seiten. Der Diener ließ die Schüssel fallen und rief: »Allmächtiger!«, begleitet vom Klirren der zerbrechenden Suppenschüssel.

Dann herrschte Totenstille, abgesehen von dem Gezischel der Schlangen. Es waren zwanzig, die sich bäumend und windend an ihren Schwänzen von Julias Rockbund hingen. Alles erstarrte mitten in der Bewegung, die Köpfe steif zu Julia gedreht. Julia stand da wie eine Statue, mit hoch gestreckten Armen, um sie außer Reichweite der Schlangen zu halten. Sie schluckte und sagte einen Zauberspruch. Keiner nahm es ihr übel. Mr Saunders sagte: »Gutes Mädchen!«

Unter dem Zauberspruch versteiften sich die Schlangen und fächerten sich auf, so dass sie nun wie ein Ballettrock über Julias Unterröcken abstanden. Jeder konnte sehen, wo Julia sich beim Bau des Baumhauses einen Volant von einem ihrer Unterröcke abgerissen und eilig mit einem roten Faden wieder befestigt hatte.

»Wurdest du gebissen?«, fragte Chrestomanci.

»Nein«, antwortete Julia. »Die Suppe hat sie verwirrt. Wenn du nichts dagegen hast, gehe ich jetzt und zieh mich um.«

Sie verließ den Raum, langsam und vorsichtig einen Fuß vor den anderen setzend, und Milly begleitete sie. Während die Diener, alle ziemlich grün im Gesicht, die verschüttete Suppe aufwischten, sagte Chrestomanci: »Boshaftigkeit ist eins von den Dingen, die ich bei Tisch nicht dulde. Gwendolen, sei so freundlich und geh ins Spielzimmer. Man wird dir dein Essen dorthin bringen.«

Gwendolen erhob sich wortlos und ging. Da Julia und Milly nicht wieder zurückkamen, wirkte der Tisch an diesem Abend recht leer. Am einen Ende redete Bernard pausenlos über nichts anderes als über Aktien und Gewinne und am anderen Ende verbreitete sich Mr Saunders zum x-ten Mal über antike Statuen.

Cat stellte fest, dass Gwendolen geradezu triumphierte. Sie dachte, dass sie endlich Eindruck auf Chrestomanci gemacht hätte. Also rüstete sie sich am Sonntag zu einem neuen Angriff.

Sonntags machte sich die ganze Familie fein und ging zum Morgengottesdienst in die Dorfkirche hinunter. Hexen stehen ja nicht gerade in dem Ruf, für die Kirche besonders viel übrig zu haben. Noch würde irgendjemand erwarten, sie dort zaubern zu sehen. Aber Gwendolen hatte diesbezüglich keinerlei Skrupel. Sie saß neben Cat in der Bank von Chrestomanci, in ihrem bestickten Sonntagskleid und Hut ein Bild der reinsten Unschuld, und sie fand die richtige Stelle in ihrem Gesangbuch, als sei sie die Frömmigkeit in Person.

Die Leute aus dem Dorf stießen sich an und flüsterten über sie. Es freute sie, so bekannt zu sein. Bis zum Beginn der Predigt hielt sie an ihrem frommen Gehabe fest.

Der Pfarrer kletterte klapprig auf die Kanzel und begann mit dünner, unsicherer Stimme zu sprechen: »Denn es waren viele in der Gemeinde, die nicht von ihren Sünden gereinigt waren.« Das gehörte zweifellos zur Sache. Was man von allem anderen, was er noch sagte, leider nicht behaupten konnte. Er redete von den Schwächen und Verfehlungen seiner Jugend. Er verglich sie mit den Schwächen und Verfehlungen der heutigen Jugend. Er forderte die Gemeinde auf, ihren Sünden zu entsagen, oder alles Mögliche - was genau, vergaß er zu erwähnen - würde geschehen, und das wiederum erinnerte ihn an die Worte seiner Tante, mit denen sie ihm ins Gewissen zu reden pflegte.

Zu diesem Zeitpunkt waren Mr Saunders und Bernard schon eingeschlafen. Die alte Dame mit den Handschuhen nickte. Einer der Heiligen in den farbigen Glasfenstern, ein Bischof, gähnte und hob mit eleganter Geste seinen Krummstab, um ihn sich vor den Mund zu halten. Er sah sich zu seiner Nachbarin im nächsten Fenster um, einer Furcht gebietenden Nonne. Ihr Gewand fiel in starrem Faltenwurf an ihr herab wie ein Bündel Stecken. Der Bischof streckte seinen buntgläsernen Stab aus und tippte damit der Nonne auf die Schulter. Sie war empört. Sie marschierte in sein Fenster hinüber und begann ihn zu schütteln.

Cat entging nichts. Er sah, wie der bunte Bischof der Nonne eine Kopfnuss gab und dass die Nonne ihm nichts schuldig blieb. Dann stürzte sich plötzlich der bärtige Heilige neben ihnen auf seinen Nachbarn, einen königlichen Heiligen, der ein Modell des Schlosses in seinen Händen hielt. Der königliche Heilige ließ das Modell fallen und sprang mit einem

Satz seitwärts, um hinter dem Mantel einer Heiligen mit geziertem Lächeln Schutz zu suchen, und im Sprung sprühten seine gläsernen Füße Funken. Der bärtige Heilige trampelte begeistert auf dem Modell des Schlosses herum.

Nacheinander wurden alle Kirchenfenster lebendig. Fast jeder Heilige drehte sich herum und raufte mit dem nächsten. Diejenigen, die keinen zum Raufen hatten, lüpften ihre Kleider und schwangen albern das Tanzbein oder winkten dem Pfarrer zu, der unbeirrt in seiner Predigt fortfuhr ohne irgendetwas zu merken. Die winzigen, Trompeten blasenden Leutchen in den Fensterecken hüpften und sprangen und purzelten durcheinander und schnitten allen, die zu ihnen heraufschauten, durchscheinende Gesichter. Der bärtige Heilige zerrte den königlichen hinter der geziert lächelnden Dame hervor und jagte ihn von einem Fenster zum anderen, rein und raus, zwischen all den Kampfpaaren hindurch.

Mittlerweile war die ganze Gemeinde aufmerksam geworden. Alle starrten zu den Fenstern und flüsterten und reckten die Hälse hierhin und dorthin. Der Tumult war so groß, dass Mr Saunders verwirrt aufwachte. Er hob den Blick zu den Fenstern, sah und verstand – und schaute Gwendolen scharf an. Sie saß da mit züchtig gesenktem Blick, ein Bild der Unschuld. Cat schielte zu Chrestomanci hinüber. Chrestomanci, so schien es, lauschte jedem einzelnen Wort des Pfarrers mit ungeteilter Aufmerksamkeit und hatte von den Vorgängen in den Fenstern nichts bemerkt. Milly saß auf der Kante ihrer Bank und sah beunruhigt aus. Und der Pfarrer leierte weiter, blind und taub für den Aufruhr, der rundherum herrschte.

Der Küster fand jedoch, er müsse dem ungebührlichen Treiben in den Fenstern Einhalt gebieten. Er packte ein Kreuz und eine Kerze. Gefolgt von einem kichernden, Weihrauch schwingenden Chorknaben, ging er von Fenster zu Fenster und murmelte Beschwörungen. Gwendolen stoppte gehorsam jeden einzelnen Heiligen mitten in der Bewegung, sobald der Küster herankam, was zur Folge hatte, dass der königliche Heilige mitten im Sprung auf halbem Weg hängen blieb. Aber kaum hatte ihm der Küster den Rücken zugedreht, setzte er seinen Sprung fort und die allgemeine Schlägerei ging weiter, noch wilder als zuvor. Die Gemeinde wagte kaum zu atmen.

Chrestomanci drehte sich zu Mr Saunders um. Mr Saunders nickte. Ein Blitz riss Cat vom Sitz – und als er wieder zu den Fenstern schaute, stand jeder Heilige steif und gläsern dort, wo er hingehörte. Gwendolen hob entrüstet den Kopf. Dann zuckte sie mit den Schultern. An der Rückseite des Kirchenraumes setzte sich ein steinerner Kreuzritter auf seinem Grabmal auf und drehte dem Pfarrer eine lange Nase.

»Geliebte Brüder und Schwestern –«, sagte der Pfarrer. Dann sah er den Kreuzritter. Verblüfft hielt er inne.

Der Küster machte sich eiligst daran, dem Kreuzritter den Teufel auszutreiben. Ein verdutzter Ausdruck glitt über das Gesicht der steinernen Figur. Der

Kreuzritter erhob sein mächtiges steinernes Schwert. Aber Mr Saunders parierte mit einer scharfen Handbewegung. Noch verdutzter als zuvor ließ der Ritter sein Schwert sinken und legte sich krachend wieder hin, dass die Kirche erzitterte.

»Es sind gewiss einige unter euch, die nicht von ihren Sünden gereinigt sind«, sagte der Pfarrer betrübt. »Lasset uns beten.«

Als die Kirchenbesucher ins Freie strömten, schlenderte Gwendolen ungerührt zwischen ihnen hinaus, ohne sich um die schockierten Blicke zu kümmern, die ihr folgten. Milly rannte hinter ihr her und ergriff ihren Arm. Sie war sichtlich aufgebracht. »Das war abscheulich, du gottloses Kind! Ich wage gar nicht, dem armen Pfarrer unter die Augen zu treten. Man kann eine Sache auch zu weit treiben.«

»Habe ich das?«, fragte Gwendolen ehrlich interessiert.

»Ziemlich«, sagte Milly.

Aber doch nicht so, wie sie es gern wollte. Chrestomanci wandte sich mit keinem Wort an Gwendolen, während er lange und beschwichtigend sowohl mit dem Pfarrer als auch mit dem Küster sprach.

»Warum stellt dein Vater Gwendolen nicht zur Rede?«, fragte Cat, als er neben Roger die Allee hinaufging. »Wenn er sie nicht beachtet, reizt sie das umso mehr.«

»Das weiß ich nicht«, antwortete Roger. »Mit uns geht er hart ins Gericht, wenn wir uns im Hexen versuchen. Vielleicht denkt er sich, dass sie es leid wird.

Hat sie dir gesagt, was sie morgen vorhat?« Es war klar, dass Roger das kaum erwarten konnte.

»Nein, sie ist schlecht auf mich zu sprechen, weil ich mit dir Soldaten gespielt habe«, sagte Cat.

»Wie dumm von ihr. Sie bildet sich wohl ein, dass du nach ihrer Pfeife zu tanzen hast«, erwiderte Roger. »Komm, lass uns alte Sachen anziehen und das Baumhaus weiterbauen.«

Gwendolen ärgerte sich darüber, dass Cat sich mit Roger angefreundet hatte. Vielleicht war das der Grund für ihren nächsten Streich. Aber vielleicht hatte sie wirklich noch andere Gründe, wie sie behauptete. Wie auch immer – eines Morgens, als Cat zur gewohnten Zeit aufwachte, war es dunkel. Cat glaubte, es wäre noch früh. Oder sogar noch früher. Er drehte sich auf die andere Seite und schlief weiter.

Eine Minute später war Mary da und schüttelte ihn. Erstaunt sah er sie an. »Es ist zwanzig vor neun, Eric. Du musst aufstehen, hörst du!«

»Aber es ist ja so dunkel!«, protestierte Cat. »Regnet es?«

»Nein«, sagte Mary. »Deine Schwester hat wieder einmal zugeschlagen. Ich frage mich, wo sie die Kraft hernimmt, so ein kleines Mädchen wie sie!«

Müde und unlustig mühte sich Cat aus dem Bett und stellte fest, dass er nicht aus den Fenstern sehen konnte. Ein dunkles Gewirr von Zweigen und Blättern versperrte die Sicht. An eins der Fenster presste sich eine Rose und an den beiden anderen klebten zermatschte Weintrauben. Und hinter alldem schien sich ein tiefer Wald zu erstrecken. »Lieber Himmel!«, sagte Cat.

»Da schaust du, was?«, sagte Mary. »Deine reizende Schwester hat sämtliche Bäume auf diesem Grund und Boden so dicht wie nur möglich an das Schloss herangerückt. Ich möchte wissen, was ihr als Nächstes einfallen wird.«

Die Düsternis wirkte bedrückend. Cat hatte keine Lust sich anzuziehen. Doch Mary war unerbittlich und sorgte auch dafür, dass er sich wusch. Sie sagte, die Eiben aus dem geometrischen Garten stünden so nahe an der Küchentür, dass die Männer einen Pfad freihacken mussten, damit der Milchmann die Milch abliefern konnte.

Als Cat missmutig das Spielzimmer betrat, stellte er fest, dass es dort sogar noch finsterer war. In dem düsteren grünlichen Licht sah Gwendolen müde und blass aus. Aber sie schien hoch befriedigt.

»Ich mag diese Bäume nicht besonders«, flüsterte Cat ihr zu, als Roger und Julia schon ins Schulzimmer vorausgegangen waren. »Warum konntest du nicht irgendetwas Lustigeres machen?«

»Weil ich kein alberner Witzbold bin!«, fauchte Gwendolen. »Außerdem war es notwendig. Ich musste wissen, wie viel Kraft ich habe.«

»Eine ganze Menge, würde ich sagen.« Cat betrachtete die dicht gepresste Masse Kastanienblätter an den Fensterscheiben.

Gwendolen lächelte. »Wart's ab, bis ich erst das Drachenblut habe!«

Fast wäre es Cat herausgerutscht, dass er in Mr Saunders' Werkstatt Drachenblut gesehen hatte. Im letzten Moment überlegte er es sich anders.

Wieder brannte den halben Tag lang oder noch länger in allen Räumen Licht. Vor dem Mittagessen gingen Cat und Roger und Julia hinaus, um sich die Bäume anzusehen. Sie waren enttäuscht, als sie feststellten, dass sie aus ihrer Seitentür ganz leicht hinausgelangen konnten. Die Rhododendronbüsche standen einen Meter davon entfernt. Cat dachte zuerst, Gwendolen hätte das beabsichtigt. Doch dann schaute er zu den Wipfeln und sah an den geknickten Zweigen und zerdrückten Blättern, dass die Büsche tatsächlich dicht an der Tür gestanden haben mussten. Es sah so aus, als ob die Bäume und Büsche sich zurückzogen.

Hinter den Rhododendren mussten sie sich ihren Weg durch eine Art Dschungel bahnen. Die Bäume standen so eng aneinander gerückt, dass die abgefallenen Blätter, die abgebrochenen Zweige und großen Äste, die zerfetzten Rosen, geknickten Klematisblüten und zerquetschten Trauben ein schier undurchdringliches Dickicht bildeten. Als die Kinder sich endlich hindurchgekämpft hatten, traf sie blankes, grelles Tageslicht wie ein Peitschenschlag. Sie blinzelten. Die Gärten, das Dorf und sogar die Hügel waren kahl. Die einzige Stelle, wo sie noch Bäume sehen konnten, war Chrestomancis Garten oben auf der alten grauen Mauerruine.

»Es muss ein enorm starker Zauber gewesen sein«, sagte Roger.

»Es ist wie eine Wüste«, sagte Julia. »Ich hätte nie gedacht, dass mir die Bäume so sehr fehlen könnten.«

Im Lauf des Nachmittags kehrten die Bäume auf ihre angestammten Plätze zurück. Durch das Schulzimmerfenster konnte man wieder den Himmel sehen. Kurz darauf hatten sich die Bäume so weit entfernt, dass Mr Saunders das Licht ausmachte. Wenig später entdeckten Cat und Roger die Überreste des Baumhauses, das in dem Gedränge total zerstört worden war und von einem Kastanienbaum herabbaumelte.

»Roger, *wo* starrst du jetzt eigentlich hin?«, fragte Mr Saunders.

»Das Baumhaus ist hin«, antwortete Roger mit einem giftigen Blick auf Gwendolen.

»Vielleicht hat Gwendolen die Güte, es wieder in Ordnung zu bringen«, schlug Mr Saunders spöttisch vor.

Doch falls er es ernst gemeint haben sollte, war er bei Gwendolen an der falschen Adresse. Sie schüttelte den Kopf. »Baumhäuser sind alberner Kinderkram«, sagte sie ungerührt. Sie ärgerte sich über das, was mit den Bäumen geschah. »Es ist ein Jammer!«, erklärte sie Cat vor dem Abendessen. Die Bäume waren nun beinah wieder auf ihren alten Standort zurückgewichen. »Ich hatte gehofft, es würde auch noch für morgen reichen«, sagte Gwendolen unzufrieden. »Jetzt muss ich mir wieder etwas Neues einfallen lassen.«

»Wer hat sie zurückgeschickt? Die Gärtner?«, fragte Cat.

»Red keinen Quatsch«, sagte Gwendolen. »Es ist klar, wer das getan hat.«

»Du meinst Mr Saunders?«, fragte Cat. »Aber wäre es nicht möglich, dass deine Zauberkraft schon aufgebraucht war – einfach dadurch, dass du die Bäume hierher geschafft hast?«

»Du hast ja keine Ahnung«, sagte Gwendolen.

Cat wusste, dass er nichts von Hexerei verstand. Trotzdem kam ihm die Sache irgendwie komisch vor. Am nächsten Tag war alles wieder beim Alten, sogar die Äpfel hingen wieder an den Bäumen.

»Ich gebe nicht auf – jetzt erst recht nicht«, sagte Gwendolen. »Morgen bekomme ich das Drachenblut. Und dann werde ich etwas machen, dass euch allen die Ohren wackeln!«

Achtes Kapitel

Am Nachmittag ging Gwendolen ins Dorf hinunter, um das Drachenblut zu holen. Sie war in Hochstimmung. Im Schloss wurden für den Abend Gäste erwartet. Die Vorbereitungen waren bereits im vollen Gang. Cat wusste, dass man es so lange wie möglich geheim gehalten hatte, um Gwendolen nicht auf Ideen zu bringen. Aber schließlich musste man die Katze aus dem Sack lassen, weil die Kinder das Abendessen im Spielzimmer einnehmen und sich auch nachher nicht blicken lassen sollten.

»Ich werde mich schon nicht blicken lassen«, versprach Gwendolen. »Aber das ändert überhaupt nichts.« Den ganzen Weg ins Dorf hinunter kicherte sie vor sich hin.

Cat war bestürzt und verwirrt, als sie im Dorf ankamen. Alle Leute gingen Gwendolen aus dem Weg. Mütter zerrten ihre Kinder ins Haus und pressten ihre Babys an sich, wenn sie vorbeiging. Gwendolen beachtete es kaum. Sie wollte so schnell wie möglich das Drachenblut haben, alles andere interessierte sie nicht. Cat hatte kein Verlangen danach, Mr Baslam zu sehen und den Modergeruch der ausgestopften Tiere einzuatmen. Er überließ das alles Gwendolen und gab inzwischen die Postkarte an Mrs Sharp auf. Dann ging er in den Bonbonladen, wo er ziemlich kühl abgefertigt wurde, obwohl er fast zwei Shilling für Süßigkeiten ausgab. Nebenan in der Konditorei behandelte man ihn geradezu abweisend. Als er mit seinen Tüten auf den Platz hinaustrat, stellte er fest, dass auch bei *seinem* Anblick die Kinder ins nächste Haustor gezerrt wurden.

Cat schämte sich so, dass er nicht auf Gwendolen wartete. Bedrückt wanderte er die Allee entlang, lutschte Rahmbonbons und sehnte sich heim zu Mrs Sharp. Hin und wieder sah er Gwendolen in einiger Entfernung hinter sich. Manchmal rannte sie ein paar Schritte. Dann wieder hockte sie sich unter einen Baum und schien in der Erde zu buddeln. Cat ertappte sich bei dem Gedanken, dass er wünschte, Gwendolen wäre keine so mächtige und begeisterte Hexe. Er versuchte sich eine Gwendolen vorzustellen, die nicht hexen konnte, aber das war unmöglich. Dann wäre Gwendolen nicht Gwendolen.

Im Schloss war es nicht so still wie sonst. Man hörte knappe gedämpfte Geräusche und spürte die Anwesenheit emsig beschäftigter Menschen - ein sanftes Trommeln gerade nur einen Schritt außer Hörweite. Cat wusste, es stand ein großer und wichtiger Empfang bevor.

Nach dem Abendessen folgte er Gwendolen in ihr Zimmer, um von dort aus die Ankunft der Gäste zu beobachten. Sie kamen in Kutschen und in Automobilen, eines größer und teurer als das andere. Eine der Kutschen wurde von sechs weißen Pferden gezogen und Cat hielt es für möglich, dass der König selbst darin saß.

»Umso besser«, meinte Gwendolen. Sie hockte auf dem Teppich und hatte einen Bogen Papier neben sich ausgebreitet. Auf dem einen Ende des Papiers stand eine Schüssel mit verschiedenen Zaubermitteln, auf dem anderen Ende lagen oder wanden sich grässliche Dinge. Gwendolen hatte zwei Frösche, einen Regenwurm, etliche Ohrwürmer, einen schwarzen Käfer, eine Spinne und ein Häufchen Knochen zusammengetragen. Die lebenden Dinge waren behext und konnten das Papier nicht verlassen.

Als mit Sicherheit anzunehmen war, dass die Gäste vollzählig waren, begann Gwendolen die Zaubermittel in der Schüssel zu zerstampfen. Dazu sprach sie mit hohler, eintöniger Stimme. Cat schaute auf die sich ringelnden, hüpfenden und krabbelnden Geschöpfe und hoffte inständig, dass sie nicht ebenfalls zu Brei zerstampft würden. Nein, offensichtlich nicht. Schließlich setzte sich Gwendolen auf die Fersen zurück und sagte: »Jetzt!« Sie schnippte über der Schüssel mit den Fingern. Der Inhalt fing Feuer, ohne weiteres Zutun, und brannte mit kleinen blauen Flammen.

»Es funktioniert!«, rief Gwendolen aufgeregt. Sie griff nach einer Tüte aus Zeitungspapier, die neben ihr lag, und öffnete sie vorsichtig. »Und nun eine Prise Drachenblut.« Sie nahm etwas von dem dunkelbraunen Pulver zwischen die Finger und streute es in die Flammen. Es zischte, dann verbreitete sich beißender Brandgeruch. Die Flammen hüpften, sprangen einen halben Meter hoch, qualmten giftgrün und purpurrot und erfüllten den ganzen Raum mit wirbelndem, tanzendem Licht.

Gwendolens Gesicht glühte. Sie wiegte sich auf den Fersen vor und zurück und leierte in eintönigem Singsang einen endlosen Bandwurm von Beschwörungsformeln, die Cat nicht verstand. Dann, noch immer murmelnd, beugte sie sich seitwärts und berührte die Spinne. Die Spinne wuchs. Und wuchs. Und wuchs noch immer. Sie wuchs sich zu einem anderthalb Meter großen Monster aus – eine quallige Kugel mit zwei kleinen Augen, die wie eine Hängematte zwischen acht pelzigen, in den Gelenken abgewinkelten Beinen hing. Gwendolen zeigte mit dem Finger zur Tür. Die Tür sprang auf – und die Monsterspinne bewegte sich auf ihren haarigen Beinen lautlos darauf zu. Sie knickte die Beine nach innen, um durch die Türöffnung zu kommen, und stapfte weiter, den Gang entlang.

Gwendolen berührte ein Lebewesen nach dem anderen. Die Ohrwürmer rasselten davon wie glänzend braune, gehörnte Kühe. Die Frösche blähten sich zu Menschengröße auf und platschten – plop, plop – auf riesigen Plattfüßen zur Tür hinaus. Der schwarze Käfer zwängte sich wie ein Grabstein auf staksigen Beinen hindurch. Cat sah sie alle in lautloser Prozession den grasgrün schimmernden Korridor hinabziehen.

»Wohin gehen sie?«, flüsterte er.

Gwendolen kicherte. »In den Speisesaal natürlich. Ich bezweifle, dass es den Gästen heute Abend schmecken wird.«

Sie nahm einen der Knochen und klopfte damit fest auf den Boden, mit jedem Ende einmal. Kaum ließ sie ihn wieder los, schwebte er in die Luft hinauf. Mit leisem Klappern gesellten sich aus dem Nichts noch mehr Knochen hinzu. Die grünen und purpurnen Flammen knisterten und knasterten. Zu guter Letzt fand sich ein Totenschädel ein und ein vollständiges Skelett baumelte im flackernden Schein der Flammen. Gwendolen lächelte zufrieden und nahm den nächsten Knochen.

Verhexte Knochen haben die Eigenschaft, sich zu erinnern, wer sie früher im Leben einmal gewesen sind. Das baumelnde Skelett seufzte und sagte mit hohler Singsangstimme: »Arme Sarah Jane. Ich bin die arme Sarah Jane. Lasst mich in Frieden ruhen.«

Gwendolen winkte es ungeduldig zur Tür. Es setzte sich seufzend, schlotternd und schlenkernd in Bewegung und ein zweites Skelett schlotterte seufzschlenkernd hinterher. »Bob, der Gärtnerjunge. Ich habe es nicht gewollt …« Drei weitere Skelette folgten ihnen und jedes leierte ton- und trostlos, wer es einstmals gewesen war. Dazwischen hörte Cat wieder: »Sarah Jane … Ich habe es nicht gewollt« und: »Ich war einst Herzog von Buckingham …«

Gwendolen wandte sich dem Regenwurm zu. Auch er begann zu wachsen. Er wuchs zu einem riesigen rosa Ding, so groß wie eine Seeschlange. Seine Ringel hoben und senkten, schlängelten und krümmten sich und waren überall im Zimmer. Cat wurde es fast übel. Aus seiner nackten rosa Haut stachen Haare wie Schweinsborsten. Augenlos, blind, wand er sich Hilfe suchend hin und her. Gwendolen zeigte zur Tür.

»Nicht schlecht«, sagte sie, während sie dem sich krümmenden, nackten rosa Ungeheuer hinterhersah. »Trotzdem, es fehlt der letzte Pfiff.«

Vorsichtig streute sie noch ein winziges Stäubchen Drachenblut in die Flammen. Sie loderten mit pfeifendem Ton auf, immer heller, immer übelriechender, immer gelber. Gwendolen hob wieder ihren Singsang an und wedelte dazu mit den Händen. Nicht lange und in der zitternden Luft über den Flammen braute sich ein Schatten zusammen. Weiße Schwaden bäumten, bewegten, formten sich zu einem jämmerlichen, gebeugten Ding mit übergroßem Kopf. Und es blieb nicht bei dem einen. Drei weitere solcher Jammergestalten tauchten schattenhaft auf, flossen zu einem Körper zusammen und verfestigten sich. Als die erste der Gestalten aus den Flammen sprang und auf den Teppich plumpste, gluckste Gwendolen vor Entzücken. Cat lief es kalt den Rücken hinunter, als er Gwendolens bösen Gesichtsausdruck sah. »Oh nein! Nein!«, rief er. In einer der Gestalten erkannte Cat den Geist, den Gwendolen unlängst beim Abendessen ans Fenster gehext hatte. Die drei anderen stammten sozusagen aus der gleichen Familie. Die erste Erscheinung glich einem Baby, das noch zu klein war, um gehen zu können – und es dennoch versuchte, wobei sein großer Kopf hin und her wackelte. Die zweite war ein Krüppel, so verrenkt und verkrampft, dass er kaum humpeln konnte. Die dritte Gestalt war das Gespenst am Fenster, ein Bild heulenden Elends, zerknittert und ausgemergelt. Die letzte trug blaue Streifen auf der weißen Haut. Alle vier waren mickerig und weiß und schrecklich. Cat schauderte am ganzen Leib.

»Bitte, schick sie weg!«, sagte er.

Gwendolen lachte nur und winkte die vier Gespenster zur Tür. Mühsam setzten sie sich in Bewegung. Doch da – da stand Chrestomanci, gefolgt von Mr Saunders. Die Gespenster zögerten, sie schienen sich schnatternd zu verständigen. Dann flüchteten sie zurück ins Zimmer, hüpften in die Flammen und verschwanden. Zugleich erlosch auch das Feuer. Zurück blieb dicker, schwarzer, stinkender Qualm.

Gwendolen starrte durch den Qualm hindurch Chrestomanci und Mr Saunders an. Chrestomanci war prächtig in dunkelblauen Samt gekleidet, mit weißen Spitzenvolants an Kragen und Manschetten. Mr Saunders schien sich redlich bemüht zu haben, einen passenden Anzug zu finden – trotzdem, so ganz war es nicht gelungen. Einer seiner großen Lackschuhe war aufgeschnürt. Langsam und bedächtig wickelte er etwas Unsichtbares von seinem rechten Handgelenk, das lang und knochig aus dem Ärmel herausragte. Beide Herren sahen Gwendolen mit größtem Missfallen an.

»Wir haben dich gewarnt«, sagte Chrestomanci.

»Los, Michael.« Mr Saunders steckte das, was er von seinem Handgelenk gewickelt hatte, in die Tasche. »Danke«, sagte er. »Es juckt mich schon seit Tagen in den Fingern.« Mit einem langen Schritt war er bei Gwendolen, riss sie auf die Füße, schleifte sie zu einem Stuhl, setzte sich darauf und legte sie übers Knie. Dann zog er den aufgeschnürten Schuh aus und Gwendolen bekam die erste Tracht Prügel ihres Lebens.

Gwendolen strampelte und schrie wie am Spieß.

Chrestomanci widmete sich Cat. Er trat zu ihm und ohrfeigte ihn – rechts, links, rechts, links.

»Warum eigentlich?«, fragte Cat verdattert und hielt mit beiden Händen sein brennendes Gesicht. »Ich habe doch überhaupt nichts getan.«

»Eben darum«, sagte Chrestomanci. »Du hast nicht versucht sie davon abzuhalten, oder?« Er wandte sich zu Mr Saunders, der kein Ende finden wollte. »Ich glaube, das genügt, Michael.«

Mit gewissem Bedauern ließ Mr Saunders den Schuh sinken. Gwendolen glitt zu Boden, schluchzte herzzerreißend und brüllte zwischendurch, was für eine himmelschreiende Gemeinheit es doch sei, sie so zu behandeln.

Chrestomanci wandte sich zu ihr um. »Schluss jetzt. Steh auf und nimm dich zusammen.« Gwendolen richtete sich auf wie jemand, dem in tiefster Seele Unrecht getan wurde. »Du hast diese Prügel gründlich verdient. Und wie du hoffentlich bemerkt hast, hat Michael dir auch deine Zauberkraft genommen.

Du bist keine Hexe mehr. Du wirst nie wieder zaubern und hexen, es sei denn, du beweist uns, dass du keinen Unfug mehr treiben wirst. Ist das klar? Jetzt geh zu Bett und denk nach über das, was du getan hast.«

Er nickte Mr Saunders zu. Mr Saunders hüpfte auf einem Bein, weil er noch dabei war, seinen Schuh wieder anzuziehen. Hüpfend folgte er Chrestomanci hinaus.

Gwendolen warf sich bäuchlings auf den Teppich und trommelte mit den Fäusten darauf. »Dieses Scheusal! Diese beiden Scheusale! Wie können sie es wagen, mich so zu behandeln! Ich werde noch etwas viel Schlimmeres anstellen. Geschieht euch nur recht!«

»Aber ohne Zauberkraft kannst du gar nichts anstellen«, wandte Cat ein. »War das, was Mr Saunders aufgewickelt hat, deine Zauberkraft?«

»Verdufte!«, schrie Gwendolen. »Lass mich allein. Du bist nicht besser als alle anderen!« Und als Cat zur Tür ging, hob sie den Kopf und rief: »Ich gebe mich noch nicht geschlagen! Du wirst schon sehen!«

Es war nicht verwunderlich, dass Cat in dieser Nacht schlecht träumte. Grässliche Träume von Riesenregenwürmern und großen glitschigen Fröschen. Mehr und mehr verwandelten sich die Träume in Fieberfantasien. Cat schwitzte und stöhnte und wachte endlich auf, nass bis auf die Haut, schwach und klapprig, genauso, wie man sich nach einer schweren Krankheit fühlt. Dieser elende Zustand dauerte eine Zeit lang an. Dann begann er sich zu verflüchtigen und Cat schlief wieder ein.

Als er aufwachte, war es hell draußen. Cat schlug die Augen auf, lauschte der schon vertrauten Stille des Schlosses und war im selben Moment überzeugt, dass Gwendolen wieder etwas angestellt hatte. Er wusste nicht, was ihn auf diesen Gedanken brachte, denn wenn Mr Saunders die Zauberkraft wirklich von Gwendolen genommen hatte, konnte sie ja gar nichts getan haben. Trotzdem war er sicher, dass Zauber in der Luft lag.

Er stand auf und trat ans Fenster, um ihr Werk zu betrachten. Aber dort draußen konnte er nichts Absonderliches entdecken. Der frühe Tag schwamm in Sonne und zartem Dunst und nicht einmal der Abdruck eines Fußes war in dem tauschimmernden Grün des Grases zu sehen. Aber Cat war felsenfest überzeugt, dass irgendetwas nicht stimmte. Geschwind zog er sich an und huschte die Treppe hinunter, um Gwendolen zu fragen, was sie diesmal angestellt habe.

Als er die Tür zu ihrem Zimmer öffnete, schlug ihm der süße, schwere, brenzlige Geruch nach Zauberei entgegen. Doch der mochte noch von der vergangenen Nacht hängen geblieben sein. Das Zimmer war ordentlich aufgeräumt. Der Hexenspuk hatte keine sichtbaren Spuren hinterlassen. Das Einzige, was auffiel, war Gwendolens Koffer, der offen neben ihrem Bett stand.

Gwendolen schlief zusammengerollt unter dem blauen Samtüberwurf. Cat zog leise die Tür hinter sich zu, um sie nicht zu wecken. Gwendolen hörte es trotzdem. Mit einem Ruck setzte sie sich auf und starrte ihn an.

Im selben Augenblick wusste Cat, dass seine unbestimmte Ahnung mit Gwendolen selbst zusammenhing. Sie hatte das Nachthemd verkehrt herum an. Das war das einzige erkennbare Zeichen, dass etwas mit ihr nicht stimmte. Nein, auch die Art, wie sie ihn anstarrte, war irgendwie ungewöhnlich. Sie schien erstaunt und ziemlich erschrocken.

»Wer bist du?«, fragte sie.

»Cat natürlich«, antwortete Cat.

»Aha. Und wer ist Cat?«

Ob Hexen mit ihrer Zauberkraft auch die Erinnerung verlieren?, dachte Cat bestürzt. »Ich bin Eric, dein Bruder«, sagte er und kam ans Bett, damit sie ihn genau betrachten konnte. »Aber du nennst mich immer nur Cat.«

»Mein Bruder!«, rief sie über die Maßen erstaunt. »Na ja, vielleicht gar nicht so schlecht. Ich habe mir schon immer einen Bruder gewünscht. Und ich weiß, dass ich das alles jetzt nicht träume. Für einen Traum war es im Bad vorhin viel zu kalt und es tut weh, wenn ich mich kneife.«

Cat starrte sie an. Mit ihrem Gedächtnis schien etwas nicht in Ordnung zu sein. Und noch etwas stimmte nicht mit ihr. Ihr hübsches Gesicht war wie immer, die blauen Augen waren wie immer – aber ihr

Blick war es nicht. Er war ungewohnt offenherzig. Das goldblonde Haar, das ihr bis über die Schultern reichte, war eine Spur länger, als es in der vergangenen Nacht gewesen war. Und dünner war sie auch.

»Du bist nicht Gwendolen!«, sagte er.

»Was für ein grässlicher Name!«, sagte das Mädchen im Bett. »Ich bin Janet Chant.«

Neuntes Kapitel

Jetzt war Cat genauso verblüfft wie das fremde Mädchen. Chant? Hatte Gwendolen eine Zwillingsschwester, von der er nie etwas gehört hatte?

»Ich heiße auch Chant.«

»Ist das wirklich wahr?«, fragte Janet. Sie wühlte nachdenklich mit beiden Händen in ihrem Haar. Eine Gewohnheit, die Gwendolen vollkommen fremd war. »Wirklich und wahrhaftig *Chant?* Der Name ist nicht sehr gebräuchlich. Und du dachtest, ich wäre deine Schwester? Sag mal, wo sind wir hier?«

»In Chrestomancis Schloss«, antwortete Cat. »Chrestomanci hat uns zu sich geholt, ungefähr ein Jahr, nachdem unsere Eltern gestorben waren.«

»Da haben wir's!«, sagte Janet. »Meine Eltern sind quicklebendig – jedenfalls waren sie es, als ich ihnen gestern Abend gute Nacht gewünscht habe. Wer ist Chrestomanci? Erzähl mir ein bisschen über dich und dein Leben.«

Verwirrt und unsicher berichtete Cat, wie es dazu gekommen war, dass er und Gwendolen hier im Schloss wohnten, und was Gwendolen angestellt hatte.

»Du meinst, Gwendolen war tatsächlich eine Hexe?«, rief Janet.

Cat wäre es lieber gewesen, sie hätte nicht *war* gesagt. Er wollte nicht glauben, dass er Gwendolen vielleicht nie mehr wieder sehen würde. »Natürlich«, sagte er. »Und du?«

»Himmel, nein!«, sagte Janet. »Hexen sind bei euch anscheinend etwas ganz Selbstverständliches, oder?«

»Und Zauberer und Geisterbeschwörer auch«, sagte Cat. »Aber Hexenmeister und Hexer sind schon seltener. Ich glaube, Mr Saunders ist ein Hexenmeister.«

»Ich verstehe«, sagte Janet, obwohl Cat sicher war, dass sie nichts verstand. Sie überlegte einen Moment und sprang dann mit Schwung aus dem Bett. Auch das sah Gwendolen überhaupt nicht ähnlich. »Wir wollen uns mal umsehen«, sagte sie. »Für den Fall, dass Gwendolen so freundlich war, eine Nachricht zu hinterlassen.«

»Sprich doch nicht so von ihr«, sagte Cat unglücklich. »Was meinst du denn, wo sie ist?«

Janet schaute ihn an und begriff. »Tut mir Leid«, sagte sie. »Daran habe ich nicht gedacht. Aber du wirst verstehen, dass ich eigentlich allen Grund habe, ihr böse zu sein, oder? Sieht so aus, als hätte sie mich hierher gezaubert, um selber irgendwohin zu verduften. Hoffen wir, dass sie eine einleuchtende Erklärung dafür hat.«

»Sie haben sie mit einem Schuh verprügelt und ihr die Zauberkraft genommen«, erklärte Cat.

»Ja, das hast du mir schon gesagt.« Janet zog sämtliche Schubladen des goldenen Toilettentisches heraus. »Ich fürchte mich jetzt schon vor Chrestomanci. Aber haben sie ihr tatsächlich die Zauberkraft genommen? Wie konnte sie dann noch dieses Meisterstück zuwege bringen?«

»Das verstehe ich auch nicht«, sagte Cat und beteiligte sich an der Suche. Er hätte seinen kleinen Finger dafür gegeben, ein Zeichen von Gwendolen zu finden – irgendwas. Er fühlte sich schrecklich einsam. »Wie war das eigentlich mit dem Bad, das du vorhin erwähnt hast?«, fragte er.

»Ich weiß nicht. Ich bin einfach dort aufgewacht«, sagte Janet. Sie schüttelte ein Knäuel von Haarschleifen aus, die sie in der untersten Schublade gefunden hatte. »Ich fühlte mich, als wäre ich rückwärts durch eine Hecke geschleift worden, und hatte keine Kleider an, also fror ich.«

»Warum hattest du keine Kleider an?«, fragte Cat, während er erfolglos Gwendolens Wäsche durchstöberte.

»Gestern Nacht war mir so heiß im Bett, dass ich den Schlafanzug ausgezogen habe«, erklärte Janet. »Also bin ich nackt in dieser Welt hier gelandet. Und als ich dann in dieses fabelhafte Zimmer kam, kniff ich mich ganz fest. Ich glaubte plötzlich, ich wäre in eine Prinzessin verwandelt worden. Und dann lag da dieses Nachthemd auf dem Bett …«

»Du hast es verkehrt rum angezogen«, sagte Cat.

Janet, die nun die Sachen auf dem Kaminsims durchsuchte, schaute an sich hinunter. Die Bänder, die im Nacken zu einer Schleife zu binden waren, baumelten vorne lose herab. »Wirklich? Es dürfte wohl nicht das Einzige bleiben, was ich verkehrt rum anpacke, nach allem, was ich hier so sehe. Erst mal habe ich in den prachtvollen Kleiderschrank da reingeguckt. Dann hab ich mich draußen vor der Tür umgesehen und alles, was ich fand, war ein endloser grüner Korridor, in dem ich gleich Gänsehaut kriegte. Da bin ich schleunigst hierher zurückgekehrt und habe mich ins Bett gelegt. Ich habe gehofft, wenn ich aufwache, wird das alles verschwunden sein. Und stattdessen bist du da. Irgendwas gefunden?«

»Nein«, sagte Cat. »Aber da ist noch ihr Koffer …«

»Gut, sehen wir dort nach.«

Zusammen hockten sie sich nieder und packten den Koffer aus. Es war nicht viel drin. Cat stellte fest, dass Gwendolen eine Menge Sachen dorthin mitgenommen haben musste, wo immer das war – dort. Im Koffer waren Bücher: *Elementare Zaubersprüche* und *Zaubern für Anfänger* sowie einige Seiten mit Notizen. Janet betrachtete Gwendolens große runde Handschrift.

»Sie schreibt ganz genau wie ich. Wahrscheinlich hat sie diese Bücher dagelassen, weil sie für Anfänger sind und sie weit darüber hinaus ist.« Sie legte die Bücher beiseite und dabei fiel ihr das kleine rote Streichholzheft in den Schoß. Janet schaute hinein und sah, dass die Hälfte der Streichhölzer abgebrannt war, ohne herausgerissen worden zu sein. »Das riecht verflixt nach Hexerei«, meinte sie. »Was sind das für Briefe?«

»Die Liebesbriefe meiner Eltern, glaube ich«, antwortete Cat.

Alle Briefe steckten noch in den frankierten und adressierten Kuverts. Janet setzte sich auf den Boden, in jeder Hand ein Bündel Briefe. »Diese Briefmarken habe ich überhaupt noch nie gesehen. Der Kopf darauf – wer soll das sein? Sag mal, wie heißt euer König?«

»Karl der Siebte«, sagte Cat.

»Karl – und nicht Georg?«, fragte Janet. Sie sah Cats Verwirrung und wandte sich wieder den Briefen zu. »Dein Vater und deine Mutter hießen vor ihrer Hochzeit beide Chant, wie ich sehe. Waren sie Vetter und Kusine ersten Grades? Meine Eltern sind auch ersten Grades miteinander verwandt. Großmutter wollte nicht, dass sie heiraten, weil es heißt, dass das eine ungesunde Verbindung ist.«

»Ich weiß es nicht. Vielleicht. Sie sahen sich ziemlich ähnlich«, sagte Cat. Er fühlte sich einsamer als je zuvor.

Auch Janet wirkte einsam. Sie schob das kleine Streichholzheft vorsichtig unter das rosa Band, das jene Briefe zusammenhielt, die an Miss Caroline Chant adressiert waren. Wie Gwendolen hatte Janet offenbar einen ausgeprägten Ordnungssinn. Sie sagte: »Beide groß und blond, mit blauen Augen? Meine Mutter heißt ebenfalls Caroline. Langsam geht mir ein Licht auf. Los, Gwendolen, rück schon heraus damit!« Mit diesen Worten schleuderte sie die Briefe fort und riss auf höchst unordentliche Art und Weise die restlichen Mappen, Papiere, Schreibgarnituren und Federputzer heraus. Zuunterst im Koffer lag ein großes rosa Blatt Papier, das von oben bis unten mit Gwendolens schönster, rundester Handschrift bedeckt war. »Aha!«, sagte Janet. »Dacht ich's doch! Sie ist genauso eine Geheimniskrämerin wie ich.« Sie breitete den Brief auf dem Teppich aus, damit auch Cat ihn lesen konnte. Gwendolen schrieb:

Liebe Ersatz-Gwendolen,
ich muss diesen schrecklichen Ort verlassen. Niemand versteht mich. Niemand nimmt mein Talent zur Kenntnis. Du wirst es bald selber sehen denn du bist mein genaues Ebenbild. Du wirst auch eine Hexe sein. Ich war sehr schlau. Sie wissen nicht über alle meine Mittel Bescheid. Ich habe herausgefunden wie ich in eine andere Welt gelangen kann und dorthin gehe ich jetzt zu meinem eigenen Besten. Ich weis ich werde dort die Königin sein weil mir das für meine Zukunft profezeit worden ist. Es gibt hunderte von anderen Welten nur sind einige netter als andere. Sie entstehen wenn in der Geschichte große Dinge passiren wie Krieg oder ein Erdbeben wo es immer zwei Möglichkeiten gibt wie die Sache ausgehen kann. Beide Möglichkeiten sind da aber sie können nicht nebeneinander existiren. Also spaltet sich die Welt in zwei Welten die nachher getrennt voneinander jede für sich weiterleben. Ich weis es muss eine ganze Menge Gwendolens in den anderen Welten geben aber wie viele das weis ich nicht. Eine

von ihnen bist du. Und du wirst hierher kommen wenn ich gehe weil dann ein leerer Platz zurückbleibt der dich anziehen wird. Aber sei blos nicht traurig wegen deiner Eltern wenn sie noch am Leben sind. Irgendeine andere Gwendolen wird deinen Platz einnehmen und so tun als ob sie du ist. Du kannst hier fortfahren Chrestomanci das Leben schwer zu machen und ich werde dankbar sein es in guten Händen zu wissen.

Deine dich liebende Gwendolen Chant

PS Verbrenne diesen Brief.
PPS Sage Cat es tut mir Leid – aber er muss *tun was Mr Nostrum sagt.*

Cat war zum Heulen zumute. Jetzt, nachdem er diesen Brief gelesen hatte, wusste er, dass er Gwendolen nie mehr wieder sehen würde. Wenn man einen Menschen so gut kannte, wie Cat Gwendolen gekannt hatte, war eine Doppelgängerin, die ihr noch so sehr glich, kaum ein hinreichender Ersatz. Janet war keine Hexe und jetzt eben zum Beispiel wäre Gwendolen vor Wut explodiert. Janet dagegen war ebenso nahe dran, zu heulen, wie er selbst.

»Ich möchte gern wissen, wie Mum und Dad mit *meinem* Ersatz zurechtkommen«, sagte sie und schnitt eine Grimasse. Dann riss sie sich zusammen. »Hast du etwas dagegen, wenn ich den Brief doch nicht verbrenne? Er ist mein einziger Beweis, dass ich nicht Gwendolen bin. Darf ich ihn verstecken?«

»Er gehört ja dir«, sagte Cat.

Janet sprang auf ihre, Gwendolen so gar nicht ähnliche Art auf und trug den Brief zu dem vergoldeten Toilettentisch hinüber. Sie griff nach dem goldgerahmten Spiegel und drehte ihn an dem Drehzapfen herum. Die Rückseite war mit gewöhnlichem Sperrholz verkleidet. Mit Hilfe der Fingernägel löste sie geschickt die Holzplatte ab. Es ging ganz leicht.

»Dasselbe mache ich auch mit meinem Spiegel daheim«, erklärte Janet. »Es ist ein fabelhaftes Versteck – ungefähr das einzige, das meine Eltern noch nicht entdeckt haben. Mum und Dad sind Goldstücke, weißt du, aber sie sind schrecklich neugierig. Ich glaube, das liegt daran, dass ich das einzige Kind bin. Aber ich will mein Privatleben haben. Ich schreibe Geschichten, die niemanden etwas angehen außer mich selbst, und die wollen sie um jeden Preis lesen. – Ach, du ahnst es nicht! Nun sieh dir das an!«

Sie hob die Holzplatte ab und zeigte Cat die Zeichen, die auf der rot beschichteten Rückseite des Spiegelglases aufgemalt waren.

»Ich glaube, es ist ein Zauberspruch«, sagte Cat.

»Sie hat also tatsächlich daran gedacht!«, sagte Janet. »Wirklich, es ist die Hölle, einen Doppelgänger zu haben. Jeder kommt auf die gleichen Ideen. Ich wette, dass ich weiß, was dieser Hokuspokus bedeutet. Er macht es Gwendolen möglich, von Zeit zu Zeit einen Blick hier hereinzuwerfen, um zu sehen, wie es ihrer lieben Stellvertreterin geht. Ich hoffe, sie guckt auch jetzt!« Janet schob Gwendolens Brief zwischen Glas und Sperrholzplatte und drehte den Spiegel wieder zu sich herum. Sie schnitt ihm grässliche Gesichter, zog die Augen zu schrägen Schlitzaugen auseinander und streckte die Zunge so weit wie möglich heraus. Dann drückte sie mit dem Finger die Nase hoch und verzog den Mund nach einer Seite. Cat musste lachen. »Kann Gwendolen das etwa nicht?«, fragte Janet und bewegte dabei nur ihren linken Mundwinkel.

»Nein«, sagte Cat kichernd.

In diesem Moment öffnete Euphemia die Tür. Janet sprang auf, wie von der Tarantel gestochen. Sie war viel nervöser, als Cat gedacht hatte. »Hör auf, Gesichter zu schneiden«, sagte Euphemia, »und zieh dein Nachthemd aus, Gwendolen.« Sie trat ins Zimmer, um sich zu überzeugen, dass Gwendolen gehorchte. Plötzlich gab sie einen krächzenden Laut von sich. Dann schmolz sie zu einem braunen Klumpen zusammen.

Janet schlug die Hände vor den Mund. Sie und Cat starrten voll Entsetzen den braunen Klumpen an, der Euphemia gewesen war und der nun kleiner und kleiner wurde. Als er nur noch etwa acht Zentimeter groß war, hörte er zu schrumpfen auf und bekam große, mit Schwimmhäuten bedeckte Füße. Auf diesen Flossenfüßen hüpfte er vorwärts und starrte die beiden vorwurfsvoll aus hervorquellenden gelblichen Augen an, die hoch oben an seinem Kopf saßen.

»Oh, du meine Güte!«, sagte Cat. Allem Anschein nach war das Gwendolens letzte Tat gewesen.

Janet brach in Tränen aus. Cat zuckte ratlos mit

den Schultern. Von Schluchzen geschüttelt kniete Janet nieder und hob mit sanfter Hand die braune, kreuchende Euphemia auf. »Armes Mädchen«, sagte sie. »Ich kann mir denken, wie dir zumute ist. Cat, was sollen wir bloß tun? Wie kann man verhexte Leute zurückverwandeln?«

»Ich weiß es nicht«, sagte Cat nüchtern. Mit einem Mal lastete ungeheure Verantwortung auf ihm. Janet, die ihm so überlegen und selbstsicher erschienen war, brauchte dringend jemanden, der sich um sie kümmerte. Unzweifelhaft brauchte Euphemia das noch mehr. Wenn Chrestomanci nicht gewesen wäre, hätte Cat keinen Augenblick gezögert Mr Saunders um Hilfe zu bitten. Aber plötzlich wurde ihm klar, dass Schreckliches geschehen würde, falls Chrestomanci je erfuhr, was Gwendolen diesmal angestellt hatte. Er erkannte, dass er vor Chrestomanci Angst hatte. Und er wusste, dass er sowohl Janet als auch Euphemia irgendwie geheim halten musste.

Verzweifelt rannte Cat ins Badezimmer, fand dort ein feuchtes Handtuch und brachte es Janet. »Setz sie darauf«, sagte er, »sie braucht Feuchtigkeit. Ich werde Roger und Julia bitten sie zurückzuverwandeln. Ich werde einfach sagen, dass du es nicht tun willst. Und sag um Himmels willen niemandem, dass du nicht Gwendolen bist – bitte!«

Janet setzte Euphemia vorsichtig auf das Handtuch. Euphemia hüpfte darauf herum und sah Janet noch immer vorwurfsvoll an. »Schau mich nicht so an. Ich war es nicht«, sagte Janet schniefend. »Cat, wir müssen sie verstecken. Was meinst du, ob es ihr im Kleiderschrank gefällt?«

»Es wird ihr nichts anderes übrig bleiben«, meinte Cat. »Zieh dich jetzt an.«

Janet geriet in Panik. »Cat, was zieht Gwendolen an?«

Cat hatte angenommen, jedes Mädchen wüsste, was Mädchen so anziehen. »Das Übliche – Unterröcke, Strümpfe, Kleid, Schuhe – na, du weißt schon.«

»Nein, ich weiß es nicht«, sagte Janet. »Ich trage immer nur Hosen.«

Cat fühlte sich diesem Problem nicht gewachsen. Er durchwühlte den Kleiderschrank. Gwendolen schien ihre besten Sachen mitgenommen zu haben. Er fand nur ein älteres Paar Schuhe, grüne Strümpfe und dazu passende Strumpfbänder, ihre zweitbesten Unterröcke und das grüne Kaschmirkleid.

»Trägt sie wirklich *zwei* Unterröcke?«, fragte Janet.

»Ja«, sagte Cat. »Zieh dich schon an.«

Janet kämpfte mit den Kleidern. Als sie endlich fertig angezogen war, war wirklich nichts an ihr auszusetzen. Trotzdem – irgendwie wirkte Janet unnatürlich herausgeputzt. Kritisch betrachtete sie sich im Spiegel. »Ich komme mir vor wie für den Hoffotografen zurechtgemacht.«

»Komm mit zum Frühstück«, sagte Cat. Er wickelte die empört quakende Euphemia fest in das Handtuch und trug sie zum Kleiderschrank. »Sei still«, befahl er ihr. »Ich lasse dich zurückverwandeln, sobald ich nur kann. Also hör jetzt bitte mit diesem Gequake auf!« Er setzte sie in den Kleiderschrank und schloss die Tür bis auf einen Spalt. Euphemia dachte nicht daran, sich still zu verhalten.

»Es gefällt ihr überhaupt nicht da drin«, sagte Janet mitleidsvoll. »Kann sie denn nicht hier draußen bleiben?«

»Nein«, sagte Cat bestimmt. Selbst als Frosch sah Euphemia sich selbst noch ähnlich. Cat war überzeugt, dass Mary sie auf den ersten Blick erkennen würde. Er packte Janets widerstrebenden Ellbogen und bugsierte sie mit sich hinaus.

»Ihr zwei findet wohl nie aus den Federn, was?«, empfing Julia sie. »Ich habe es satt, jeden Morgen so lange aufs Frühstück zu warten.«

»Eric ist schon seit Stunden auf«, erklärte Mary. »Ich möchte bloß wissen, was ihr beide die ganze Zeit getrieben habt. Menschenskind, wo bleibt nur Euphemia so lange?«

»Mary steht heute Morgen neben sich selbst«, erklärte Roger. Er zwinkerte. Einen Augenblick lang waren zwei Marys zu sehen, die wirkliche und daneben eine geisterhaft verschwommene. Janet erschrak. Das war erst ihre zweite Begegnung mit Hexerei und es fiel ihr nicht leicht, sich daran zu gewöhnen.

»Ich nehme an, das ist Gwendolens Werk.« Julia starrte Janet mit einem ihrer viel sagenden Blicke durchdringend an.

Janet war wie vor den Kopf gestoßen. Cat hatte vergessen sie zu warnen, dass Julia Gwendolen nicht ausstehen konnte. Julias Blick schubste Janet rückwärts durch das Zimmer, bis Cat sich ihm in den Weg stellte.

»Lass das«, sagte er. »Es tut ihr Leid.«

»Wirklich?«, fragte Julia. »Tut es dir wirklich Leid?« Dabei versuchte sie, ihren Blick um Cat herum wieder auf Janet zu heften.

»Ja, schrecklich«, sagte Janet eifrig, obwohl sie keine Ahnung hatte, was ihr Leid tun sollte. »Ich habe mich völlig geändert.«

»Das glaube ich erst, wenn ich es sehe«, erklärte Julia. Aber sie holte ihren Blick zurück und richtete ihn auf Mary, die jetzt das Frühstückstablett mit Brot, Marmelade und dem Kakao im Krug brachte.

Janet sah es, schnupperte an dem Kakao und zog ein Gesicht. »Oh je, ich mag keinen Kakao«, sagte sie.

Mary verdrehte die Augen. »Du mit deinen ewigen Faxen. Du hast bisher nicht gesagt, dass du keinen Kakao magst.«

»Ich – mein Geschmack hat sich total geändert«, behauptete Janet. »Bei meiner Sinnesänderung haben sich auch meine Geschmacksnerven umgestellt. Könnte ich vielleicht Kaffee haben, ja?«

»Sonst noch was?«, fuhr Mary sie an. »Na schön. Ich werde in der Küche fragen. Ich werde sagen, deine Geschmacksnerven revoltieren, einverstanden?«

Cat freute sich sehr, als er hörte, dass Kakao nicht unbedingt sein musste. »Kann ich auch Kaffee haben?«, fragte er. »Oder noch lieber hätte ich Tee.«

»Und das fällt dir ausgerechnet heute ein, wo Euphemia nicht da ist und ich alles allein tun muss!«, sagte Mary ungehalten. Trotzdem bestellte sie durch die Sprechanlage beim Aufzug ein Kännchen Kaffee und ein Kännchen Tee. »Für Ihre Hoheit und Seine Gnaden«, fügte sie hinzu. »Mit *ihm* scheint es jetzt auch noch loszugehen. Was gäbe ich bloß für ein einziges nettes, normales Kind hier, Nancy!«

»Aber ich *bin* ein nettes, normales Kind!«, protestierten Janet und Cat wie aus einem Mund.

»Wir auch – jedenfalls nett«, sagte Julia genüsslich.

»Wie solltet ihr normal sein?«, fragte Mary scharf. »Ihr alle seid Chants. Und wann war ein Chant je normal? Beantwortet mir das.«

Janet sah Cat fragend an. Cat war genauso verblüfft wie sie. »Ich habe geglaubt, ihr heißt Chrestomanci«, sagte er zu Roger und Julia.

»Das ist nur Daddys Titel«, erklärte Julia.

»Ihr seid mit uns verwandt, irgendwie«, fügte Roger hinzu. »Wusstet ihr das nicht? Ich dachte immer, das ist der Grund, warum Daddy euch hierher geholt hat.«

Zehntes Kapitel

Cat wartete den richtigen Moment ab. Ehe Mr Saunders zum Unterricht kam, packte er Roger am Ärmel und flüsterte: »Hör zu. Gwendolen hat Euphemia in einen Frosch verhext und …«

Roger bekam einen Lachanfall und Cat musste warten, bis er sich wieder beruhigt hatte.

»… und weigert sich, sie zurückzuverwandeln. Kannst du das?«

Roger gab sich alle Mühe, ernst zu bleiben. »Ich weiß nicht. Wahrscheinlich nicht, außer sie sagt dir den Zauberspruch, mit dem sie's gemacht hat. Um den richtigen Spruch selber herauszufinden, muss man schon viel fortgeschrittener sein, als ich es bin. Oh, wie wahnsinnig komisch!« Er beugte sich über den Tisch und brüllte vor Lachen.

Natürlich wurde Mr Saunders aufmerksam. Er tauchte in der Tür auf und meinte, nach dem Unterricht könnten sie sich Witze erzählen, soviel sie wollten.

Es wurde der unerquicklichste Vormittag, den Cat je erlebt hatte. Als Erstes stellte er fest, dass Janet sich nichts ahnend an sein Pult gesetzt hatte. Viel schlimmer aber war, dass er versäumt hatte ihr zu sagen, dass Gwendolen nur in einem einzigen Fach glänzte, nämlich in Hexerei. Genau wie er vermutet hatte, wusste Janet in mehr als einem Fach eine ganze Menge. Aber ihr Wissen bezog sich ausschließlich auf ihre eigene Welt. Einzig und allein in Arithmetik hätte sie hier wirklich bestehen können. Und Mr Saunders fiel an diesem Vormittag nichts Besseres ein, als sie in Geschichte zu prüfen.

Während Cat mit der linken Hand einen Englischaufsatz kritzelte, sah er aus den Augenwinkeln, wie sich auf Janets Gesicht Panik ausbreitete.

»Wie? Heinrich der Fünfte, meinst du?«, bellte Mr Saunders. »Richard der Zweite war auf dem Thron, noch lange nach Agincourt. Was war sein größtes, durch Hexerei herbeigeführtes Verdienst?«

»Dass er die Franzosen geschlagen hat«, antwortete Janet auf gut Glück. Mr Saunders starrte sie entgeistert an. Und dann sprudelte sie geradezu über. »Ja, so war's, glaube ich. Er behinderte die Franzosen, indem er ihnen eiserne Unterwäsche anhexte, während die Engländer wollene Unterwäsche trugen, deshalb blieben sie nicht im Schlamm stecken.«

Mr Saunders griff sich an den Kopf. »Nein, nein, nein! Weißt du denn überhaupt nichts, Mädchen?«

Janet kämpfte mit den Tränen. Cat war vor Angst halb gelähmt. Er war sicher, im nächsten Moment würde sie zusammenbrechen und Mr Saunders gestehen, dass sie gar nicht Gwendolen war. Im Gegensatz zu Cat hatte Janet ja überhaupt keinen Grund, die Wahrheit zu verschweigen. Cat holte Atem.

»Aber Gwendolen weiß doch nie irgendwas«, sagte

er laut. Er hoffte, Janet würde den Hinweis verstehen. Sie verstand ihn. Mit einem Seufzer der Erleichterung lehnte sie sich zurück und entspannte sich.

»Das weiß ich auch«, sagte Mr Saunders. »Aber irgendwo – irgendwo hinter dieser marmorglatten Stirn müssen doch ein paar kleine graue Zellen versteckt sein. Ich gebe es noch nicht auf.«

Endlich, endlich war es Zeit für die Pause. Mary brachte das Tablett mit den Erfrischungen. Ihr Blick verriet Unheil. Auf dem Tablett, neben der Milch und dem Zwieback und Mr Saunders' Kaffeetasse, hockte ein braunes, glitschig aussehendes Ding. Cat hatte das Gefühl, als ob ihm der Magen sinke – bis in den Keller des Schlosses hinunter.

»Was hast du denn da?«, fragte Mr Saunders.

»Gwendolens gute Tat für den heutigen Tag«, antwortete Mary grimmig. »Das ist Euphemia. Sie brauchen ihr bloß ins Gesicht zu sehen.«

Mr Saunders beugte sich vor und sah ihr ins Gesicht. Dann wirbelte er zornentbrannt zu Janet herum, so heftig, dass sie vor Schreck fast aus dem Pult kippte. »Also das war es, worüber ihr gelacht habt!«

»Ich kann nichts dafür«, sagte Janet.

»Ich habe Euphemia in Gwendolens Zimmer gefunden«, berichtete Mary. »Eingesperrt im Kleiderschrank. Die Ärmste hat sich die Seele aus dem Leib gequakt.«

»Ich glaube, der Fall verlangt nach Chrestomanci«, sagte Mr Saunders. Er erhob sich und ging mit langen Schritten zur Tür.

Die Tür flog auf, ehe er sie erreicht hatte. Chrestomanci, fröhlich und beschwingt, in der einen Hand ein paar Blätter Papier, trat mit geschäftiger Miene ein. »Michael«, sagte er, »ich hoffe, ich störe nicht …« Er stutzte, als er Mr Saunders' Gesicht sah. »Ist irgendetwas?«

»Wollen Sie bitte einen Blick auf diesen Frosch hier werfen, Sir«, sagte Mary. »Er war in Gwendolens Kleiderschrank.«

Chrestomanci fasste nach seiner lila Krawatte und hielt sie seitwärts, während er sich vorbeugte, um den Frosch zu betrachten. Euphemia hob den Kopf und quakte kläglich. Einen Moment lang herrschte eisiges Schweigen. Dann sagte Chrestomanci, so sanft, wie Frost ein Fenster beschlägt: »Bei meiner Seele, es ist Eugenia.«

»Euphemia, Daddy«, sagte Julia.

»Euphemia«, sagte Chrestomanci, »natürlich. Also, wer war das?«

»Gwendolen, Sir«, sagte Mary.

Chrestomanci schüttelte seinen glatt frisierten schwarzen Kopf. »Nein. Wir wollen hier niemanden zum Sündenbock stempeln. Gwendolen kann es gar nicht gewesen sein. Michael hat gestern die Zauberkraft aus ihr herausgeprügelt. Wer also könnte es sonst gewesen sein?«, überlegte er laut.

Wieder breitete sich frostiges Schweigen aus. Es schien Cat eine halbe Eiszeit lang zu dauern. Er war überzeugt, dass Janet im nächsten Moment verraten würde, was Gwendolen angestellt hatte. Er hatte nur eine Chance, sie davon abzuhalten, und die ergriff er.

»Ich war es«, sagte er laut.

Die Blicke, die sich jetzt auf ihn richteten, waren kaum zu ertragen. Julia blickte empört, Roger erstaunt. Mary starrte ihn an, als wäre er selbst ein Frosch. Chrestomanci lächelte liebenswürdig und ungläubig und das war von allem das Schlimmste.

»Eric, verzeih«, sagte er, »*du* warst es?«

Cat schaute ihn aus verschleierten Augen an. »Es ist irrtümlich passiert«, sagte er. »Ich wollte einen Zauberspruch ausprobieren. Ich – ich rechnete nicht damit, dass es funktioniert. Und dann – und dann kam Euphemia herein und verwandelte sich in einen Frosch, einfach so.«

Chrestomanci sagte: »Aber du weißt doch, dass du nicht allein und unbeaufsichtigt zaubern darfst.«

»Ja.« Cat ließ schuldbewusst den Kopf hängen. »Aber ich war ganz sicher, dass es nicht funktionieren würde. Bloß dass es dann doch funktioniert hat«, erklärte er.

»Na schön, dann verwandle sie auf der Stelle zurück«, sagte Chrestomanci.

Cat schluckte. »Das kann ich nicht. Ich weiß nicht, wie.«

Chrestomanci sah ihn an – so liebenswürdig, so vernichtend, so ungläubig, dass Cat sich am liebsten unter dem Pult verkrochen hätte. »Ausgezeichnet«, sagte Chrestomanci. »Michael, vielleicht könntest du dich freundlicherweise der Sache annehmen.«

Mr Saunders hob Euphemia vom Tablett und setzte sie auf den Tisch. Euphemia quakte aufgeregt. »Nur eine Minute noch«, sagte Mr Saunders beruhigend. Er wölbte beide Hände über sie. Nichts geschah. Leicht verwirrt begann Mr Saunders unverständliche Worte zu murmeln. Nichts. Euphemia reckte ängstlich den Kopf zwischen seinen knochigen Fingern hervor. Sie war noch immer ein Frosch. Mr Saunders sah aus wie ein großes, erstauntes Fragezeichen. »Das ist ein sehr seltsamer Zauber«, sagte er. »Welchen Spruch hast du benutzt?«

»Ich kann mich nicht mehr erinnern«, sagte Cat.

»Nun, es will mir nicht gehorchen, ganz gleich, was ich auch tue«, erklärte Mr Saunders. »Du wirst es selber machen müssen, Eric. Komm her.«

Cat warf einen hilflosen Blick zu Chrestomanci hinüber. Chrestomanci nickte beifällig. Cat stand auf. Seine Beine fühlten sich schwabbelig und schwach an und sein Magen schien in den Kellergewölben festes Quartier bezogen zu haben. Er schleppte sich zum Tisch. Als Euphemia ihn kommen sah, zeigte sie, was sie von der Sache hielt: Mit dem Mut der Verzweiflung sprang sie von der Tischkante herunter. Mr Saunders fing sie auf und setzte sie zurück auf den Tisch.

»Was soll ich bloß tun?«, fragte Cat mit einer Stimme, die Euphemias Gequake glich.

Mr Saunders ergriff Cats linke Hand und legte sie auf Euphemias klebrigen Rücken. »Jetzt nimm den Zauber von ihr«, forderte er ihn auf.

»Ich – ich …«, stotterte Cat. Er wollte wenigstens so tun, als versuche er es. »Hör auf, ein Frosch zu sein, und verwandle dich zurück in Euphemia«, sagte er. Dabei überlegte er schon, was sie wohl mit ihm anstellen würden, wenn Euphemia ein Frosch blieb.

Aber zu seinem größten Erstaunen gehorchte sie ihm. Der Frosch unter seinen Fingern wurde warm und begann zu wachsen. Cat sah verstohlen zu Mr Saunders hinüber, während der braune Klumpen in wütender Eile größer und größer wurde. Er war fast sicher, Mr Saunders bei einem heimlichen Lächeln ertappt zu haben.

Im nächsten Atemzug saß Euphemia auf der Tischkante. Ihre Kleider waren etwas bräunlich und zerknittert, aber sonst erinnerte nichts an ihr an einen Frosch. »Nie im Leben hätte ich mir träumen lassen, dass *du* das warst!«, sagte sie zu Cat. Dann schlug sie die Hände vors Gesicht und weinte.

Chrestomanci legte den Arm um sie. »Schon gut, schon gut, meine Liebe. Es muss ein schreckliches Erlebnis gewesen sein. Geh jetzt in dein Zimmer und leg dich ein wenig hin.« Und damit begleitete er sie hinaus.

»Uff!«, sagte Janet.

Mary teilte grimmig die Milch und den Zwieback aus. Cat wollte nichts. Auch Janet lehnte den Zwieback ab.

»Ich finde, das Essen hier macht schrecklich dick«, stellte sie unvorsichtig fest. Julia empfand das als persönliche Beleidigung. Sie holte ihr Taschentuch heraus. Es war schon ein Knoten drin. Das Milchglas entglitt Janets Fingern und zerklirrte auf dem narbigen Fußboden.

»Wisch das auf«, sagte Mr Saunders. »Und dann verschwindet ihr beide, du und Eric. Ich habe die Nase voll von euch. Julia und Roger, ihr nehmt bitte eure Zaubertextbücher heraus.«

Cat führte Janet hinaus in den Park. Hier schien man noch am sichersten zu sein.

»Ich hab geglaubt, ich sterbe, als sie diesen Frosch hereingebracht hat«, sagte Janet. »Die Todesstarre hat gerade nach mir gegriffen – und dann hast du sie zurückverwandelt. Ich hatte mir bis dahin nicht klar gemacht, dass auch du ein Hexer – oder ein Zauberer? – bist. Was also?«

»Keins von beiden«, antwortete Cat. »Mr Saunders hat es gemacht, um mir einen Schrecken einzujagen.«

»Aber Julia ist eine Hexe, nicht wahr?«, stellte Janet scharfsinnig fest. »Was habe ich getan, dass sie mich so hasst?«

Cat erzählte ihr, wie es angefangen hatte – wie Gwendolen angefangen hatte, Julia wegen ihrer Figur zu ärgern, und überhaupt.

»Ich verstehe«, sagte Janet. »Aber weißt du, wenn ich mir vorstelle, dass sie jetzt irgendwo ihre Hexenkünste vervollkommnet und ich steh da ohne auch nur ein Zipfelchen eines Zauberspruchs, womit ich mich verteidigen könnte … Du weißt nicht zufällig einen Karatelehrer irgendwo in der Nähe?«

»Nie von einem gehört«, sagte Cat vorsichtig. Er fragte sich, was das sein mochte – Karate.

»Nun ja, nicht zu ändern«, meinte Janet. »Chrestomanci zieht sich wundervoll verrückt an, findest du nicht?«

Cat lachte. »Du solltest ihn mal im Morgenrock sehen!«

»Ich kann's kaum erwarten. Warum ist er nur so Furcht erregend?«

»Er ist es eben«, sagte Cat.

»Ja«, bestätigte Janet. »Er ist einfach so. Als er Euphemia erkannt und dann diesen milden, erstaunten Ton angeschlagen hat, habe ich Gänsehaut bekommen. Ich hätte es nicht über die Lippen gebracht, zu sagen, dass ich nicht Gwendolen bin. Und weil du mir heute schon zweimal aus der Patsche geholfen hast, werde ich mich jetzt wie eine Klette an dich hängen, bis ich weiß, wie ich mich verhalten muss. Ist das sehr schlimm für dich?«

»Überhaupt nicht«, log Cat. Janet hätte ihm keine größere Last sein können, wenn sie auf seinen Schultern hockte, die Beine um seine Brust gewickelt. Um sich abzulenken, schlug er den Weg zu den Überresten des Baumhauses ein. Janet war begeistert. Keineswegs auf Cats Hilfe angewiesen, schwang sie sich in den Kastanienbaum hinauf. »Sei vorsichtig!«, ermahnte er sie.

Oben im Baum machte es RRRATSCH.

»Mist!«, rief Janet. »Diese Kleider sind wirklich das Letzte, um darin auf Bäume zu klettern!«

»Kannst du nicht nähen?«, fragte Cat, der nun ebenfalls dabei war, hinaufzuklettern.

»Ich verachte es als weibliche Sklavenarbeit«, sagte Janet.»Aber ich kann's. Und ich werd's wohl müssen. Das waren beide Unterröcke.« Sie prüfte den knarrenden Boden, das Einzige, was von dem Baumhaus noch übrig geblieben war, und stieg dann hinauf. Zwei verschiedenfarbige Rüschen baumelten lose unter ihrem Rocksaum. »Von hier oben kann man bis zum Dorf hinuntersehen. Eben biegt ein Metzgerkarren in die Schlosseinfahrt ein.«

Cat hievte sich zu ihr hinauf. Gemeinsam beobachteten sie den Karren und das gescheckte Pferd, das ihn zog.

»Habt ihr gar keine Autos?«, fragte Janet. »In meiner Welt hat jeder ein Auto.«

»Reiche Leute schon«, sagte Cat. »Chrestomanci hat uns mit einem vom Bahnhof abholen lassen.«

»Und elektrisches Licht habt ihr auch«, stellte Janet fest. »Aber alles Übrige ist altmodisch im Vergleich mit meiner Welt. Ich nehme an, man kann sich alles, was man braucht, durch Zauberei herbeischaffen. Habt ihr denn Fabriken oder Langspielplatten oder Hochhäuser oder Fernsehen oder Flugzeuge?«

»Ich weiß nicht, was Flugzeuge sind«, sagte Cat. Er hatte auch von den meisten der anderen Dinge keine Ahnung und das Gespräch langweilte ihn. Die Kastanien, die bald reif sein würden, interessierten ihn viel mehr.

Janet rüttelte an einem Ast und Cat half mit einer

Latte von der Baumhausruine nach. Acht oder neun Kastanien prasselten zu Boden und lagen braun und glänzend neben den zerplatzten grünen Schalen.

»Hurra!«, rief Cat. Er hangelte sich wie ein Affe den Baum hinunter und Janet hinterdrein. In ihren Haaren hingen Rindenstücke und kleine Zweige. Gierig rafften sie die Kastanien zusammen.

»Einen Bohrer!«, seufzte Janet. »Ein Königreich für einen Bohrer! Dann könnten wir sie auf meine Schuhbänder auffädeln.«

»Da ist ein Bohrer«, sagte Cat. Es lag tatsächlich einer am Boden. Er musste aus dem Baumhaus gefallen sein.

Wie besessen bohrten sie die Kastanien an. Sie zogen die Schuhbänder aus den Ösen von Gwendolens zweitbesten Schnürstiefeln. Sie waren noch beim Auffädeln, da trat Milly hinter einer Eibe hervor und lachte ihnen zu.

»Ich hätte nicht gedacht, dass die Kastanien schon reif sind«, sagte sie. »Aber es war ein richtig schöner Sommer.«

Janet sah sie bestürzt an. Sie hatte keine Ahnung, wer diese pummelige Person in dem schönen geblümten Seidenkleid war. »Guten Tag, Milly!«, rief Cat. Aber das half Janet nicht sehr viel weiter.

Milly lächelte und öffnete ihre Handtasche. »Drei Dinge sind es, die Gwendolen jetzt dringend braucht, wie ich glaube. Hier!« Sie kramte zwei Sicherheitsnadeln und eine Garnitur Schuhbänder hervor und reichte sie Janet.

»Da-d-danke«, stotterte Janet. Ihr wurde peinlich bewusst, wie unmöglich ihr Aufzug war – die klaffenden Schuhe, ihre zerrauften Haare und die zwei lose herabhängenden Rüschen. Aber beinah noch peinlicher war, dass sie nicht wusste, mit wem sie es hier zu tun hatte.

Cat erkannte das messerscharf. Er wusste mittlerweile, dass Janet zu den Leuten gehörte, die für alles und jedes eine Erklärung haben müssen. Deshalb trug er jetzt ganz dick auf und sagte zu Milly: »Ich finde, Roger und Julia können glücklich sein, dass sie so eine prima Mutter haben wie Sie, Milly.«

Milly strahlte und Janet fiel ein Stein vom Herzen. Da sie nun wusste, dass Milly Chrestomancis Frau war, ging die Neugierde mit ihr durch. »Milly«, sagte sie, »waren Cats – waren unsere Eltern Vetter und Kusine ersten Grades wie – ich meine, waren sie es? Oder wie ist Cat mit Ihnen verwandt?«

»Das kann ich dir nicht beantworten, Gwendolen«, sagte Milly. »Ihr seid mit der Familie meines Mannes verwandt und darüber weiß ich nicht allzu gut Bescheid. Chrestomanci müsste selbst hier sein, um dir das genau zu sagen.«

Wie es der Zufall wollte, trat in diesem Augenblick Chrestomanci durch die Gartentür. Milly rauschte ihm glückstrahlend entgegen.

»Mein Lieber, du kommst wie gerufen.«

Janet mühte sich verbissen, die Rüschen am Saum der Unterröcke festzuheften.

»Es ist ganz einfach«, sagte Chrestomanci, nachdem Milly ihm erklärt hatte, worum es ging. »Frank und Caroline Chant waren Vetter und Kusine ersten Grades und ich war ebenfalls ihr Vetter. Als die beiden sich in den Kopf gesetzt hatten zu heiraten, schrie meine Familie Zeter und Mordio, und meine beiden Onkel verstießen sie ohne einen Penny, wie das früher so üblich war. Ihr müsst wissen, es ist wirklich eine heikle Sache, einen Vetter oder eine Kusine zu heiraten, und ganz besonders, wenn Hexerei in der Familie liegt. Aber das soll nicht heißen, dass irgendetwas besser geworden wäre, wenn man sie nicht verstoßen hätte.« Er lächelte Cat an. Er schien vollkommen freundlich. »Ist die Frage damit beantwortet?«

Cat ahnte, wie Gwendolen zumute gewesen sein musste. Chrestomancis Freundlichkeit, obwohl man eigentlich in Ungnade gefallen war, war verwirrend und ärgerlich zugleich.

Und weil er keine Antwort von Cat bekam, nahm Chrestomanci den Arm seiner Frau und sagte: »Dann können wir wohl gehen.«

Endlich hatte Janet es geschafft, ihre Unterröcke in Ordnung zu bringen. Als Milly und Chrestomanci außer Hörweite waren, sagte sie: »Sie ist süß – Milly meine ich. Ein echtes Goldstück. Aber er! Cat, hältst du es für möglich, dass er ein ganz besonderer, seltener, mächtiger Magier ist?«

»Ich glaube nicht«, sagte Cat. »Warum?«

»Na ja«, meinte Janet, »ich hab so ein Gefühl …«

»Ich hab gar kein Gefühl«, sagte Cat. »Ich fürchte mich nur vor ihm.«

»Wahrscheinlich sind deine Gefühle überhaupt total durcheinander, weil du dein ganzes Leben mit Hexen und solchem Gelichter verbracht hast«, sagte Janet. »Aber was mich betrifft, so ist es nicht nur ein Gefühl. Ist dir aufgefallen, dass er immer gerade dann kommt, wenn ihn jemand ruft? Das war jetzt schon das zweite Mal.«

»Es war beide Male purer Zufall«, meinte Cat. »Du kannst dir nicht aus Zufällen irgendetwas zusammenreimen.«

»Er kaschiert es gut, das gebe ich zu«, sagte Janet. »Er tut so, als käme er in ganz anderer Absicht ...«

»Ach, hör schon auf damit! Du bist genau wie Gwendolen, die konnte auch keinen Augenblick aufhören, an ihn zu denken«, sagte Cat ärgerlich.

Janet stampfte mit ihrem ungeschnürten rechten Schuh auf dem Kiesweg auf. »Ich *bin* nicht Gwendolen! Wann wirst du das endlich in deinen dicken Schädel kriegen!«

Cat fing an zu lachen.

»Warum lachst du?«, fragte Janet.

»Gwendolen stampft genauso mit dem Fuß auf, wenn sie wütend ist«, sagte Cat.

»Bäh!«, machte Janet.

Elftes Kapitel

Als Janet endlich beide Schuhe geschnürt hatte, stellte Cat fest, dass es höchste Zeit fürs Mittagessen war. An der Seitentür des Schlosses angelangt hielt sie eine heisere Stimme auf, die aus den Rhododendronbüschen kam.

»Kleines Fräulein! Auf einen Moment bitte!«

Es war keine angenehme Stimme. Die Rhododendronbüsche raschelten unwillig. Ein dicker alter Mann in einem schmutzigen Regenmantel tauchte auf. Ehe Janet und Cat sich von ihrem Schreck erholt hatten, pflanzte sich der Mann zwischen ihnen und der Tür auf. Da stand er nun, sah sie vorwurfsvoll aus roten Triefaugen an und blies ihnen eine Bierfahne entgegen.

»Guten Tag, Mr Baslam«, sagte Cat, Janet zuliebe.

»Was wollen Sie?«, fragte Janet so kühl und beherrscht, wie Gwendolen es getan hätte.

»Die Sache ist die«, sagte Mr Baslam. Er zerrte an seinem Regenmantel und kramte umständlich in den Taschen seiner ausgebeulten Hose.

»Wir müssen zum Essen«, sagte Cat.

»Alles zu seiner Zeit«, entgegnete Mr Baslam. Er streckte Janet seine schmuddelige weiße Hand entgegen, in der zwei kleine glitzernde Gegenstände lagen. »Hier sind sie.«

»Das sind ja die Ohrringe meiner Mutter!«, entfuhr es Cat. »Wie kommen denn Sie an die?«

»Deine Schwester hat sie mir gegeben für ein Stäubchen Drachenblut«, erklärte Mr Baslam. »Und ich darf sagen, ich habe in gutem Glauben gehandelt, kleines Fräulein, aber sie nützen mir gar nix.«

»Warum nicht?«, fragte Janet. »Sie sehen aus wie – ich meine, es sind echte Brillanten.«

»Oh ja«, sagte Mr Baslam. »Aber du hast mir verschwiegen, dass sie verhext sind. Verhext mit einem schrecklich starken Zauber – und einem schrecklich lauten noch dazu. Die ganze Nacht hat es in dem ausgestopften Kaninchen geschrien: ›Ich gehöre Caroline Chant!‹ Was blieb mir anderes übrig, als sie in ein Tuch zu wickeln, bevor ich heute Morgen zu einem guten Bekannten ging, der sich für solche Sachen interessiert. Und der will die Ohrringe nicht mal anrühren. Er sagt, er riskiert nicht, dass in seinem Haus der Name Chant gerufen wird. Also nimm sie gefälligst zurück, kleines Fräulein. Du schuldest mir fünfundfünfzig Pfund.«

Janet schluckte. Cat ebenfalls. »Es tut mir schrecklich Leid«, sagte Janet. »Ich hatte wirklich keine Ahnung. Aber – aber ich habe nicht das geringste Einkommen. Gibt es denn kein Mittel, dass der Zauber verschwindet?«

Mr Baslam schüttelte den Kopf. »Dieser Zauber sitzt zu tief drin, das kannst du mir glauben.«

»Warum schreien sie denn jetzt nicht?«, fragte Cat.

»Du hältst mich wohl für beschränkt. Meinst du, ich kann sie auf dem ganzen Weg hierher vor sich hin schreien lassen: ›Ich gehöre Caroline Chant?‹ Dieser Bekannte, von dem ich sprach, hat als Anzahlung 'n klein' Hokuspokus gemacht. Aber dann sagt er zu mir: ›Ich kann sie nur für eine Stunde oder so zum Schweigen bringen‹, sagt er. ›Der Zauber ist zu stark für mich. Wenn du willst, dass er für immer verschwindet, musst du sie zu einem echten Magier bringen. Und das kostet dich so viel, wie die Ohrringe wert sind, und einen Haufen peinlicher Fragen noch dazu.‹ Das waren seine Worte. Und so sitze ich da in den Büschen und stehe Todesängste aus, dass der Hokuspokus zu wirken aufhört, bevor du kommst. Und jetzt sagst du, du hast kein Einkommen! Nein, mein Fräulein – hier, nimm sie zurück und gib mir eine kleine Anzahlung dafür, wenn ich bitten darf.«

Janet sah Cat ratlos an. Cat seufzte und kramte in seinen Taschen. Alles, was er fand, war eine halbe Krone. Die bot er Mr Baslam an.

Mr Baslam zuckte zurück, schwer gekränkt und mit einem Blick wie ein geprügelter Bernhardiner. »Fünfundfünfzig Pfund schuldet sie mir und du bietest mir eine halbe Krone! Mein Sohn, willst du mich auf den Arm nehmen?«

»Das ist alles, was wir im Moment haben«, sagte Cat. »Jeder von uns bekommt eine Krone Taschengeld pro Woche. Wenn wir Ihnen die geben, können wir Sie innerhalb …« Er rechnete fieberhaft. Zehn Shilling pro Woche – zweiundfünfzig Wochen pro

Jahr – sechsundzwanzig Pfund pro Jahr. »Es würde nur zwei Jahre dauern.« Zwei Jahre ohne Geld, das war erschreckend lange. Doch was half's. Mr Baslam hatte Gwendolen das Drachenblut beschafft und es schien nur recht und billig, dass es auch bezahlt wurde.

Aber Mr Baslam blickte nur noch gequälter und gekränkter drein. Er wandte sich von Cat und Janet ab und starrte düster an den Mauern des Schlosses empor. »Hier also wohnt ihr und wollt mir weismachen, dass ihr nicht mehr als zehn Shilling pro Woche aufbringen könnt! Ich lasse mich nicht für dumm verkaufen! Ihr könnt Geld haben, so viel ihr wollt. Ihr braucht es bloß zu verlangen.«

»Aber nein, das können wir nicht, ehrlich«, protestierte Cat.

»Ich meine, du solltest es versuchen, junger Freund«, sagte Mr Baslam. »Ich bin wahrlich nicht unverschämt. Ich verlange alles in allem nicht mehr als zwanzig Pfund Anzahlung, einschließlich zehn Prozent Zinsen sowie der Kosten für den Stillhalte-Hokuspokus. Das sollte wirklich ein Kinderspiel für euch sein.«

»Sie wissen ganz genau, dass es das nicht ist!«, sagte Janet wütend. »Behalten Sie lieber diese Ohrringe. Ihrem ausgestopften Kaninchen werden sie bestimmt entzückend stehen.«

Mr Baslam warf ihnen einen herzzerreißenden Blick zu. Im selben Moment war von seiner Handfläche, wo die Ohrringe lagen, eine dünne, singende

Stimme zu hören. Sie war zu leise, als dass man verstehen konnte, was sie sang, aber es war der unüberhörbare Beweis, dass Mr Baslam nicht gelogen hatte. Und wenn er eben noch wie eine geprügelte Kreatur aus den Triefaugen geblickt hatte, so glich er plötzlich einem Bluthund auf frischer Fährte. Er ließ die Ohrringe aus seinen dicken Fingern auf den Kies fallen.

»Da!«, sagte er. »Falls ihr euch die Mühe machen wollt, sie aufzuheben. Ich darf dich daran erinnern, kleines Fräulein, dass der Handel mit Drachenblut gesetzwidrig und daher verboten ist. Ich habe dir eine Gefälligkeit erwiesen. Du hast mich übers Ohr gehauen. Und jetzt sage ich dir: Ich brauche bis nächsten Mittwoch zwanzig Pfund. Zeit genug, um dir das Geld zu beschaffen. Bekomme ich es nicht, dann weiß Chrestomanci Mittwochabend alles. Und wenn er die Sache mit dem Drachenblut erfährt, möchte ich nicht in deiner Haut stecken, kleines Fräulein. Habe ich mich klar und unmissverständlich ausgedrückt?«

Oh ja, erschreckend klar und unmissverständlich. »Und wenn wir Ihnen das Drachenblut zurückgeben?«, schlug Cat verzweifelt vor. Natürlich hatte Gwendolen Mr Baslams Drachenblut mitgenommen, aber es gab ja noch das große Glas in Mr Saunders' Werkstatt.

»Was sollte ich mit Drachenblut anfangen?«, fragte Mr Baslam. »Ich bin kein Zauberer. Ich bin bloß ein armer Händler und nach Drachenblut besteht hier in der Gegend keine Nachfrage. Ich brauche das Geld. Zwanzig Pfund bis nächsten Mittwoch. Vergesst es ja nicht.« Ein Bluthundblick noch und dann machte er sich raschelnd durch die Rhododendronbüsche davon.

»Widerlicher alter Fettsack!«, sagte Janet. Ihre Stimme zitterte. »Ich wünschte, ich wäre wirklich Gwendolen. Dann würde ich ihn in einen vierköpfigen Ohrwurm verwandeln!« Sie bückte sich und hob die Ohrringe auf.

Im selben Atemzug war die Luft von hohen, singenden Stimmen erfüllt. »Ich gehöre Caroline Chant! Ich gehöre Caroline Chant!«

»Oh je!«, sagte Janet. »Sie wissen Bescheid.«

»Gib her«, sagte Cat, »schnell, ehe es jemand hört.«

Janet ließ die Ohrringe in Cats Hand fallen. Die Stimmen verstummten augenblicklich. »Ich kann mich an all die Hexerei nicht gewöhnen«, klagte Janet. »Cat, was soll ich bloß tun? Wie soll ich das Geld für diesen grässlichen Menschen herbeischaffen?«

»Wir müssen etwas finden, das wir verkaufen können«, meinte Cat. »Im Dorf ist ein Trödelladen. Komm jetzt. Es ist höchste Zeit fürs Mittagessen.«

Sie rannten zum Spielzimmer hinauf und sahen, dass ihnen Mary schon Teller mit Eintopf und Klößen an ihre Plätze gestellt hatte.

»Sieh da«, sagte Janet, die ihren Gefühlen irgendwie Luft machen musste, »nahrhaftes, dick machendes Essen. Wie nett.«

Mary durchbohrte die beiden mit ihrem Blick und verließ wortlos das Zimmer. Julias Blick war um keine Spur freundlicher. Als Janet sich vor ihren Eintopf setzte, zog Julia ihr Taschentuch aus dem Ärmel, bereits mit einem Knoten drin, und legte es in ihren Schoß. Janet ergriff ihre Gabel und stieß sie in einen der Klöße. Die Gabel blieb drin stecken. Der Kloß war ein weißer Kieselstein in einem Teller voller Matsch.

Janet ließ vorsichtig die Gabel mit dem aufgespießten Kieselstein sinken und legte ihr Messer quer über den Matsch. Sie rang um Beherrschung, aber einen Moment lang sah sie aus wie Gwendolen, wenn sie außer sich vor Wut war. »Ich war ziemlich hungrig«, sagte sie.

Julia lächelte. »Wie jammerschade«, sagte sie zuckersüß. »Und du besitzt keine Zauberkraft, um dich zu wehren, nicht wahr?« Sie knüpfte einen zweiten, kleineren Knoten in den Zipfel ihres Taschentuchs. »Du hast alles mögliche Zeug in deinen Haaren, Gwendolen«, sagte sie, während sie ihn straff zog. Die Zweige, die in Janets Haar steckten, wanden und krümmten sich und begannen auf den Tisch und in ihren Rock zu fallen. Jeder war eine große, gestreifte Raupe.

Janet machten Raupen und ähnliches Getier, das sich wand und krümmte, genauso wenig aus wie Gwendolen. Sie las sie auf und legte sie vor Julia auf einen Haufen. »Ich habe große Lust, nach deinem Vater zu rufen«, sagte sie.

»Oh nein, sei keine Petze«, rief Roger. »Lass sie in Ruhe, Julia.«

»Ich denk nicht dran«, sagte Julia. »Sie kriegt nichts zu essen.«

Nach der Begegnung mit Mr Baslam war Cat ziemlich der Appetit vergangen. »Da«, sagte er und tauschte seinen Teller mit Eintopf gegen Janets Matsch. Janet wollte protestieren. Aber kaum stand der Teller mit Matsch vor Cat, war er wieder mit dampfendem Eintopf gefüllt. Und der Berg sich windender, krümmender Raupen war nichts weiter als ein Häuflein Zweige.

Julia drehte sich zu Cat, alles andere als erfreut. »Misch dich nicht ein. Du machst mich ärgerlich. Sie behandelt dich wie einen Sklaven und du hältst auch noch zu ihr.«

»Aber ich hab doch nur die Teller vertauscht!«, sagte Cat verwirrt. »Wieso –?«

»Es könnte Michael gewesen sein«, meinte Roger.

Julia schaute auch ihn bitterböse an. »Warst du's?« Roger schüttelte den Kopf. Julia runzelte die Stirn. »Wenn ich wieder keine Orangenmarmelade bekomme«, sagte sie schließlich, »dann wird Gwendolen alles erfahren. Und ich hoffe, du wirst an deinem Eintopf ersticken.«

Cat hatte an diesem Nachmittag Mühe, sich auf den Unterricht zu konzentrieren. Seine größte Sorge war, wie sie bis nächsten Mittwoch zwanzig Pfund auftreiben sollten. Er versuchte sich auszumalen, was geschehen würde, wenn es ihnen nicht gelang. Das Äußerste, was sich denken ließ, war, dass Janet die Wahrheit über sich und Gwendolen gestand. Er stellte sich vor, wie Chrestomanci ihn vernichtend ansah und sagte: »*Du* bist mit Gwendolen ins Dorf gegangen, um Drachenblut einzukaufen, Eric? Aber du wusstest doch, dass es verboten ist. Und du hast nichts dagegen getan?« Beim bloßen Gedanken daran überlief es Cat kalt. Aber er besaß nichts, was er verkaufen könnte, außer einem Paar Ohrringe, die sich über die Besitzverhältnisse beklagten. Was würde geschehen, wenn er dem Bürgermeister von Wolvercote schriebe und ihn bäte, ihm zwanzig Pfund aus dem Fonds zu schicken? Der Bürgermeister würde vermutlich an Chrestomanci schreiben und ihn fragen, wofür Cat das Geld brauchte. Und dann würde Chrestomanci ihn vernichtend anblicken und sagen: »*Du* bist mit Gwendolen gegangen, um Drachenblut einzukaufen, Eric?«

Es war hoffnungslos.

»Wollen wir Soldaten spielen?«, fragte Roger nach dem Unterricht.

Cat wollte gern, aber er wagte nicht, Janet sich selbst zu überlassen. »Ich hab keine Zeit«, sagte er.

»Bloß wegen Gwendolen, ich weiß«, murrte Roger. »Man möchte meinen, du wärst ihr linkes Bein oder so was.«

Cat fühlte sich verletzt. Das Schlimme war, er wusste, dass Janet eher ohne ihr linkes Bein auskommen könnte als ohne ihn. Als er Janet in Gwendolens Zimmer folgte, wünschte er aus ganzem Herzen, es wäre wirklich Gwendolen, hinter der er herlief.

Janet begann fieberhaft alle möglichen Gegenstände einzusammeln. Gwendolens Zauberbücher, die

Nippes auf dem Kaminsims, die goldgefasste Haarbürste und den Handspiegel vom Toilettentisch, den Krug auf dem Nachttisch und die Hälfte der Handtücher aus dem Badezimmer.

»Was tust du da?«, fragte Cat.

»Zusammentragen, was wir verkaufen können. Hast du irgendetwas in deinem Zimmer oben, was du entbehren kannst?«, fragte Janet. »Schau mich nicht so an. Ich weiß, dass es Diebstahl ist. Aber ich verliere buchstäblich den Verstand, wenn ich an diesen grässlichen Mr Bistro denke und dass er zu Chrestomanci gehen könnte, alles andere ist mir piepegal.« Sie trat zum Kleiderschrank und schob die Kleider auf der Stange auseinander. »Da ist ein fantastischer Mantel.«

»Den wirst du brauchen, wenn es kalt wird«, prophezeite Cat düster. »Ich geh mal rauf und seh nach, was ich habe. Aber versprich mir, dass du hier bleibst, bis ich zurückkomme.«

»Logisch«, antwortete Janet. »Ich wage keinen Schritt ohne dich. Aber beeil dich.«

In Cats Zimmer gab es nicht so viele Dinge, die in Frage kamen, aber er raffte zusammen, was er fand, und fügte noch den großen Badeschwamm hinzu. Er kam sich wie ein Verbrecher vor. Janet und Cat wickelten die Ausbeute in zwei Handtücher und schlichen mit ihren klirrenden Bündeln die Treppe hinunter.

Unbemerkt gelangten sie durch den glänzenden Flur und durch die Seitentür hinaus ins Freie. Aber kaum waren sie draußen, da hob ein gewaltiger Chor zu singen an. »Wir gehören zum Schloss Chrestomanci! Wir gehören zum Schloss Chrestomanci!«, schallten ungefähr vierzig Stimmen. Einige klangen tief, andere hoch und schrill und alle sehr laut. Es dauerte einen Moment, ehe Cat und Janet begriffen, dass die Stimmen aus ihren Bündeln kamen.

»Himmel, Arsch und Zwirn!«, sagte Janet.

Sie machten auf dem Absatz kehrt und liefen zurück. Die vierzig Stimmen dröhnten in ihren Ohren.

Die Tür ging auf und Miss Bessemer stand vor ihnen, groß und purpurn. Janet und Cat versuchten sich mit schuldbewusster Miene an ihr vorbeizudrücken. Im Flur legten sie die plötzlich verstummten Bündel nieder und machten sich auf ein Unwetter gefasst.

»Was für ein schrecklicher Lärm, meine Lieben!«, sagte Miss Bessemer. »Ich habe nichts Vergleichbares mehr gehört, seit ein bekloppter Zauberer versucht hat, bei uns einzubrechen. Was, um alles in der Welt, habt ihr bloß gemacht?«

Janet wusste nicht, wer die imposante purpurne Dame war. Es hatte ihr vor Schreck die Sprache verschlagen. Cat musste einspringen. »Wir wollten im Baumhaus Umzug spielen«, sagte er. »Dafür hätten wir ein paar Sachen gebraucht.« Er war selbst erstaunt, wie einleuchtend es klang.

»Hättet ihr mir doch nur ein Wort gesagt, ihr Dummerchen!«, rief Miss Bessemer. »Ich kann euch ein paar Sachen geben, die man ohne weiteres mit hinausnehmen kann. Macht, dass ihr mit dem Zeug da hinaufkommt. Ich suche euch für morgen ein hübsches Mobiliar zusammen.«

In Janets Zimmer angelangt war ihnen elend zumute. »Ich kann mich nicht daran gewöhnen, dass hier auf Schritt und Tritt Hexerei im Spiel ist!«, jammerte Janet. »Ich bin dem einfach nicht gewachsen. Wer war diese purpurrote Person?«

»Miss Bessemer, die Haushälterin«, erklärte Cat.

»Siehst du irgendeine Chance, dass sie uns erstklassige abgelegte Sachen gibt, die uns auf dem Markt zwanzig Pfund einbringen werden?«, fragte Janet. Sie wusste ebenso gut wie Cat, dass diese Chance mehr als gering war. Sie waren noch keinen Schritt weitergekommen, als sie zum Abendessen mussten.

Cat hatte Janet vor dem Abendessen gewarnt. Und sie hatte versprochen nicht aufzuspringen, wenn Diener Speisen über ihre Schulter reichten, und geschworen nicht mit Mr Saunders über Kunst zu reden. Janet hatte versichert, auch Bernards Geschwafel über Aktien und Gewinne würde sie vollkommen kalt lassen. Cat meinte also, für diesmal könnte er beruhigt sein.

Es zeigte sich jedoch, dass Mr Saunders' Interesse für Kunst mittlerweile total abgekühlt war. Stattdessen begann man sich über eineiige Zwillinge zu unterhalten und kam in direktem Übergang auf Doppelgänger zu sprechen, die überhaupt nicht miteinander verwandt sind. Sogar Bernard vergaß seine Aktien und Gewinne, so sehr fesselte ihn dieses neue Thema.

»Die eigentliche Schwierigkeit«, donnerte er, indem er sich weit vorbeugte und die Augenbrauen hochzog und wieder senkte, »besteht darin, dass solche Leute gezwungen sind, sich in einer Vielzahl von anderen Welten zurechtzufinden.«

Zu Cats Unbehagen redeten sie sich immer mehr in Eifer. Das Gespräch über andere Welten wurde zum Thema Nummer eins. Cat erfuhr, dass über andere Welten eine Menge bekannt war. Unzählige waren bereits besucht worden. Die bekanntesten hatte man in Gruppen eingeteilt, die man Serien nannte, je nach den historischen Ereignissen, die sie verbanden. Es war äußerst ungewöhnlich, dass irgendeine Person keinen exakten Doppelgänger in einer Welt derselben Serie hatte – im Allgemeinen hatten die Weltenbewohner eine ganze Reihe von Doppelgängern innerhalb der Serie.

»Aber wie steht es um Doppelgänger außerhalb einer Serie?«, fragte Mr Saunders. »Ich habe mindestens einen Doppelgänger in Serie römisch drei und ich vermute, es existiert noch einer in …«

Janet setzte sich kerzengerade auf und schnappte nach Luft. »Cat, Hilfe! Ich sitze wie auf Nadeln!«

Cat schaute verstohlen zu Julia hinüber und sah gerade noch, wie sie den Zipfel ihres Taschentuchs unterm Tisch verschwinden ließ. »Wechseln wir die Plätze«, flüsterte er. Er fühlte sich entsetzlich müde. Er stand auf. Alle sahen ihn an.

»Womit ich zu der Überzeugung gelange, dass bisher keine zufrieden stellende Einteilung getroffen wurde«, sagte Mr Saunders und drehte sich zu Cat herum.

»Meinen Sie«, sagte Cat, »ich kann mit Jan... Gwendolen den Platz tauschen? Bitte! Sie kann von ihrem nicht so gut hören, was Sie sagen.«

»Ja eben, und es ist so wahnsinnig interessant«, stieß Janet hervor, während sie von ihrem Sitz hochschnellte.

»Wenn du es nun für so wichtig erachtest«, sagte Chrestomanci leicht irritiert.

Cat setzte sich auf Janets Stuhl. Er spürte nicht, dass ihn hier irgendetwas piekste. Julia senkte den Kopf und starrte ihn von unten herauf lange und unfreundlich an. Ihre Ellbogen zuckten, während sie missmutig ihr Taschentuch aufknüpfte. Cat erkannte, dass sie im Begriff war, auch ihn zu hassen. Er seufzte.

Trotzdem schlief Cat an diesem Abend nicht mit dem Gefühl ein, die Sache sei hoffnungslos. Er konnte sich nicht vorstellen, dass alles noch schlimmer werden könnte, es konnte also nur besser werden. Vielleicht würde ihnen Miss Bessemer irgendetwas sehr Wertvolles schenken, das sie verkaufen konnten. Oder, noch besser, Gwendolen würde da sein, wenn er aufwachte, und schon im Begriff, seine Probleme zu lösen.

Aber als er am Morgen in Gwendolens Schlafzimmer ging, war es immer noch Janet, die mit ihren widerspenstigen Strumpfbändern kämpfte und die über ihre Schulter hinweg sagte: »Diese Dinge sind für unsereinen wahrscheinlich sehr ungesund. Trägst du sie auch? Oder ist das eine weibliche Folter? Und wenn Hexerei zu *irgendetwas* nütze sein sollte, dann dazu, die Strümpfe nicht runterrutschen zu lassen. Man könnte fast denken, dass Hexen keinen besonders praktischen Sinn haben.«

Sie quasselt einem die Ohren voll, dachte Cat. Aber es war immer noch besser, als gar niemand an Gwendolens Stelle zu haben.

Beim Frühstück zeigten weder Mary noch Euphemia eine Spur von Freundlichkeit und kaum hatten sie den Raum verlassen, schlang sich einer der Vorhänge um Janets Hals und versuchte sie zu erdrosseln. Cat nahm ihn weg. Der Vorhang wehrte sich wie etwas Lebendiges, weil Julia ihr Taschentuch an beiden Enden hielt und fest an dem Knoten zog.

»Ach, hör schon auf damit«, bat Cat.

»Ja, hör auf«, verlangte auch Roger. »Es ist albern und obendrein langweilig. Ich möchte in Ruhe frühstücken.«

»Lass uns Freunde sein«, bot Janet an.

»Das würde uns beide gleichstellen«, entgegnete Julia. »Nein.«

»Dann also Feinde!«, gab Janet giftig zurück, beinah so wie Gwendolen. »Erst dachte ich, du bist nett, aber jetzt seh ich, dass du nichts weiter bist als ein widerliches, dickköpfiges, hartherziges, schwieliges, schielendes, hässliches altes Weib!«

Janets Orangenmarmelade verwandelte sich in orangerote Würmer und wieder zurück, als Cat ihr seine dafür gab. Janet hatte statt Kaffee eine fette braune Soße in ihrer Tasse, die sich wieder in Kaffee verwandelte, als Cat davon trank. Dann streckte schon Mr Saunders seinen Kopf zur Tür herein. Cat fiel ein Stein vom Herzen – doch da sagte Mr Saunders: »Eric, Chrestomanci wünscht dich zu sprechen, jetzt gleich, in seinem Arbeitszimmer.«

Cat stand auf. Sein Magen – angefüllt mit verhexter Orangenmarmelade – sank in den tiefsten Keller des Schlosses hinunter. Chrestomanci hat alles herausgefunden, dachte er. Er weiß Bescheid über das Drachenblut und über Janet und er wird mich höflich ansehen und – oh, ich hoffe, er ist *kein* Zauberer!

»Wo – wohin soll ich gehen?«, stammelte er.

»Roger, zeig ihm den Weg«, sagte Mr Saunders.

»Aber – aber *warum*?«

Mr Saunders lächelte. »Du wirst es gleich erfahren. Jetzt geh schon.«

Zwölftes Kapitel

Chrestomancis Arbeitszimmer war ein großer, sonnendurchfluteter Raum. Voll gestopfte Bücherregale bedeckten die Wände vom Fußboden bis zur Decke hinauf. Ein Schreibtisch stand mitten im Zimmer, aber Chrestomanci saß nicht dort. Lang ausgestreckt rekelte er sich auf einem Sofa und las Zeitung. Er trug einen grünen Morgenrock mit eingewebten goldenen Drachen. Das goldene Muster glitzerte in der Sonne. Cat konnte die Augen nicht davon wenden.

Er stand in der Tür, wagte sich keinen Schritt weiter und dachte: Er hat die Sache mit dem Drachenblut herausgefunden.

Chrestomanci sah auf und lächelte. »Mach kein so ängstliches Gesicht«, sagte er und legte die Zeitung beiseite. »Komm, setz dich.«

Er wies auf einen großen Ledersessel. Es war eines jener tiefen, weichen und glatten Ungetüme, die einen buchstäblich verschluckten. Cat rutschte auf der Sitzfläche weit nach hinten. Er fühlte sich schutzlos ausgeliefert.

Chrestomanci schien ihm seine Furcht anzusehen und sagte beruhigend: »Keine Angst, es handelt sich jetzt nicht mehr so sehr um den Frosch. Siehst du, ich habe über dich nachgedacht …«

»Oh, das wäre nicht nötig gewesen!«, rief Cat.

»Es war nicht so schlimm«, sagte Chrestomanci. »Trotzdem – danke für dein Mitgefühl. Also, wie schon gesagt, die Sache mit dem Frosch brachte mich zum Nachdenken. Und obgleich ich die Befürchtung hege, dass du wahrscheinlich ebenso wenig Moralgefühl hast wie deine entzückende Schwester, habe ich mich gefragt, ob ich dir wohl vertrauen kann. Meinst du, ich kann dir vertrauen?«

Nun, sehr vertrauensvoll klang das jedenfalls nicht. »Niemand hat mir je vertraut«, sagte Cat vorsichtig. Außer Janet, dachte er, und sie auch nur, weil sie keine andere Wahl hatte.

»Aber vielleicht wäre es einen Versuch wert, was meinst du?«, schlug Chrestomanci vor. »Der unmittelbare Anlass ist unser Entschluss, dir Zauberunterricht zu erteilen.«

Alles hatte Cat erwartet, nur das nicht. Er war entsetzt. Geschockt, dass ihm die Knie zitterten. Es gelang ihm, sie unter Kontrolle zu bringen, aber der Schreck blieb. In dem Augenblick, wo Chrestomanci versuchte, ihm das Einfachste beizubringen, würde klar zutage treten, dass Cat keinen Funken Zauberkraft besaß. Und dann würde Chrestomanci die Froschgeschichte von Grund auf neu überdenken.

»Oh nein, das dürfen Sie nicht!«, rief er. »Es würde fürchterlich enden. Ich bin hinterhältig und gemein. Wenn ich hexen und zaubern lerne, lässt sich überhaupt nicht vorhersehen, was ich alles anstellen werde. Denken Sie bloß daran, was ich Euphemia angetan habe.«

»Eben«, sagte Chrestomanci. »Das will ich ja verhindern. Wenn du lernst, was du wann tun musst und wie, wird dir ein solcher Fehler in Zukunft nicht mehr so leicht unterlaufen.«

»Nein. Aber wahrscheinlich würde ich es dann mit Absicht tun«, versicherte Cat. »Wenn Sie mir die Mittel dazu in die Hand geben.«

»Die hast du sowieso«, sagte Chrestomanci. »Und Zauberkraft, die einmal vorhanden ist, will heraus, weißt du. Niemand, dem sie innewohnt, kann für immer widerstehen, sich ihrer zu bedienen. Woraus schließt du eigentlich, dass du hinterhältig und gemein bist?«

Diese Frage stürzte Cat erst recht in Verlegenheit. »Ich stehle Äpfel«, sagte er. »Und«, fügte er hinzu, »ich war ganz begeistert von ein paar Dingen, die Gwendolen gemacht hat.«

»Oh, ich auch!«, rief Chrestomanci. »Man war ständig in atemloser Spannung, was ihr als Nächstes einfallen würde. Denk bloß an die Prozession von Ungeheuern. Oder an diese vier Gespenster.«

Cat schauderte. Ihm wurde schlecht, wenn er nur daran dachte. »Also«, sagte Chrestomanci mit einem warmen Lächeln, das Cat verwirrte, »wir werden veranlassen, dass Michael am Montag mit dir beginnt.«

»Bitte nicht!« Cat kämpfte sich aus dem weichen, schlüpfrigen Sessel heraus, um energischer protestieren zu können. »Ich werde eine Heuschreckenplage herabrufen. Ich werde das Wasser …«

Chrestomanci unterbrach ihn schmunzelnd. »Es wäre eine feine Sache, wenn du das Wasser des Ärmelkanals teilen könntest. Das würde manchem die Seekrankheit ersparen. – Du brauchst keine Angst zu haben. Wir werden dich keine solchen Dinge lehren, wie Gwendolen sie gemacht hat.«

Hoffnungslos schleppte sich Cat in die Klasse zurück. Mr Saunders prüfte soeben Janet in Geographie und tobte, weil sie nicht wusste, wo Atlantis lag.

»Wie hätte ich ahnen können, dass euer Atlantis unser Amerika ist?«, sagte sie in der Mittagspause zu Cat. »Dabei war es noch eine glückliche Eingebung, als ich aufs Geratewohl behauptete, es würde von den Inkas regiert. – Was ist los, Cat? Du machst ja ein Gesicht, als wäre dir zum Heulen zumute. Er hat doch hoffentlich nichts über Mr Biswas herausgekriegt, oder?«

»Nein. Aber das andere ist genauso schlimm«, sagte Cat. Und er erklärte es ihr.

»Das fehlt uns gerade noch!« Janet seufzte. »Von allen Seiten droht Entdeckung. Aber warte, wenn ich es mir überlege – vielleicht ist es gar nicht so schlimm, wie es im ersten Moment scheint. Wenn du erst mal zaubern lernst … Wir wollen uns nachher Gwendolens Bücher, die uns das Goldstück freundlicherweise hinterlassen hat, ein wenig genauer ansehen.«

Nach dem Unterricht holten Cat und Janet die zwei Zauberbücher und trugen sie in Cats Zimmer hinauf. Janet sah sich bewundernd um.

»Dein Zimmer gefällt mir viel besser als meins. Es ist so freundlich. In meinem komme ich mir vor wie die süße Prinzessin aus dem Märchen – puh. Also los. Suchen wir mal einen wirklich kinderleichten Zauberspruch heraus.«

Sie knieten am Boden und jeder blätterte ein Buch durch. »Ich wünschte, ich könnte herausfinden, wie man Knöpfe in Zwanzigshillingstücke verwandelt«, sagte Cat. »Dann könnten wir Mr Baslam bezahlen.«

»Erinnere mich nicht daran«, sagte Janet. »Wie wäre es hiermit? ›Einfache Schwebeübung. Nimm einen kleinen Spiegel und lege ihn so, dass du darin dein Gesicht sehen kannst. Achte darauf, dass du es auch im Folgenden immer siehst: Bewege dich dreimal gegen den Uhrzeigersinn im Kreis, zweimal stumm, beim dritten Mal sage: Erhebe dich, kleiner Spiegel, erhebe dich in die Luft, schwebe über meinen Kopf hinauf und bleibe dort. Nun sollte sich der Spiegel erheben …‹ Ich glaube, das müsstest du zustande bringen, Cat.«

»Ich versuch's mal«, sagte Cat zweifelnd. »Was heißt gegen den Uhrzeigersinn?«

»Linksherum natürlich«, sagte Janet. »Das weiß sogar ich.«

»Ach so.« Es klang sehr verzagt.

Janet betrachtete Cat nachdenklich. »Ich nehme an, du bist ziemlich klein für dein Alter«, sagte sie. »Aber warum bist du bloß so verschüchtert? Ich mache mir wirklich Sorgen, wenn ich dich so sehe. Hat dir irgendwer irgendwas Böses getan?«

»Ich glaube nicht«, antwortete Cat überrascht. »Warum?«

»Na ja, ich hatte nie einen Bruder«, meinte Janet. »Hol einen Spiegel.«

Cat nahm den Handspiegel aus seiner Kommode und legte ihn vorsichtig in der Mitte des Zimmers auf den Fußboden. »So?«

Janet seufzte. »Genau das meine ich. Musst du ständig so folgsam und liebenswürdig sein? Es macht mich krank.« Sie nahm das Buch auf. »Kannst du dein Gesicht im Spiegel sehen?«

»Ja«, sagte Cat.

»Komisch. Ich seh meins. Glaubst du, ich kann das auch?«, fragte Janet.

»Wahrscheinlich besser als ich«, meinte Cat.

Also umkreisten sie zu zweit den Spiegel und sprachen die Worte im Duett. Die Tür ging auf. Mary kam herein. Janet versteckte das Buch hinter ihrem Rücken.

»Ja, er ist da«, sagte Mary. Sie trat einen Schritt beiseite, um einem gut aussehenden, fremden jungen Mann den Weg freizugeben. »Das ist Will Suggins«, erklärte sie. »Er ist Euphemias Verehrer. Er möchte mit dir reden, Eric.«

Will Suggins war groß und kräftig. Seine Kleider sahen aus, als hätte er sie sorgfältig abgebürstet, nachdem er den ganzen Tag in einer Bäckerei gearbeitet hatte. Er war kein bisschen freundlich. »Also du hast Euphemia in einen Frosch verwandelt. Stimmt das?«

»Ja«, sagte Cat. Mehr wagte er in Marys Gegenwart nicht zu sagen.

»Du bist ziemlich klein«, stellte Will Suggins fest. Er schien etwas enttäuscht darüber. »Jedenfalls«, fuhr er fort, »egal, wie klein oder wie groß du bist, ich lasse nicht zu, dass Euphemia in irgendetwas verwandelt wird. Verstanden?«

»Es tut mir sehr Leid«, sagte Cat. »Ich werd's nie wieder tun.«

»Das möchte ich dir auch geraten haben«, sagte Will Suggins. »Aber so einfach kommst du mir nicht davon. Ich werde dir einen Denkzettel verpassen, den du nicht so schnell vergisst.«

»Nein, das werden Sie nicht!« Janet pflanzte sich vor Will Suggins auf und streckte ihm drohend das Buch *Zaubern für Anfänger* entgegen. »Sie sind dreimal so groß und stark wie er, und er hat gesagt, dass es ihm Leid tut. Wenn Sie Cat auch nur ein Haar krümmen, dann ...« Sie riss das Buch wieder an sich und blätterte hastig darin. »Dann werde ich Ihren Rumpf und Ihre Beine in vollkommene Bewegungslosigkeit versetzen.«

»Darf ich fragen, wie du das ohne Zauberkraft anstellen willst?«, meinte Will Suggins belustigt. »Selbst wenn - schneller, als du bis drei zählst, hätte ich es wieder abgeschüttelt, weil ich nämlich selber ein tüchtiger Zauberer bin. Trotzdem«, sagte er zu Mary gewandt, »hättest du mir sagen können, dass er so klein ist.«

»Nicht so klein, wenn es um Hexerei geht«, sagte Mary.

»Also gut, dann eben so. Kein Problem.« Will

Suggins suchte in den Taschen seiner leicht bestäubten Jacke und holte etwas hervor, das wie ein Teigklumpen aussah. Er knetete ihn kurz und heftig zwischen seinen beiden kräftigen Händen. Dann rollte er ihn zu einer Kugel und warf ihn Cat vor die Füße. Er landete mit sanftem Plumps auf dem Teppich.

»So«, sagte Will Suggins. »Da bleibt er jetzt liegen bis Sonntag um drei. Ich erwarte dich zur festgesetzten Stunde auf dem Zirkusplatz hinter dem Dorf, und zwar in Gestalt eines Tigers. Ich mache mich gut als Tiger. Du kannst jede Gestalt annehmen, die dir passt, so groß oder so klein und schnell, wie du willst. Ich werde dir einen Denkzettel verpassen, egal, was du bist. Aber falls du nicht auf dem Zirkusplatz in irgendeiner Gestalt erscheinst, wird dieser Teigklumpen anfangen, das Seine zu tun, und du wirst selber in einen Frosch verwandelt – für so lange, wie es *mir* passt. In Ordnung, Mary. Ich bin fertig.«

Will Suggins machte auf dem Absatz kehrt und marschierte aus dem Zimmer. Mary folgte ihm.

Cat sah Janet und Janet sah Cat an, dann schauten sie beide auf den Teigklumpen.

Janet warf das Buch auf Cats Bett und versuchte, den Klumpen aufzuheben. Aber er war am Teppich festgewachsen. Sie konnte ihn nicht lösen.

»Man müsste ein Loch in den Fußboden schneiden«, sagte sie. »Verzeih mir, dass ich es sage, aber deine Schwester kann mir langsam gestohlen bleiben!«

»Es ist alles meine Schuld«, sagte Cat. »Ich hätte mir diese Lüge wegen Euphemia ersparen sollen. Das hat mich in den Schlamassel gebracht und nicht Gwendolen.«

»Schlamassel ist schwach ausgedrückt«, erklärte Janet. »Am Sonntag wirst du von einem Tiger zerrissen. Am Montag stellt sich heraus, dass du nicht hexen kannst. Und falls die Sache bis dahin noch nicht raus ist, dann jedenfalls am Mittwoch, wenn Mr Bedlam sein Geld verlangt. Ich stell mir vor, dass der Kerl, wenn du ihm am Sonntag in deiner eigenen Gestalt gegenübertrittst, dir nicht so schrecklich viel tun wird, oder? Jedenfalls besser, als zu riskieren, dass du in einen Frosch verwandelt wirst.«

»Wahrscheinlich hast du Recht«, stimmte Cat zu und betrachtete den unheilvollen Teigklumpen. »Ich wünschte, ich könnte mich wirklich in alles Mögliche verwandeln. Dann würde ich mich als Floh in sein Fell setzen und er könnte sich die Seele aus dem Leib kratzen, um mich zu finden.«

Janet lachte. »Lass uns nachsehen, ob es dafür einen Zauberspruch gibt.« Sie streckte sich nach dem Buch und stieß mit dem Kopf an den Spiegel. Er schwebte in Stirnhöhe über ihr in der Luft! »Cat, einer von uns beiden hat es geschafft! Sieh doch!«

Cat sah es, aber es interessierte ihn nicht besonders. Er hatte zu viel anderes im Kopf. »Vermutlich du. Du bist genau wie Gwendolen, warum also solltest du nicht auch hexen können? Aber wie man sich selbst in eine andere Gestalt verwandelt, das erfährst du aus diesem schlauen Buch auch nicht. Das ist schon eine Sache für Fortgeschrittene.«

»Dann sage ich jetzt den Spruch, um den Spiegel wieder runterzuholen«, verkündete Janet.

Sie hatte das Buch aufgeschlagen, als es plötzlich an der Tür klopfte. Janet kletterte auf einen Stuhl, um den Spiegel zu verdecken. Cat ließ sich hastig mit einem Knie auf dem Teigklumpen nieder. Sie konnten wirklich nicht noch mehr Ärger gebrauchen.

Janet hielt das Zauberbuch so, dass es wie ein x-beliebiges Buch aussah. *»Komm mit in den Garten, Maud!«*, deklamierte sie.

So, als hätte sie es als Aufforderung verstanden, öffnete Miss Bessemer die Tür. Sie schleppte einen Arm voll Gerümpel an. »Das sind die Sachen, die ich euch versprochen habe, meine Lieben.«

»Oh!«, rief Janet. »Oh, vielen Dank. Wir haben eben Gedichte vorgetragen, wissen Sie.«

»Und ich war überzeugt, du hättest mich gemeint!«, sagte Miss Bessemer lachend. »Ich heiße nämlich Maud. Ist es recht, wenn ich die Sachen hier aufs Bett lege?«

»Ja, danke«, sagte Cat.

Keiner von beiden wagte es, sich von der Stelle zu rühren. Sie dankten Miss Bessemer überschwänglich und stürzten sich auf die Sachen, sobald Miss Bessemer draußen war, um festzustellen, ob irgendetwas Wertvolles darunter war. Oh ja, für das Baumhaus wären zwei alte Hocker und ein zerschlissener Teppich genau das Richtige gewesen, aber vom Verkaufsstandpunkt aus betrachtet, waren sie für die Katz.

»Immerhin nett, dass sie daran gedacht hat«, sagte

Cat, während er das Gerümpel in den Kleiderschrank stopfte.

»Bloß dass wir jetzt netterweise auch damit spielen müssen«, fügte Janet missmutig hinzu. »Als ob wir nicht schon genug zu tun hätten. Jetzt hol ich den Spiegel aber wirklich runter!«

Doch der Spiegel machte keine Anstalten, herunterzukommen. Janet versuchte es mit allen drei Zaubersprüchen aus dem Buch, aber der Spiegel schwebte weiter in Höhe ihres Kopfes in der Luft.

»Versuch du es, Cat«, sagte sie. »Wir können ihn doch nicht ewig da oben lassen.«

Cat hatte sich wieder dem Teigklumpen zugewandt. Das Ding war noch immer kugelrund; keine Delle, nichts, was erkennen ließ, dass er darauf gekniet hatte. Das machte ihn stutzig, denn es bedeutete, dass es sich um einen sehr starken Zauber handelte. Aber Janet ließ nicht locker wegen des Spiegels. Seufzend streckte Cat die Hand aus, um ihn herunterzuholen. Seine Erfahrung mit Julia hatte ihn gelehrt, dass ein einfacher Zauber für gewöhnlich ganz einfach zu brechen war.

Der Spiegel weigerte sich, auch nur einen Zentimeter herunterzukommen. Stattdessen hüpfte er in der Luft ein Stück weiter. Cat hängte sich mit beiden Händen daran, schwang die Beine hoch und stemmte sich mit den Füßen dagegen. Und segelte munter durchs Zimmer.

»Das sieht ja lustig aus!«, rief Janet.

»Ist es auch«, antwortete Cat. »Versuch's mal.«

Das Spiel mit dem Spiegel ließ sie für eine Weile ihren Kummer vergessen. Er trug sie beide spielend. Janet fand heraus, dass es besonders gut ging, wenn sie von der Kommode absprang. Dann konnte man, falls man mit den Füßen oben blieb, quer durch das ganze Zimmer fliegen und landete schließlich weich auf Cats Bett. Sie schwebten zu zweit über den Teppich, ihre Füße gerieten durcheinander und sie kugelten sich vor Lachen. Dabei überhörten sie das Klopfen. Plötzlich stand Roger im Zimmer.

»Ha! Eine fantastische Idee!«, rief er. »Wirklich, daran haben wir noch gar nicht gedacht. Darf ich auch mal? Ich habe vorhin im Dorf so einen komischen, schielenden Mann getroffen, Gwendolen, der mir diesen Brief für dich gegeben hat.«

Cat ließ sich auf den Teppich fallen und griff nach dem Brief. Er war von Mr Nostrum. Cat erkannte die Handschrift. Erfreut sagte er zu Roger: »So lange du magst!«, und winkte Janet mit dem Brief zu. »Da, lies ihn. Schnell! Was steht drin?«

Cat hatte eine Idee. Mr Nostrum könnte ihre Schwierigkeiten lösen! Er mochte vielleicht kein guter Geisterbeschwörer sein, aber sicher war es ihm ein Leichtes, Cat in einen Floh zu verwandeln, wenn Janet ihn lieb darum bat. Gewiss konnte er irgendetwas tun, dass es so aussah, als wäre Cat ein geborener Hexer. Und wenn schon Mr Henry Nostrum nicht reich war – sein Bruder William war es. Er konnte Cat jederzeit zwanzig Pfund leihen, wenn es darum ging, Gwendolen aus der Patsche zu helfen.

Cat saß neben Janet auf dem Bett. Zusammen lasen sie den Brief, während Roger am Spiegel durch das Zimmer trudelte und vor Vergnügen gluckste. Mr Nostrum schrieb:

Meine teuerste und liebste Schülerin,
ich bin hier und wohne im Gasthof zum Weißen Herzen. Es ist von höchster Wichtigkeit – ich wiederhole, von allerhöchster Wichtigkeit –, dass du mit deinem Bruder Samstagnachmittag hierher kommst, damit ich euch Instruktionen erteile.

Dein dich liebender und auf dich stolzer Lehrer
Henry Nostrum

Janet sah Cat ratlos an und seufzte leise.

»Hoffentlich keine schlechte Nachricht?«, fragte Roger, als er an ihnen vorbeisegelte.

»Im Gegenteil. Die beste Nachricht, die wir kriegen konnten!«, sagte Cat. Er tippte Janet leicht auf die Lippen, um ihr ein Lächeln zu entlocken. Janet lächelte pflichtschuldig, aber es wollte ihr nicht einleuchten, dass es eine gute Nachricht war. Später, als sie allein waren, sagte sie zweifelnd:

»Wenn Gwendolen seine teuerste und liebste Schülerin war, weiß er sofort, dass ich nicht sie bin. Und falls er es tatsächlich nicht merken sollte, wird er nicht begreifen, warum er dich in einen Floh verwandeln soll. Er wird messerscharf fragen, warum *ich* das nicht kann. Wäre es nicht besser, ihm die Wahrheit zu sagen?«

»Nein. Weil Gwendolen, und nur sie, sein Liebling ist.« Eine innere Stimme sagte Cat, dass Mr Nostrum sich überhaupt nicht darüber freuen würde, Gwendolen in einer anderen Welt zu wissen – ebenso wenig wie Chrestomanci. »Außerdem hat er alle möglichen Pläne mit ihr.«

Nichts konnte Janet davon überzeugen, dass der Rettungsanker in greifbarer Nähe war. Cat aber war felsenfest davon überzeugt. Er ging frohgemut zu Bett und wachte fröhlich auf. Er blieb selbst dann noch zuversichtlich, als er auf den Teigklumpen trat, der sich unter seinem nackten Fuß kalt und froschähnlich anfühlte. Er stülpte das Buch *Zaubern für Anfänger* darüber. Der Spiegel schwebte immer noch mitten im Zimmer. Cat band ihn mit den Schnürsenkeln seiner Sonntagsschuhe am Bücherregal fest. Dann ging er zu Janet hinunter.

Janets Laune war auf dem Tiefpunkt. »Für dich ist das alles halb so schlimm«, beklagte sie sich. »Du bist mit diesem ganzen Hexenkram aufgewachsen. Ich aber nicht.« Bei der Vorstellung, am Nachmittag Mr Nostrum treffen zu müssen, wurde ihr ganz elend.

Und der Nachmittag kam unweigerlich heran. Während sie die Allee zum Dorf hinuntergingen, sagte Janet: »Was mir am meisten Angst macht, ist der Gedanke, es könnte für immer sein. Und noch schlimmer ist die Vorstellung, dass es womöglich nicht so bleibt. Nimm an, Gwendolen kriegt ihre neue Welt satt und beschließt, noch mal anderswohin zu übersiedeln. Wenn das so weitergeht, wird sie bald einen Schwanz von Ersatz-Gwendolens hinter sich herziehen, und ich werd's mit der nächsten Welt aufnehmen müssen, und du kriegst mit einer neuen Ersatzschwester den ganzen Ärger noch mal von vorn.«

»Ach wo, so was passiert schon nicht«, sagte Cat, maßlos erschrocken. »Sie kommt bestimmt hierher zurück.«

Dreizehntes Kapitel

Im Gasthof zum Weißen Herzen wurden sie in ein Privatzimmer geführt. Mr Henry Nostrum erwartete sie bereits.

»Meine lieben jungen Freunde!« Er legte Janet beide Hände auf die Schultern und küsste sie. Janet zuckte zurück. Cat kriegte einen Schrecken. Er hatte vergessen, wie armselig und schäbig Mr Nostrum aussah und wie unheimlich sein wanderndes Auge wirkte. »Setzt euch! Setzt euch!«, rief Mr Nostrum überschwänglich. »Trinkt einen Schluck Malzbier.«

Sie setzten sich. Sie nippten Malzbier, das sie beide nicht mochten. »Warum haben Sie mich – und Gwendolen – rufen lassen?«, fragte Cat.

»Um gleich zur Sache zu kommen«, antwortete Mr Nostrum, »wir haben festgestellt, dass wir – und das hatten wir schon befürchtet – mit den drei Unterschriften absolut nichts anfangen können, die ihr uns liebenswürdigerweise in Abgeltung meiner Dienstleistungen verehrt habt. Die erlauchte Person, deren Namen ich nicht in den Mund zu nehmen wage, trifft unüberwindliche Vorkehrungen, ehe sie irgendwo ihren Namenszug druntersetzt. Ihr mögt das weise nennen. Ich hingegen fürchte, dass es die Anwendung unseres Planes Nummer zwei notwendig macht. Und das, mein lieber Cat, ist der Grund, warum wir so froh darüber waren, dass es uns gelungen ist, dich in dem Schloss dort unterzubringen.«

»Was ist Plan Nummer zwei?«, fragte Janet.

Mr Nostrums unternehmungslustiges Auge ließ einen Blick seitlich über Janets Gesicht wandern. Er schien nicht zu merken, dass sie nicht Gwendolen war. Vielleicht sah sein unstetes Auge nicht besonders gut. »Plan Nummer zwei ist haargenau so, wie ich ihn dir seinerzeit erklärt habe, meine liebe Gwendolen«, sagte er. »Wir haben ihn nicht die Spur geändert.«

Janet musste es anders versuchen. Langsam bekam sie Übung darin. »Ich möchte aber, dass Sie es Cat erklären«, sagte sie. »Er hat keine Ahnung von der Sache. Und es könnte notwendig werden, dass er Bescheid weiß – weil sie mir nämlich leider, leider meine Zauberkraft genommen haben.«

Mr Nostrum drohte ihr scherzhaft mit dem Finger. »Ei, du schlimmes Mädchen! Ich habe hier im Dorf so manches über dich gehört. Sehr betrüblich, derlei zu verlieren. Wollen wir hoffen, dass es nur vorübergehend ist. Also, wie fang ich's an? Wie erkläre ich es dem jungen Chant am besten?« Er strich nachdenklich seine gekräuselte Haarmähne glatt. Irgendwie hatte Cat das Gefühl, dass Mr Nostrum nicht ganz die Wahrheit sagen würde.

»Nun ja, junger Chant«, sagte Mr Nostrum, »die Sache ist in aller Kürze die: Es gibt eine Gruppe, eine Clique, ein Gesocks von Leuten, die meinen, sie haben die Hexerei für sich allein gepachtet. Sie nehmen die besten Dinge für sich selbst in Anspruch, was sie natürlich äußerst gefährlich macht. Nimm Drachenblut zum Beispiel. Du weißt, dass es verboten ist. Diese Leute, allen voran jene unaussprechliche Person, bewirken das Verbot. Ungeachtet dessen – merke wohl, junger Chant – verwenden sie es tagtäglich selbst. Und der Gipfel der Unverschämtheit – sie behalten sich den Zugriff auf jene Welten vor, wo Drachenblut zu haben ist. Ein einfacher Zauberer wie ich vermag es sich nur unter größtem Risiko und mittels enormer Kosten zu beschaffen. Und jetzt frage ich dich, junger Chant, ist das gerecht? Nein! Und ich will dir sagen, warum. Es ist nicht gerecht, dass fremde Welten nur für einige Auserwählte zugänglich sind. Das ist der Kern der Sache: der Zugang zu anderen Welten. Wir wünschen, dass sie geöffnet, für jedermann zugänglich werden. Und an diesem Punkt kommst du nun ins Spiel, junger Chant. Der beste und bequemste Weg – die breiteste Tür nach Anderswo, wenn ich mal so sagen darf – führt über einen gewissen von Mauern umschlossenen Garten auf dem Grund und Boden jenes Schlosses. Ich nehme an, man hat euch verboten, ihn zu betreten.«

»Ja«, bestätigte Cat.

»Bedenke nur diese Ungerechtigkeit!«, sagte Mr Nostrum. »Der feine Herr betritt ihn Tag für Tag und reist, wohin es ihm beliebt. Und darum nun zu Plan Nummer zwei. Alles, was ich von dir wünsche, ist: Geh Sonntagnachmittag Punkt halb drei in den gewissen Garten. Versprichst du mir das?«

»Was soll ich dort?«, fragte Cat.

»Das Zaubersiegel brechen, mit dem diese Feiglinge die Tür nach Anderswo verschlossen haben«, erklärte Mr Nostrum.

»Ich habe nie ganz begriffen«, sagte Janet mit einer sehr überzeugenden Falte auf der Stirn, »wie Cat das Siegel brechen soll.«

Mr Nostrum schien etwas verwirrt. »Durch die Tatsache, dass er ein ganz gewöhnlicher, unschuldiger Junge ist, natürlich. Meine liebe Gwendolen, ich habe dir noch und noch eingehämmert, welche Bedeutung einem unschuldigen Jungen zukommt, um das Gelingen von Plan Nummer zwei zu gewährleisten. Einmal *musst* du es doch begreifen!«

»Ah ja, natürlich«, sagte Janet hastig.

Mr Nostrum lächelte wieder. »Willst du das für uns tun, junger Chant? Willst du durch diese einfache Tat deiner Schwester und Leuten ihrer Art die Freiheit schenken – die Freiheit, zu tun und zu lassen, was der Hexenberuf verlangt?«

»Ich kriege schlimmen Ärger, wenn ich erwischt werde«, wandte Cat ein.

»Mit etwas List und Tücke wirst du schon durchkommen. Und hinterher passen wir gut auf dich auf, keine Angst«, redete ihm Mr Nostrum zu.

»Ich kann's ja versuchen«, meinte Cat. »Aber darf ich dafür auch um eine kleine Hilfe bitten? Glauben Sie, Ihr Bruder könnte uns zwanzig Pfund leihen?«

Ein unbestimmtes, gleichwohl aber freundliches

Leuchten erhellte Mr Nostrums linkes Auge. Lächelnd ließ er den Blick in der entferntesten Zimmerecke verweilen. »Alles, was du wünschst, mein Junge. Nur mach, dass du in diesen Garten kommst. Die Früchte sämtlicher Welten winken dir, du brauchst sie nur zu pflücken.«

»Eine halbe Stunde später muss ich ein Floh sein. Und am Montag möchte ich so aussehen, als könnte ich zaubern«, fügte Cat hinzu. »Das ist alles, abgesehen von den zwanzig Pfund. Die brauche ich Mittwoch.«

»Alles, alles! Bloß sieh zu, dass du in den Garten kommst!«, rief Mr Nostrum wieder. Mehr versprach er nicht. Janet und Cat sahen einander an. Sie standen auf, um zu gehen. Mr Nostrum hielt sie nicht zurück. Er erhob sich ebenfalls und geleitete sie wie königliche Gäste zur Tür. »Auf Wiedersehen am Sonntag!«, rief er ihnen nach.

»Oh nein, daraus wird nichts!«, flüsterte Janet. »Cat, wenn du tust, was dieses Schlitzohr von dir verlangt, bist du ein Idiot! Ich bin sicher, dass er dir einen Haufen Lügen aufgetischt hat. Ich weiß nicht, was er wirklich vorhat – aber, bitte, tu's nicht!«

»Ich weiß ...« Weiter kam Cat nicht. Mr Baslam hatte sich von einer Bank vor dem Weißen Herzen erhoben und war ihnen nachgeschlurft.

»Wartet!«, schnaufte er und Bierdunst hüllte sie ein. »Kleines Fräulein, junger Freund – ich hoffe, ihr denkt daran. Mittwoch. Vergesst es nicht.«

»Keine Sorge. Es verfolgt mich bis in meine

Träume«, sagte Janet. »Bitte! Wir haben es eilig, Mr Bustle.«

Als sie über den Dorfplatz gingen, trat Will Suggins aus dem Hinterhof des Bäckerladens und starrte ihnen nach.

»Ich glaube, ich muss es einfach tun«, sagte Cat.

»Nein«, sagte Janet. »Tu's nicht. Obwohl ich offen gestanden nicht weiß, was wir sonst tun könnten.«

»Weglaufen – das ist so ziemlich das Einzige, was wir tun können«, meinte Cat.

»Dann lass uns das tun – sofort«, sagte Janet.

Von Laufen im wörtlichen Sinn konnte nicht die Rede sein. Sie machten sich eilig auf den Weg aus dem Dorf hinaus, auf der Straße, von der Cat annahm, dass es der kürzeste Weg nach Wolvercote sei. Als Janet einwandte, in Wolvercote würde man als Erstes nach ihnen suchen, erklärte Cat, dass Mrs Sharp gute Beziehungen nach London habe. Sie würde sie bestimmt irgendwo hinschmuggeln, ohne lange zu fragen. Er vermisste Mrs Sharp sehr und während er von ihr sprach, steigerte er sich immer mehr in sein Heimweh hinein. Mühsam schleppte er sich auf der Landstraße dahin und wünschte, es wäre schon die Coven Street und da wäre nicht Janet, die neben ihm ging und Einwendungen machte.

»Gut, vielleicht hast du Recht«, sagte Janet, »und ich weiß auch nicht, wohin wir sonst gehen könnten. Wie kommen wir überhaupt nach Wolvercote? Wollen wir per Anhalter weiter?« Als Cat nicht verstand, erklärte sie ihm, das bedeute, mit dem Daumen zu winken und ein Auto anzuhalten, damit es sie mitnahm.

»Das würde uns einen langen Fußmarsch ersparen«, stimmte Cat zu.

Die Straße, die sie gewählt hatten, ging nach kurzer Zeit in einen Feldweg über, von Furchen durchzogen, überwuchert mit Gras und von hohen Hecken gesäumt, in denen schwarzrote Brombeeren hingen. Verkehr gab es hier nicht.

Janet verlor kein Wort darüber. »Versprich mir eines«, sagte sie, »wenn wir das alles gut hinter uns bringen wollen, pass nur auf, dass dir dieser – na, du weißt schon wer – nicht über die Lippen kommt.« Als Cat wieder nicht verstand, erklärte sie: »Der Mann, von dem Mr Nostrum immer als der erlauchten Person und dem Herrn des Schlosses gesprochen hat – du weißt schon!«

»Oh«, sagte Cat, »du meinst Chrest–«

»Pst!«, zischte Janet. »Ihn meine ich und du darfst es nicht aussprechen, du Dummkopf! Denk dran, wie panisch es Mr Nostrum vermied, seinen Namen zu sagen.«

Cat überlegte. Wie deprimiert und krank vor Heimweh er auch war, er hatte keine Lust, Janet in allem Recht zu geben. Schließlich war sie nicht wirklich seine Schwester. Außerdem hatte Mr Nostrum nicht die Wahrheit gesagt. Und Gwendolen hatte nie behauptet, Chrestomanci sei ein Zauberer. Bestimmt hätte sie die ganze Hexerei nicht gewagt, wenn sie das gedacht hätte. »Ich glaube dir nicht«, sagte er.

»Schön, dann glaubst du's eben nicht«, entgegnete Janet. »Wenn du nur seinen Namen nicht in den Mund nimmst.«

»Meinetwegen«, sagte Cat. »Ich hoffe sowieso, ich seh ihn nie wieder.«

Der Pfad wurde immer unwegsamer. Es war ein warmer Nachmittag, die Luft angenehm frisch. In den Hecken gab es Nüsse und große Brombeersträucher. Nach einem weiteren Kilometer stellte Cat fest, dass sich seine Gefühle vollkommen geändert hatten. Er war frei. Seine Probleme lagen hinter ihm. Er und Janet pflückten die Nüsse, die gerade richtig zum Essen waren, und knackten sie. Janet nahm ihren Hut ab – sie hasste Hüte, wie sie Cat immer wieder versicherte – und sie füllten ihn mit Brombeeren, als eisernen Vorrat. Sie lachten, als der Saft durch den Hut sickerte und auf Janets Kleid tropfte.

»Ich finde, weglaufen macht Spaß«, sagte Cat.

»Warte, bis wir die Nacht in einer Scheune voller Ratten verbringen«, entgegnete Janet, »wo es huscht und quickt. Gibt es Gespenster und Blut saugende Vampire in dieser Ge–? Oh, sieh nur. Da kommt ein Auto! Daumen – nein, nur winken. Wahrscheinlich verstehen sie den Daumen nicht.«

Sie winkten wie verrückt dem großen schwarzen Wagen zu, der ihnen hopsend und schlingernd auf dem holperigen Weg entgegenbrauste. Zu ihrer Freude kam er mit einem Seufzen neben ihnen zum Stehen. Ein Fenster wurde heruntergekurbelt. Es war ein ziemlicher Schock für sie, als Julia ihren Kopf herausstreckte.

Julia war blass und aufgeregt. »Oh, *bitte*, kommt zurück!«, rief sie. »Ich weiß, dass ihr meinetwegen weggelaufen seid, und es tut mir Leid, *ehrlich!* Ich schwöre, ich mach's nie wieder!«

Roger streckte seinen Kopf aus dem hinteren Fenster. »Ich habe ihr gesagt, ihr würdet es tun«, erklärte er, »aber sie wollte mir nicht glauben. Kommt zurück. Bitte.«

Die Tür auf der Fahrerseite wurde aufgestoßen und Milly stieg aus. Sie sah viel gemütlicher aus als sonst, mit ihren zum Chauffieren hochgerafften Röcken, den festen Schuhen und einem alten Hut auf dem Kopf. Sie war ebenso aufgeregt wie Julia. Als sie Cat und Janet erreicht hatte, schlang sie je einen Arm um sie und drückte sie so fest und dankbar an sich, dass Cat beinahe das Gleichgewicht verlor.

»Meine armen Lieblinge! Wenn ihr wieder einmal verzweifelt seid, müsst ihr *sofort* zu mir kommen und es mir sagen. Und auch noch wegen so was! Ich hab mir solche Sorgen gemacht, dass ihr ernsthaft in der Patsche sitzt, und dann sagte mir Julia, dass *sie* es war. Ich bin wirklich sehr verärgert über sie. Früher mal hat ein Mädchen das Gleiche mit mir gemacht und ich weiß noch gut, wie schrecklich ich mich fühlte. Kommt jetzt bitte, bitte zurück. Im Schloss wartet eine Überraschung auf euch.«

Was blieb Cat und Janet anderes übrig, als in den Wagen zu klettern und sich zum Schloss zurückfahren zu lassen. Beiden war elend zumute. Zu allem Unglück wurde Cat auch noch übel, als Milly den Wagen mit einem Ruck zurücksetzte und im Rückwärtsgang den Weg entlang bis zu einer Toreinfahrt fuhr, wo sie umdrehen konnte. Der Geruch des Brombeersafts, der Janets Hut entströmte, ließ es ihm noch flauer im Magen werden.

Milly, Roger und Julia waren sichtlich erleichtert, dass sie die beiden gefunden hatten. Sie plauderten vergnügt während der Fahrt. Obwohl sie es mit keinem Wort erwähnten, hatte Cat das Gefühl, dass sie vor allem deswegen so froh waren, weil sie sie gefunden hatten, *bevor* Chrestomanci von ihrem Verschwinden erfahren hatte. Für Cat und Janet machte das die Sache nicht besser.

Nach fünf Minuten schnurrte der Wagen die Allee hinauf und hielt vor dem Haupteingang des Schlosses. Der Butler öffnete ihnen, ganz so, wie Gwendolen es sich gewünscht hätte, dachte Cat traurig. Der Butler nahm Janet ihren undichten Hut ab. »Ich werde dafür sorgen, dass die Beeren dem Koch übergeben werden«, sagte er.

Milly führte sie schnell zu ihrem kleinen Salon, wie sie ihn nannte. »Was soviel heißt, dass er nicht mehr als fünfundzwanzig mal fünfundzwanzig Meter im Quadrat misst«, fügte sie erklärend hinzu. »Geht hinein. Der Tee steht schon für euch bereit.«

Sie traten ein. In der Mitte des großen quadratischen Raumes saß eine hagere Frau mit strähnigem Haar, in einem perlenbesetzten schwarzen Kleid, auf der Kante eines vergoldeten Stuhles. Sie fuhr herum, als die Tür geöffnet wurde.

Cat vergaß seine Übelkeit. »Mrs Sharp!«, rief er und lief in ihre Arme.

Mrs Sharp war überglücklich, trotz ihrer Nervosität. »Mein Cat, du bist es wirklich! Komm, tritt einen Schritt zurück, lass dich ansehn, und du auch, Gwendolen, mein Schatz. Ich muss sagen, du bist aber fein herausgeputzt, nur so zum Herumtollen. Du bist dicker geworden, Cat. Und du, Gwendolen, bist dünner geworden. Ich kann's verstehen, mein Schatz, glaub mir! Und seht doch nur mal den Tee, den man für uns drei gebracht hat.« Mrs Sharp stürzte sich auf Tee und Kuchen, gierig wie eh und je, und aß, was Platz hatte, und dabei redete sie pausenlos. »Ja, wir sind gestern mit dem Zug angekommen, Mr Nostrum und ich. Nachdem ich deine Postkarte erhalten hatte, Cat, hatte ich keine ruhige Minute mehr, ich musste euch beide einfach sehen, und da sich gezeigt hat, dass meine Beziehungen und so manches andere sich gelohnt hatten, sagte ich mir, dass ich mir das selbst schuldig bin. Man behandelte mich auch wie eine königliche Hoheit, als ich hier am Tor auftauchte. Ich kann's ihnen nicht verdenken. Aber ich wünschte, ich hätte in diesem Schloss zu bestimmen. Sag mir, Gwendolen, mein Schatz, wirkt es auf dich genauso wie auf mich?«

»Wie wirkt es auf Sie?«, fragte Janet vorsichtig.

»Ich bin ein einziges Nervenbündel«, sagte Mrs Sharp. »Ich fühle mich so schwach und schreckhaft wie ein Kätzchen – und dabei fällt mir etwas ein, Cat, aber das erzähl ich dir später. Es ist so *still* hier. Bis ihr gekommen seid – und das war lang, meine Lieben –, fragte ich mich, woran das liegt, und auf einmal war es mir klar. Es ist ein Gegenzauber, ja, genau das, und ein schrecklich starker noch dazu, gegen uns Hexen. Ich sagte mir: ›Dieses Schloss liebt keine Hexen, das ist es!‹, und ich fühlte mit dir, Gwendolen. Sieh zu, dass er dich irgendwo anders hin zur Schule schickt. Du wärest glücklicher.«

Sie redete und redete. Sie war so froh, sie beide zu sehen, und sie ließ ihren Blick immer wieder mit liebevollem Stolz über Cat gleiten. Inzwischen war sie überzeugt, dass sie ihn selber von Babybeinen an aufgezogen hatte, dachte Cat. Immerhin kannte sie ihn schon seit seiner Geburt.

»Erzählen Sie uns von der Coven Street«, bat er sehnsüchtig.

»Darauf wollte ich gerade kommen«, sagte Mrs Sharp. »Erinnert ihr euch an Miss Larkins? Das schnippische, rothaarige Ding, das immer die Zukunft voraussagte? Ich habe nie viel von ihr gehalten. Aber jemand anders tat es sehr wohl. Ein dankbarer Kunde hat ihr eine Stelle in einem Salon in der Bond Street verschafft. Die Coven Street ist ihr nicht mehr gut genug. Glück, das manche Leute haben. Aber auch ich kann von einem Glücksfall reden. Wie ich dir in meinem Brief schrieb – oder nicht, Cat? –, habe ich fünf Pfund für die alte Katze bekommen, in die du Cats Geige verwandelt hast, Gwendolen. Also, da kam so ein komischer kleiner Mann daher und hat sie gekauft. Während wir auf der Lauer lagen, um die Katze zu fangen – ihr wisst ja, sie kam nie, wenn man sie rief –, redete der kleine Mann in einem fort über Aktien und Gewinne und dergleichen Dinge, von denen ich überhaupt nichts verstand. Er sagte mir, was ich mit den fünf Pfund machen sollte, die er mir geben würde, und quasselte mir damit den Kopf voll. Nun ja, ich hielt nicht viel davon, aber ich dachte mir, warum nicht. Und ich befolgte seinen Rat, so gut ich ihn behalten hatte. Und ob ihr's glaubt oder nicht, aus den fünf Pfund wurden hundert! Einhundert Pfund, zu denen er mir verholfen hat!«

»Es muss ein Finanzhexer gewesen sein«, meinte Janet.

Das sollte ein Witz sein, um sich selbst aufzuheitern. Aufheiterung hatte sie aus verschiedenen Gründen nötig. Aber Mrs Sharp nahm es wörtlich. »Jawohl, das war er, mein Schatz! Du bist ja so klug! Ich weiß, dass er einer war, denn ich habe es Mr Nostrum erzählt, und Mr Nostrum tat genau das Gleiche mit fünf Pfund – oder vielleicht noch etwas mehr – von seinem eigenen Geld und er verlor jeden Penny. Und noch etwas –«

Cat beobachtete Mrs Sharp, während sie dahinschnatterte. Er war gleichzeitig verwirrt und traurig. Er mochte Mrs Sharp noch immer genauso gern. Aber ihm war klar, dass es völlig zwecklos gewesen wäre, zu ihr zu laufen. Sie war eine schwache, unehrliche Person. Sie hätte ihnen nicht geholfen. Sie hätte sie zum Schloss zurückgeschickt und versucht, Chrestomanci dafür Geld herauszulocken. Und die Londoner Beziehungen, deren sie sich rühmte, waren nichts als Prahlerei. Cat fragte sich, wie es sein konnte, wie sehr er sich innerlich verändert hatte, dass er das alles wusste. Doch er wusste es, geradeso als hätte Mrs Sharp auf ihrem goldenen Stuhl es ihm mit eigenen Worten bestätigt, und das bestürzte ihn.

Als Mrs Sharp fertig gegessen hatte, schien sie äußerst nervös zu werden. Vielleicht machte ihr das Schloss so zu schaffen. Schließlich stand sie auf und steuerte mit hastigen Schritten auf das entfernteste Fenster zu und nahm dabei geistesabwesend ihre Teetasse mit. »Kommt her und erklärt mir die Aussicht«, rief sie. »Sie ist so überwältigend, dass ich mich gar nicht auskenne.« Cat und Janet folgten eilfertig ihrer Aufforderung. Mrs Sharp stellte überrascht fest, dass sie eine leere Teetasse in der Hand hielt. »Oh, seht euch das an«, sagte sie, flatternd vor Nervosität, »wenn ich nicht aufpasse, nehm ich sie noch mit.«

»Das sollten Sie besser nicht tun«, sagte Cat. »Sie ist garantiert verhext. Alles, was man versehentlich mit hinausnimmt, schreit laut, von wo es kommt.«

»Ist das wahr?« Mrs Sharp reichte Janet sichtlich alarmiert ihre Tasse und ließ ihr schuldbewusst zwei silberne Löffel und die Zuckerzange aus ihrer Handtasche folgen. »Da, mein Schatz. Würdest du freundlicherweise diese Sachen zum Tisch zurücktragen?« Janet machte sich über die vielen Meter Teppich auf den Weg und sobald sie außer Hörweite war, bückte sich Mrs Sharp herunter und flüsterte Cat ins Ohr: »Hast du mit Mr Nostrum gesprochen?«

Cat nickte.

Mrs Sharp wurde sofort noch nervöser. »Tu das nicht, was er dir sagt, mein Herz«, flüsterte sie. »Auf *gar keinen* Fall. Hörst du? Es ist eine niederträchtige, himmelschreiende Schande und du darfst es nicht tun!« Dann, als Janet langsam zurückkam – langsam deswegen, weil Mrs Sharp offensichtlich etwas Privates mit Cat zu besprechen hatte –, rief Mrs Sharp überschwänglich aus: »Oh, diese riesigen, uralten Eichen! Die müssen älter als ich sein!«

»Es sind Zedern«, erwiderte Cat, weil ihm nichts Besseres einfiel.

»Nun, das war ein wunderbarer Tee, meine Lieben, und es war schön, euch zu sehen«, sagte Mrs Sharp. »Und ich bin froh, dass du mich wegen dieser Löffel gewarnt hast. Es ist ein mieser, böswilliger Trick, das mit dem verhexten Eigentum, denke ich mir immer. Ich muss jetzt gehen. Mr Nostrum erwartet mich.« Und damit war sie auch schon draußen und lief so schnell durch die Schlosshalle und die Allee hinunter, dass kein Zweifel darüber bestehen konnte, wie froh sie war fortzukommen.

»Man kann sehen, dass ihr dieses Schloss wirklich die Nerven raubt«, sagte Janet, während sie der dunklen Gestalt nachschaute, die sich immer weiter entfernte. »Es ist diese Stille. Ich weiß genau, was sie meint. Aber ich finde, es ist eine fröhliche Stille – oder sie wäre es, wenn nicht alles andere so erbärmlich wäre. Cat, ich fürchte, es wäre keine gute Idee gewesen, zu ihr zu laufen.«

»Ich weiß«, gab Cat zu.

Das Abendessen gab es diesmal für sie im Spielzimmer. Unten waren wieder Gäste zum Dinner. Roger und Julia wussten es, aber niemand hatte es Cat oder Janet gesagt, aus Furcht, die vermeintliche Gwendolen könnte wieder versuchen, den Abend zu verderben.

»In den Wochen vor Halloween haben sie immer viel Besuch«, sagte Julia, nachdem sie ihre Brombeertorte aufgegessen hatte, die der Koch aus Janets Hutinhalt gebacken hatte. »Wollen wir jetzt Zinnsoldaten spielen oder mit den Spiegeln?«

Janet sah ihn so bittend an, dass Cat ablehnen musste. »Tut mir schrecklich Leid, aber wir müssen über etwas sprechen, was uns Mrs Sharp mitgeteilt hat. Und sagt nicht, dass ich nach Gwendolens Pfeife tanze. Das stimmt nicht.«

»Wir verzeihen dir«, sagte Roger. »Und wir könnten vielleicht auch Gwendolen verzeihen.«

»Wir kommen zurück, wenn ich ihm gesagt habe, was zu sagen war«, versprach Janet. Sie liefen geradewegs in ihr Zimmer und Janet schloss die Tür ab für den Fall, dass Euphemia versuchen sollte hereinzukommen.

»Mrs Sharp meinte, ich darf auf gar keinen Fall tun, was Mr Nostrum sagt«, erklärte Cat. »Ich glaube, sie ist eigens deswegen gekommen, um mir das zu sagen.«

»Ja, sie hat einen Narren an dir gefressen«, meinte Janet. »Oh – oh – oh – *verdammt!*« Sie verschränkte die Hände hinter dem Rücken und marschierte mit gesenktem Kopf im Zimmer auf und ab. Sie ähnelte so sehr Mr Saunders, wenn er sie unterrichtete, dass Cat lachen musste. »Mist«, sagte Janet, »Mistmist-mistmistmist!« Sie marschierte weiter auf und ab. »Mrs Sharp ist eine durch und durch unehrliche Person. Wenn *sie* also meint, du sollst es nicht tun, dann muss es schlecht sein.«

»Was sollen wir denn nun machen?«, sagte Cat ratlos.

Janet wühlte mit beiden Händen in ihren Haaren, wie so oft, wenn sie nachdachte. »Obwohl mir dieser Mr Nostrum noch schlimmer zu sein scheint als Mr Bistro ...«

Cat unterbrach sie kichernd: »Du sagst dauernd Mr Baslams Namen falsch!«

»Er verdient's nicht besser«, sagte Janet. »Trotz allem also glaube ich, dass der Garten der ideale Ausweg aus dem ganzen Schlamassel ist. Begreife, wenn er in andere Welten führt, dann könnten wir zusammen in meine Welt gehen und du könntest dort bei uns wohnen. Du hättest deine Ruhe vor Chrestomanci und Mr Balamb, und ganz bestimmt könnte dich Will Suggins dort auch nicht in einen Frosch verwandeln, oder?«

»Nein«, sagte Cat zögernd, »aber ich glaube nicht, dass Mr Nostrum die ganze Wahrheit gesagt hat. Alles Mögliche kann daran faul sein.«

»Das Risiko müssen wir eingehen«, sagte Janet. »Meine Eltern würden dich bestimmt mit offenen Armen aufnehmen, wenn sie erst mal alles begriffen haben. Ich hatte mal einen Bruder, der ist bei der Geburt gestorben. Vielleicht würden sie dich als seinen Ersatzbruder akzeptieren.«

»Komisch«, sagte Cat, »ich wäre bei meiner Geburt auch fast gestorben.«

Janet starrte Cat an. »Vielleicht bist du er oder er war du – was weiß ich? Und das Beste an allem wäre, dass Gwendolen hierher zurückkommen und die Suppe, die sie uns eingebrockt hat, selber auslöffeln müsste.«

Cat seufzte. »Wahrscheinlich ist es wirklich der einzige Ausweg. Gehen wir also in den Garten. Aber ich nehme an, dass man irgendeinen Zauber anwenden muss, um in eine andere Welt zu gelangen.«

»Und damit sind wir am Ende unserer Weisheit«, sagte Janet. »Aber weißt du, worüber ich schon die ganze Zeit nachdenke? Sie haben Gwendolen ihre Zauberkraft genommen und trotzdem hat sie es geschafft. Wie bloß? Das will mir nicht aus dem Kopf.«

»Wahrscheinlich hat sie Drachenblut verwendet«, vermutete Cat. »Vielleicht hatte sie noch welches und wenn nicht – Mr Saunders hat ein großes Glas voll Drachenblut oben in seiner Werkstatt.«

»Warum hast du mir das nicht gleich gesagt?«, rief Janet vorwurfsvoll.

»Du hast mich ja nicht danach gefragt«, entgegnete Cat gereizt.

»Meinst du, du könntest uns welches beschaffen?«

»Vielleicht. Aber«, fügte Cat zögernd hinzu, »eigentlich möchte ich lieber doch nicht in eine andere Welt.«

Janet biss sich auf die Lippen, um nicht grob zu werden.

Sie schnitt dem Spiegel ein besonders geistreiches Gesicht und zählte bis zehn. »Cat«, sagte sie behutsam, »wir stecken wirklich in einer ausweglosen Klemme. Oder weißt du vielleicht einen Ausweg?«

»Nein«, gab Cat widerwillig zu. »Also gut. Ich gehe.«

Janet seufzte erleichtert. »Aber wir müssen wahnsinnig vorsichtig sein«, warnte sie. »Vor allem müssen wir uns vor Milly in Acht nehmen.«

»Vor Milly?«, fragte Cat.

»Ja, vor Milly«, sagte Janet. »Ich glaube – nein, ich bin sicher, sie ist eine Hexe und kann Gedanken lesen.«

»Du spinnst.«

»Ich weiß schon, Cat, du denkst, ich sehe überall bloß noch Hexerei. Aber ich täusche mich bestimmt nicht. Milly sieht mehr, als sie mit ihren zwei Augen normalerweise sehen dürfte. Ich sage dir, sie *ist* eine Hexe.«

»Wenn schon, dann jedenfalls eine nette Hexe«, meinte Cat.

»Aber Cat, begreifst du denn nicht, welche Schwierigkeiten sie uns machen kann?«, fragte Janet. »Ehrlich, Cat, Esel würde als Spitzname besser zu dir passen. Wie bist du überhaupt zu dem Namen Cat gekommen?«

»Das war bloß so ein Scherz von Gwendolen«, erklärte Cat. »Sie sagte immer, ich hätte neun Leben – wie eine Katze.«

»Lieber Himmel! Wäre das möglich?«, rief Janet erschrocken. »An diesem Ort, wo buchstäblich alles und jedes verhext ist, kann es ja gar nicht anders sein. Aber wenn es stimmt – wie entsetzlich!« Sie gab dem Spiegel einen Schubs, dass sein Glas zur Decke hinaufschaute, sprang auf und stürzte zum Kleiderschrank. Sie zerrte Gwendolens Koffer heraus und durchstöberte ihn wie wild. »Oh, ich hoffe, ich habe mich geirrt! Aber ich bin fast sicher, dass es neun waren.«

»Neun – was?«, fragte Cat.

Janet hatte das Bündel Briefe gefunden, die an Miss Caroline Chant adressiert waren. Das rote Streichholzheft steckte vorn in der Verschnürung. Janet zog es vorsichtig heraus und stopfte die Briefe wieder in den Koffer. »Neun Streichhölzer«, sagte sie, nachdem sie das Heftchen geöffnet hatte. »Stimmt genau! Oh, Cat! Fünf davon sind schon abgebrannt! Sieh nur.«

Sie hielt ihm das Heft hin. Cat sah, dass tatsächlich neun Streichhölzer darin waren. Die Köpfe der beiden ersten waren schwarz. Das dritte war bis unten hin verkohlt. Das vierte hatte wieder ein schwarzes Köpfchen. Das fünfte musste so heftig entflammt worden sein, dass das Papier dahinter versengt war. Ein Wunder, dass nicht das ganze Heft Feuer gefangen hatte – oder zumindest die letzten vier Streichhölzer. Sie waren jedoch wie neu, mit hellrotem Kopf auf strahlend weißem Karton.

»Es sieht wirklich irgendwie nach Zauberei aus«, sagte Cat.

»Ich weiß es«, sagte Janet. »Das hier sind deine neun Leben, Cat. Wie kommt es, dass du schon so viele davon verloren hast?«

Cat weigerte sich einfach, ihr zu glauben. Was zu viel war, war zu viel. »Unmöglich«, sagte er. Selbst wenn er tatsächlich neun Leben gehabt hätte, könnte er bisher nur drei verloren haben: das erste bei seiner Geburt, das zweite, als Gwendolen ihm Krämpfe geschickt hatte, das dritte bei der Dampferfahrt. Doch während er das dachte, sah er plötzlich die vier Gespenster vor sich, die aus den Flammen gestiegen waren und sich Gwendolens grausiger Prozession angeschlossen hatten. Eins davon war ein Baby und eins war tropfnass gewesen. Das eine, verkrüppelte hatte tatsächlich so ausgesehen, als hätte es Krämpfe. Cat schauderte.

»Du könntest nicht vielleicht ein- oder zweimal nachts gestorben sein ohne es zu merken?«, fragte Janet.

»Nein.« Cat bückte sich und hob das Heft auf. »Pass auf, ich werd's dir beweisen.« Er riss das sechste Streichholz heraus und zog es – ratsch – über das Sandpapier. Janet sprang mit einem Schrei auf und versuchte ihn zurückzuhalten. Das Streichholz brannte lichterloh. Im nächsten Moment brannte auch Cat.

Vierzehntes Kapitel

Cat schrie. Flammen brachen überall aus ihm hervor. Er schrie und schlug mit Händen auf die Flammen ein. Er schrie und schrie. Es waren blasse, schimmernde, durchsichtige Flammen. Sie züngelten aus seinen Kleidern, aus seinen Schuhen, seinem Haar hervor und leckten über sein Gesicht. In Sekundenschnelle war Cat von Kopf bis Fuß in helles Feuer gehüllt. Er warf sich auf den Boden und wälzte sich, schreiend und lodernd.

Janet packte geistesgegenwärtig den nächsten Teppichzipfel, zog ihn hoch und warf den Teppich über Cat. Aber die Flammen erstickten nicht. Zu Janets Entsetzen drangen die blassen, geisterhaften Flammen durch den Teppich, als wäre er Luft. Sie verbrannten weder den Teppich, noch verbrannten sie Janets Hände. Egal, wie viele Teppichschichten sie um Cat herumwickelte, die Flammen schlugen hindurch. Und Cat brannte und schrie.

Janet wusste sich nicht mehr anders zu helfen. Sie sprang auf und schrie ebenfalls. »Chrestomanci! Chrestomanci! Kommen Sie – schnell!«

Die Tür flog auf. Janet hatte nicht daran gedacht, dass sie zugeschlossen war. Aber das Schloss kümmerte Chrestomanci nicht. Janet hatte auch vergessen, dass Chrestomanci an diesem Abend Gäste hatte. Es fiel ihr erst wieder ein, als sie seine Spitzenvolants und seinen schwarzen Samtanzug sah, der wie ein Opal blau, karmesinrot, gelb und grün schillerte. Chrestomanci warf einen Blick auf das flammende Bündel am Boden und sagte: »Allmächtiger!« Dann kniete er nieder und rollte den Teppich ebenso rasend schnell, wie Janet ihn zusammengerollt hatte, wieder auf.

»Das tut mir schrecklich Leid. Ich dachte, es würde helfen«, stammelte Janet.

»Ist schon gut«, sagte Chrestomanci, während er Cat auswickelte und die Flammen aus dem Teppich über seine samtenen Arme züngelten. »Wie hat er denn das geschafft?«

»Er hat eins der Streichhölzer angezündet. Ich sagte ihm ...«

»Du dummes Gör!«, entfuhr es Chrestomanci. Er war so zornig, dass Janet in Tränen ausbrach. Er zerrte an dem Teppichende und schälte den brennenden Cat heraus. Cat stieß einen langen, dünnen Ton aus, so durchdringend, dass Janet sich die Ohren zuhielt. Chrestomanci tastete in den Flammen nach dem Streichholzheft. Cat hielt es mit der rechten Hand fest umschlossen. »Zum Glück hatte er es nicht in der linken Hand«, sagte Chrestomanci. »Geh ins Bad und dreh das Wasser auf. Schnell!«

Schluchzend rannte Janet ins Badezimmer.

Sie fummelte an den Hähnen. Ein scharfer, kalter Wasserstrahl prasselte in die blaue Badewanne. Chrestomanci, eingehüllt in lodernde Flammen, stürzte mit Cat auf den Armen herein. Er schubste Cat in die Wanne und drehte und drehte ihn, damit er rundum nass wurde.

Cat prustete und spuckte. Das Wasser, das aus dem Brausekopf herabströmte, schimmerte wie in sonnigem Gegenlicht. Und als die Badewanne sich zu füllen begann, schien Cat in einem Teich von Sonnenschein zu baden. Er drehte sich um und um, es fing an zu schäumen, goldene Blasen stiegen auf und der Raum füllte sich mit Dampf. Dichte Dunstschleier wirbelten aus der Badewanne hoch, sie rochen schwer und süß. Es war der gleiche Geruch, erinnerte sich Janet, wie an jenem Morgen, als sie unverhofft hier aufgewacht war. Soweit Janet durch den Dampf hindurch sehen konnte, schien Cat in dem goldenen Nass sein normales Aussehen wiederzuerlangen.

»Begreifst du denn nicht?«, sagte Chrestomanci zu Janet, während er an Cat zerrte, um seinen Kopf unter den Sprühregen zu halten. »Du solltest ihm so wichtige Dinge noch nicht eröffnen. Er war noch nicht bereit dafür. Du hast ihm einen fürchterlichen Schock versetzt.«

»Es tut mir wirklich ganz schrecklich Leid«, sagte Janet unter einer neuen Flut von Tränen.

»Jetzt müssen wir eben das Beste daraus machen«, sagte Chrestomanci. »Ich will versuchen, es ihm zu erklären. Lauf ins Spielzimmer und bestell in der Küche etwas Schnaps und eine Kanne starken Tee.«

Als Janet draußen war, kam Cat zu sich. Er fand

sich triefend nass unter einem Wasserstrahl, der auf ihn herabströmte. Er versuchte darunter wegzurollen. Irgendjemand hielt ihn fest. Eine Stimme an seinem Ohr sagte beharrlich: »Cat. Cat, hör zu. Verstehst du mich? Ja? Cat, du hast jetzt nur noch drei Leben übrig.«

Cat erkannte die Stimme. »Sie sagten mir, ich hätte fünf, als Sie aus Miss Larkins zu mir sprachen«, murmelte er.

»Ja, aber jetzt hast du nur noch drei. Du musst vorsichtiger sein«, sagte Chrestomanci.

Cat schlug die Augen auf. Chrestomanci war zum Auswringen nass. Das sonst glatte schwarze Haar ringelte sich tropfend auf seiner Stirn. »Oh – Sie waren das?«, entfuhr es Cat.

»Ja. Du hast lange gebraucht, um mich wiederzuerkennen, nicht wahr?«, sagte Chrestomanci. »Aber auch ich erkannte dich nicht gleich, als ich dich das erste Mal sah. Ich glaube, du kannst jetzt aus dem Wasser kommen.«

Cat war zu schwach, um aus eigener Kraft aus der Wanne zu steigen. Chrestomanci half ihm, zog ihm seine nassen Kleider aus, trocknete ihn ab und wickelte ihn in ein trockenes Handtuch. Cats Beine knickten noch immer ein. Chrestomanci hob ihn auf, trug ihn zu dem blausamtenen Bett und steckte ihn hinein. »Besser so, Cat?«

Cat legte sich zurück, schlapp, aber wohlig. Er nickte. »Danke. Sie haben mich bisher nie Cat genannt.«

»Vielleicht war das ein Fehler. Vielleicht hättest du es sonst begriffen.« Chrestomanci setzte sich zu ihm ans Bett und blickte ihn sehr ernst an. »Begreifst du jetzt?«

»Die Streichhölzer in dem Heft waren meine neun Leben«, antwortete Cat. »Und jetzt habe ich wieder eins abgebrannt. Ich weiß, das war dumm von mir. Aber begreifen tu ich's noch immer nicht. Wie kann ich denn neun Leben haben?«

»Irgendwie und von irgendwem wurden deine neun Leben in dieses Streichholzheft gesteckt«, sagte Chrestomanci. »Und ich stecke dieses Heft jetzt in meinen Geheimsafe, versiegelt mit dem stärksten Zauber, der mir zu Gebote steht. Aber das bewahrt die restlichen nur davor, dass andere Personen sich ihrer bedienen. Es hindert dich nicht, sie durch eigenes Verschulden zu verlieren.«

Janet kam zurück, ihre Augen schwammen noch immer in Tränen. Aber sie war froh, dass sie sich nützlich machen konnte. »Die Sachen kommen gleich«, sagte sie.

»Danke.« Chrestomanci sah sie lange nachdenklich an. Janet war sicher, er würde merken, dass sie nicht Gwendolen war. Aber er sagte nur: »Es schadet nicht, wenn du das auch hörst, um weitere Unfälle dieser Art zu verhindern.«

»Soll ich Ihnen zuerst ein Handtuch bringen?«, fragte Janet mit ganz kleiner Stimme. »Sie sind so nass.«

»Danke, ich bin gleich trocken«, sagte er lächelnd.

»Nun hört zu. Menschen, die neun Leben haben, sind etwas Besonderes und sie sind sehr selten. Dieser Fall tritt nur dann ein, wenn jemand – aus welchem Grund auch immer – kein Gegenstück, keinen Doppelgänger in den anderen Welten hat. Dann nämlich konzentrieren sich die Leben, die andernfalls über eine ganze Reihe von Welten – neun mit dieser hier – verteilt wären, in einer einzigen Person. Und genauso verhält es sich mit den Talenten, die diese acht anderen Leute haben würden: Sie sind in der einen Person vereint.«

Cat sagte: »Aber ich habe kein Talent, nicht ein einziges.«

Gleichzeitig sagte Janet: »Wie selten sind solche Leute wirklich?«

»Außerordentlich selten«, antwortete Chrestomanci. »Die einzige Person außer Cat, die neun Leben hat und die mir in dieser Welt bekannt ist, bin ich selbst.«

»Wirklich?«, rief Cat freudig überrascht.

»Ich hatte neun. Jetzt habe ich bloß noch zwei. Ich war noch leichtsinniger als du, Cat«, erklärte Chrestomanci. Es klang ein wenig beschämt. »Jetzt muss ich dafür sorgen, dass jedes für sich – getrennt – an dem sichersten Ort aufbewahrt wird, der sich nur finden lässt. Ich rate dir, Cat, das Gleiche zu tun.«

Sie wurden durch Euphemia unterbrochen, die auf einem Tablett ein Gläschen Schnaps und eine dampfende Teekanne brachte.

»Wie geht es ihm?«, fragte Euphemia besorgt, so als wäre die Sache mit dem Frosch nie gewesen. Sie stopfte Cat Kissen in den Rücken und zog ihm ein Nachthemd an. Chrestomanci gab ihm einen kräftigen Schluck Schnaps zu trinken und dann eine Tasse starken, süßen Tee.

Dann erhob er sich und drehte den Spiegel um. »Macht es dir etwas aus, heute Nacht in Cats Zimmer zu schlafen?«, fragte er Janet. »Es wäre mir lieb, wenn ich Cat hier im Auge behalten könnte.«

Janet sah von Chrestomanci zu dem Spiegel und wieder zu Chrestomanci. Sie wurde rot.

»Oh je«, sagte sie. »Und ich habe dauernd Gesichter geschnitten ...«

Chrestomanci lachte. »Geschieht mir wahrscheinlich recht«, sagte er. »Ein paar deiner Grimassen waren äußerst originell.«

Jetzt lachte auch Janet.

Cat lag einfach nur da und fühlte sich wohl. Eine Zeit lang waren sie alle um ihn und verwöhnten ihn. Dann auf einmal war nur noch Janet da. Sie redete wie üblich.

»Ich bin ja so froh, dass es dir gut geht«, sagte sie. »Aber Chrestomanci ist gekommen, ehe ich seinen Namen ausgesprochen hatte. Er ist hereingekommen, obwohl die Tür abgeschlossen war. Und er hat deinetwegen seinen Anzug ruiniert. Ich finde, wenn er nicht gerade wie ein Eisberg im Nebel ist, dann ist er wirklich sehr nett. Und das sage ich jetzt nicht nur dem Spiegel zuliebe. Ich nehme an, dieser Spiegel ...«

Cat wollte etwas über Eisberge im Nebel sagen,

aber er glitt in Schlaf, während Janet noch immer redete. Er fühlte sich geborgen.

Sonntag früh erwachte er mit einem völlig anderen Gefühl. Er fror und zitterte am ganzen Leib. Am Nachmittag hatte er die Wahl, ob er lieber in einen Frosch verwandelt werden oder einem Tiger ins Auge blicken wollte. Nach dem Tiger – falls es ein Danach gab – drohte der Montag mit der schrecklichen Enthüllung, dass er nie und nimmer zaubern konnte. Julia und Roger könnten da vielleicht aushelfen, bloß würde das am Mittwoch, wenn Mr Baslam kam, um seine zwanzig Pfund zu holen, gar nichts nützen. Cat wusste, dass er das Geld nicht auftreiben konnte. Mr Nostrum war kein Retter in der Not. Mrs Sharp noch weniger. Die letzte und einzige Hoffnung schien der verbotene Garten zu sein. Vielleicht würde es ihm mit Hilfe von Janet und etwas Drachenblut gelingen, von dort in eine andere Welt zu entfliehen.

Cat stand auf, um Drachenblut aus Mr Saunders' Werkstatt zu holen. Aber da kam Euphemia mit einem Frühstückstablett herein und er musste zurück ins Bett. Euphemia war genauso freundlich wie am Abend. Cat fühlte sich elend. Und als er mit dem Frühstück fertig war, kam Milly. Sie hob Cat aus den Kissen und drückte ihn an sich.

»Du mein armes, dummes Schätzchen! Ich bin ja so froh, dass du wieder heil und gesund bist. Es war schrecklich für mich, dass ich gestern Abend nicht nach dir sehen konnte, aber jemand musste sich ja um unsere Gäste kümmern. Jedenfalls bleibst du heute den ganzen Tag im Bett. Sag nur Bescheid, wenn du irgendetwas möchtest. Hast du einen Wunsch?«

»Könnte ich vielleicht etwas Drachenblut bekommen, ja?«, fragte Cat hoffnungsvoll.

Milly lachte. »Du meine Güte, Eric! Eben erst hattest du diesen fürchterlichen Unfall und jetzt fragst du nach dem gefährlichsten Zeug auf der ganzen Welt. Nein, Drachenblut kannst du nicht bekommen. Es ist eins der wenigen Dinge in diesem Schloss, die wirklich verboten sind.«

»Wie Chrestomancis Garten?«, fragte Cat.

»Nicht *ganz* so«, antwortete Milly. »Der Garten ist so alt wie die Berge und er ist verzaubert. Das ist in besonderer Weise gefährlich. Du wirst Einlass in den Garten finden, sobald du reif dafür bist. Trotzdem – Drachenblut ist gefährlich genug. Ich sehe nicht einmal gern, wenn Michael es verwendet. Du wirst es unter keinen Umständen anrühren.«

Als Nächstes kamen Julia und Roger, mit Büchern und Spielsachen beladen und voll neugieriger Fragen. Sie waren so nett zu ihm, dass Cat am liebsten geheult hätte. Er wollte nicht fort von hier. Endlich begann er sich im Schloss wirklich zu Hause zu fühlen. Fast hoffte er, Janet würde nicht kommen. Aber sie kam.

»Dieser Teigklumpen klebt noch immer an deinem Teppich«, sagte sie düster. »Meinst du, Chrestomanci kann durch den Spiegel auch hören?«

»Nein«, sagte Cat. »Nur sehen. Sonst müsste er ja alles über dich wissen. Pass auf, Roger und Julia haben mir gesagt, sie machen jetzt alle zusammen einen

Sonntagsspaziergang. Sie wollten, dass du mitkommst, aber ich habe ihnen gesagt, dass du mich sicher nicht gern allein lassen willst. Das hat ihnen eingeleuchtet. Während sie weg sind, können wir das Drachenblut holen.«

Janet stellte sich ans Fenster, um zu sehen, wann die Familie das Schloss verließ. Nach ungefähr einer Stunde sagte sie: »Endlich. Jetzt marschieren sie geschlossen die Allee hinunter. Chrestomanci sieht aus, als wäre er direkt aus dem Schaufenster eines eleganten Geschäftes gestiegen.«

Cat kletterte aus dem Bett und raste in sein Zimmer hinauf, um sich anzuziehen. Er fühlte sich mit einem Mal fantastisch – wirklich ganz fantastisch. Er tanzte im Zimmer herum und zog gleichzeitig das Hemd an. Er sang, während er in die Hose schlüpfte. Nicht einmal der kalte Teigklumpen auf dem Teppich konnte seine gute Laune trüben. Pfeifend zog er sich die Schuhe an.

In der Tür stieß er beinah mit Janet zusammen. »Ich weiß nicht«, sagte Janet kopfschüttelnd, als Cat an ihr vorbei die Treppe hinuntersauste, »sterben scheint dir irgendwie gut zu tun.«

»Beeil dich!«, rief Cat. »Milly sagt, Drachenblut ist sehr gefährlich, also rühr es ja nicht an. *Ich* kann mir erlauben, ein Leben dafür aufs Spiel zu setzen, aber du nicht.«

Cat flitzte durch die grünen Korridore und die Wendeltreppe hinauf zu Mr Saunders' Werkstatt. Janet hatte Mühe, ihm zu folgen.

Ein schwerer, abgestandener Geruch nach Zauberei hing im Raum. Seit Cats erstem Besuch hier hatte sich kaum etwas verändert, es war nur sonntäglicher. Die Pechpfanne, die von der Decke herabhing, war jetzt kalt. Die Retorten und Destillierapparate und sämtliche Gefäße waren sauber. Das mumifizierte Ding lag auf dem Tischrand.

Janet sah sich interessiert um. »Es ist wie ein Laboratorium«, sagte sie, »bloß unheimlicher. Oh, ich sehe das Drachenblut! Braucht er dieses ganze riesige Glas voll? Er wird es gar nicht merken, wenn etwas davon fehlt.«

Vom Tisch kam ein rasselndes Geräusch. Janet wirbelte herum. Das mumifizierte Ding zuckte mit den kleinen dünnen Flügeln. »Das hat er schon mal gemacht«, sagte Cat. »Ich glaube, es hat nichts zu bedeuten.«

Aber er war sich nicht mehr so sicher, als der Drache sich reckte und streckte und gähnend auf die Füße kam. Beim Gähnen zeigte er eine stattliche Anzahl winziger spitzer Zähne und stieß dazu eine Wolke bläulichen Rauch aus. Der kleine Drache trippelte am Tischrand entlang. Die kleinen Flügel auf seinem Rücken rasselten. Aus goldschillernden Äuglein sah er sie neugierig an.

»Es lebt!«, sagte Janet. »Ich glaube, es ist ein kleiner Drache.« Vorsichtshalber traten sie einen Schritt zurück.

»Natürlich«, sagte der Drache. Die beiden zuckten heftig zusammen, als sie seine Stimme hörten. Winzige Flammen züngelten aus seinem Maul, während er sprach. »Ich spreche ganz gut Englisch«, sagte er flammenzüngelnd. »Wozu wollt ihr mein Blut?«

Schuldbewusst sahen sie nach dem großen Glas voll braunem Pulver auf dem Regal. »Ist das alles deins?«, fragte Cat. »I wo«, sagte der Drache. »Das ist pulverisiertes Blut von älteren Drachen. Davon kriegst du nichts.«

»Warum nicht?«, fragte Cat.

»Weil ich es nicht will«, erklärte der Drache und ein Feuerschwall kam aus seinem Maul. Wieder wichen sie zurück. »Wie würde es euch gefallen, wenn ich mir Menschenblut holte, um damit meine Spielchen zu treiben?«

Cat fand, dass etwas Wahres daran war. Aber Janet fand das ganz und gar nicht. »Das würde mich überhaupt nicht stören. Dort, wo ich herkomme, gibt es Bluttransfusionen und Blutbanken. Mein Vater hat mir einmal einen Tropfen von meinem Blut unter dem Mikroskop gezeigt.«

»Aber mich stört es«, sagte der Drache. »Meine Mutter wurde von skrupellosen Bluträubern getötet.« Er kroch bis ans äußerste Ende des Tisches vor und starrte zu Janet hinauf. Das Flackern in seinen goldenen Augen erlosch, kam zurück, erlosch wieder. »Ich wäre gestorben, wenn Chrestomanci mich nicht gefunden hätte. Verstehst du jetzt, warum es mich stört?«

»Ja«, sagte Janet. »Wovon ernähren sich Babydrachen? Von Milch?«

»Michael hat versucht, mich mit Milch aufzuziehen, aber ich mag keine Milch«, sagte der Drache. »Jetzt füttern sie mich mit Gehacktem, das tut mir gut. Wenn ich groß und stark bin, wird er mich zurückbringen. Aber ich bin gern hier. Leider hat er wenig Zeit, um mit mir zu spielen.« Er sah Cat bittend an.

Cat schüttelte bedauernd den Kopf. »Jetzt nicht. Ich habe keine Zeit. Ich brauche etwas Drachenblut.« Er wandte sich ab und nahm von einem Regal einen kleinen Porzellantiegel.

Der Drache krümmte gereizt den Rücken und kratzte sich wie ein Hund unterm Kinn. »Michael sagt, Drachenblut richtet immer Unheil an«, schnarrte er. »Wenn du nicht aufpasst, kostet es ein Leben.«

»Eins kann ich entbehren«, sagte Cat. Er nahm den Stöpsel aus dem großen Glas und schaufelte etwas von dem braunen Pulver in den Tiegel. Ein eigenartig scharfer Geruch ging davon aus. »Mir scheint, Chrestomanci kommt ganz gut mit zwei Leben aus«, sagte Janet nervös.

»Aber er ist eine Nummer oder zwei größer als dein Bruder«, meinte der Drache. Er rasselte aufgeregt, seine Augen waren auf Cats Hände gerichtet und folgten jeder ihrer Bewegungen. Cat wickelte den Tiegel in sein Taschentuch und steckte ihn vorsichtig in die Tasche. Der Drache schaute so traurig zu, dass Cat zu ihm ging und ihn kraulte. Der Drache reckte den Kopf und presste ihn gegen Cats Finger. Er blies schubweise Rauch aus seinen Nasenlöchern, während er behaglich schnurrte. Er fiel fast von der Tischkante, als er sich nach Cats Fingern streckte. »Geh noch nicht!«

»Wir müssen.« Cat schob den Drachen zurück auf den Tisch und tätschelte seinen Kopf. »Leb wohl.«

»Leb wohl«, sagte der Drache. Er starrte ihnen nach wie ein Hund seinem Herrchen, das allein zu einem Spaziergang aufgebrochen ist.

»Ich glaube, er langweilt sich«, sagte Cat, als er die Tür hinter sich schloss.

»Ich finde das unerhört! Er ist ja noch ein Baby!«, fügte Janet hinzu. Sie blieb an der ersten Treppenwindung stehen. »Komm, wir holen ihn und gehn ein bisschen mit ihm spazieren. Er ist ja so süß!«

Aber Cat war dagegen. »Wir müssen jetzt schnellstens in den Garten. Sicher wird er Mr Saunders, sobald er zurückkommt, sagen, dass wir da waren und Drachenblut geholt haben.«

Das leuchtete Janet ein.

Cat bewegte sich sehr vorsichtig. Während sie durch das Schloss gingen – Treppen hinunter, Korridore entlang, durch Türen hinein und durch Türen hinaus –, hielt er ängstlich eine Hand auf die Tasche gepresst, damit ja nichts passierte. Drei seiner Leben hatte er so spielend leicht verloren, wie es schien. Das beunruhigte ihn. Wann und wo er das vierte verloren hatte, konnte er sich überhaupt nicht vorstellen. Nach dem Aussehen des fünften Streichholzes zu schließen, hatte er sein Leben Nummer fünf durch eine ebenso schlimme Katastrophe eingebüßt wie Nummer sechs in der vergangenen Nacht. Aber auch davon hatte er nichts bemerkt. Er begriff das nicht. Seine Leben schienen nicht ordentlich an ihm festgemacht zu sein, wie bei gewöhnlichen Leuten. Aber eins wusste er: dass es keine anderen Cat Chants gab, die in diese Welt versetzt und hier in tausend Schwierigkeiten verwickelt würden, wenn er sie verließ.

Fünfzehntes Kapitel

Es war ein strahlender Frühherbsttag, grün und golden, warm und still. Keine Menschenseele weit und breit und kaum ein Geräusch außer Cats und Janets eiligen Schritten.

Als sie den Obstgarten halb durchquert hatten, sagte Janet: »Wenn der Garten, in den wir wollen, eine Mauer hat wie eine Schlossruine, gehen wir jetzt von ihm weg.«

Cat hätte schwören können, dass sie geradewegs darauf zuliefen. Er sah sich um. Tatsächlich, die hohe, sonnendurchtränkte alte Mauer lag genau hinter ihnen.

Sie gingen zurück, stießen aber nur wieder auf die lange, niedrige Obstgartenmauer. Auf dieser Seite war keine Tür in der Mauer und der verbotene Garten lag jenseits davon. Sie liefen an der Mauer entlang bis zum nächsten Tor. Durch dieses gelangten sie in den Rosengarten und wieder lag die Ruine hinter ihnen.

»Glaubst du, dass er verzaubert ist, damit man nicht hinfindet?«, fragte Janet, als sie zum dritten Mal durch den Obstgarten gingen.

»Wahrscheinlich«, sagte Cat.

»Wenn das so weitergeht, kommen die anderen

von ihrem Spaziergang zurück, bevor wir den Garten gefunden haben«, sagte Janet besorgt.

»Versuchen wir, die Mauer im Auge zu behalten, aber nicht direkt auf sie zuzugehen«, sagte Cat.

Das taten sie. Sie bewegten sich schräg zu den Ruinen weiter, statt sie frontal anzusteuern. Die Ruinen schienen mit ihnen Schritt zu halten. Und plötzlich gelangten sie irgendwie aus dem Obstgarten hinaus und auf den steilen, mauergesäumten Pfad. Oben ragte das alte mächtige Gemäuer mit der unter Heckenrosen verborgenen Treppe empor. Das bröckelige Gestein verströmte Sonnenwärme. Keiner von beiden wagte die Riesenmauer richtig anzusehen, während sie den Pfad hinaufliefen. Aber sie war noch da, als sie oben ankamen, und die Treppe ebenfalls.

Die Treppe war halsbrecherisch. Sie stiegen hinauf und pressten sich dicht an die warmen Mauersteine, denn auf der anderen Seite gähnte ein Abgrund. Die Stufen waren uralt und unregelmäßig. Sie wurden von Schritt zu Schritt heißer.

Und noch immer ging es höher und höher hinauf. Cat musste den Kopf in den Nacken legen und in die Bäume blicken, die hoch oben die Mauer überragten, weil es ihn schwindelte, wenn er hinunterschaute. Immer wieder sah er das Schloss in der Ferne aus einem anderen Blickwinkel. Fast hatte er den Verdacht, dass die Ruinen, auf denen sie standen, sich im Kreis bewegten.

Die Treppe endete bei einem Mauerdurchbruch. Sie zwängten sich hindurch, verstohlen und mit schlechtem Gewissen, und standen auf einem Weg, der so glatt getreten war, als wäre er über Jahrhunderte von vielen Leuten benutzt worden. Mächtige Bäume standen dunkel und dicht beieinander. Es war wundervoll kühl. Der ausgetretene Pfad wand sich zwischen den Bäumen hindurch. Janet und Cat huschten auf ihm dahin. Die Bäume schienen sich zu bewegen. Sie wichen auseinander und rückten wieder zusammen.

Wieder wichen die Bäume auseinander. Der Weg öffnete sich in eine Talmulde.

»Wie wunderhübsch!«, flüsterte Janet. »Aber wie eigenartig.«

Die kleine Talmulde war mit Frühlingsblumen übersät. Mitten im September blühten hier Märzenbecher, Iris, Schneeglöckchen und Hyazinthen im Überfluss. Janet und Cat suchten sich ihren Weg zwischen den Blumen hindurch. Sie fröstelten ein wenig. Frühlingsdüfte, frisch und berauschend, rein und wild, doch schwer durchtränkt von Zauberei, hüllten sie ein.

»Oh, guck mal!«, rief Janet. »Eine Katze!«

Es war ein großer gestreifter Kater. Er stand inmitten eines großen Primelbeets, machte einen Buckel und starrte ihnen argwöhnisch entgegen, unentschlossen, ob er weglaufen sollte oder nicht. Er sah Janet an. Er sah Cat an. Und Cat erkannte ihn. Obwohl es ganz eindeutig und ohne jeden Zweifel eine Katze war, wurde man bei ihrem Anblick irgendwie an eine Geige erinnert. Cat lachte. Alles an diesem Ort machte ihn glücklich. »Das ist ja der alte Fiedel«, sagte er. »Er war mal meine Geige. Wie kommt der bloß hierher?«

Janet kniete nieder und streckte die Hand aus. »Braver Fiedel, schöner Fiedel, da, miez, miez.« Fiedel schien durch seinen Aufenthalt hier im Tal sanfter geworden zu sein. Er ließ sich von Janet streicheln und unterm Kinn kraulen. Unglaublich, Janet durfte ihn sogar auf den Arm nehmen, ja er schnurrte, während sie ihn an sich drückte. Janet war selig. Sie zwinkerte Cat zu. »Ich liebe Katzen!«

Cat streckte lachend die linke Hand aus und streichelte Fiedels Kopf. Es fühlte sich merkwürdig an. Er spürte das Holz der Geige. Rasch zog er die Hand zurück.

Sie gingen weiter durch einen Narzissenhain. Janet hatte Fiedel auf dem Arm. Bisher waren nirgends Narzissen zu sehen gewesen. Cat war immer mehr davon überzeugt, dass der Garten sich im Kreis um sie herum bewegte. Als er in ein Meer von gelben und roten Tulpen trat, war er sicher. Fast – aber nur fast – sah er die Bäume dahingleiten. Sie schoben ihn zwischen Butterblumen und Wiesenkerbel auf einen sanften sonnenbeschienenen Hang. Hier stand ein wilder Rosenstock, um den sich eine Schlingpflanze mit großen blauen Blüten rankte. Cat konnte die gleitende Bewegung jetzt eindeutig spüren. Sie wurden spiralenförmig abwärts bewegt. Cat wurde beinah schlecht, fast so wie im Auto. Er beschloss, sich nicht darum zu kümmern und weiterzugehen.

Als sie zwischen den Bäumen hindurch auf eine

blühende Sommerwiese glitten, mit Blumen, die nur im Hochsommer blühten, ging auch Janet ein Licht auf. »Machen wir eine Blitzreise durch die Jahreszeiten? Ich habe das Gefühl, als liefe ich eine Rolltreppe hinunter.«

Es war mehr, als ihnen die Jahreszeiten normalerweise bescherten. Feigen- und Olivenbäume, Bananenstauden und Dattelpalmen geleiteten sie zu einem kleinen Wüstenflecken, auf dem Kakteen wie stachelige Gurken und fantastische Ohrenbäume wuchsen. Einige trugen leuchtende Blüten. Die Sonne brannte herab. Aber noch ehe die Hitze unerträglich wurde, rückten die Bäume wieder näher. Cat und Janet tauchten in gedämpfteres Licht mit satteren Farben ein und Herbstblumen blühten zu ihren Füßen. Ehe sie sich's versahen, trugen die Büsche Beeren, Bäume und Sträucher wurden bernsteinfarben und warfen die Blätter ab. Es wurde kälter. Fiedel behagte das nicht. Er strampelte sich frei, sprang von Janets Arm und lief in wärmere Gegenden.

»Wo ist die Tür, die in andere Welten führt?«, fragte Janet, als ihr einfiel, warum sie eigentlich hier waren.

»Ich glaube, sie kommt bald«, sagte Cat. Er fühlte, dass sie sich der Mitte des Gartens näherten. Er hatte Zauberkräfte noch nie so stark gespürt.

Bäume und Büsche waren jetzt in Frost erstarrt. Aber noch ehe Janet Zeit fand, sich frierend die Arme zu reiben, stießen sie auf einen Baum, der sich mit rosa Blüten bedeckt hatte. Daneben duftete schneeweißer Jasmin mit kleinen gelben Sternen inmitten der Blüten.

Nach wenigen Schritten wusste Cat, dass sie im Herzen des Gartens waren. Sie standen in einer kleinen grasbewachsenen Mulde, die ringsum von Bäumen gesäumt war. Es sah aus, als wären die Bäume an den Rand gerückt. Nur in der Mitte des Wiesenrunds stand ein einsamer Apfelbaum. Und hier schienen sie sich nun in der richtigen Jahreszeit zu befinden. Der Baum streckte seine Äste über die Wiese, ohne die merkwürdige Ruine, die genau im Mittelpunkt stand, ganz zu beschatten.

Als Janet und Cat sich schweigend näherten, entdeckten sie nahe den Wurzeln des Apfelbaumes eine kleine Quelle, die aus dem Nichts hervorsprudelte und gleich darauf wieder in der Erde versickerte. Janet stellte fest, dass das Wasser golden war. Es erinnerte sie an das Wasser aus der Dusche, das Cats brennenden Körper gekühlt hatte.

Die Ruinen unter dem Apfelbaum waren die beiden Hälften eines geborstenen Torbogens. Ein Steinblock, der oben aus der Krümmung herausgebrochen sein musste, lag dicht am Fuße des Apfelbaums.

»Ich glaube, das ist die Tür – oder besser das Tor«, sagte Cat. Er war sehr traurig, dass er nun Abschied nehmen sollte.

»Ja, das glaube ich auch«, sagte Janet mit belegter Stimme. »Mir ist nicht ganz wohl dabei, ehrlich. Wie wollen wir es überhaupt anstellen, um von hier nach dort zu kommen?«

Cat tastete nach dem Tiegel in seiner Tasche und zog ihn samt dem Taschentuch, in das er eingewickelt war, heraus. Der scharfe Geruch des Drachenbluts stieg ihm in die Nase und er wusste, dass er falsch handelte. Es war falsch, dieses Teufelszeug an einen Ort wie diesen zu bringen.

Aber da er nicht wusste, was er sonst hätte tun sollen, nahm Cat eine Prise des scharf riechenden braunen Pulvers vorsichtig zwischen Zeigefinger und Daumen der rechten Hand, wickelte den Tiegel mit der linken Hand wieder in das Taschentuch und steckte ihn ein. Dann streute er zaghaft und schuldbewusst das Drachenblutpulver zwischen die beiden Pfeiler aus zerbröckelndem Mauerwerk.

Die Luft zwischen den Pfeilern flimmerte wie in Gluthitze. Das sonnige Wiesenstück, das sie dahinter sehen konnten, verschwamm in Nebel, wurde milchig blass, dann dunkel. Die Dunkelheit klärte sich langsam, hellte sich mehr und mehr auf, bis sie in einen riesig großen Raum blicken konnten. Er schien sich nach allen Seiten kilometerweit auszudehnen. Ein ziemlich hässlicher Teppich mit spielkartenartigem Muster in Rot, Blau und Gelb spannte sich durch den ganzen Raum. Darin wimmelte es von Personen, die Cat ebenfalls an Figuren auf Spielkarten erinnerten. Sie hatten steife klobige Kleider in grellen Farben an. Alles war in Bewegung, wogte hierhin und dahin. Die Luft zwischen diesem Raum und dem diesseitigen Garten flimmerte noch immer, und irgendwie wusste Cat, dass es ihnen nicht möglich sein würde, dorthin zu gelangen.

»Da stimmt doch was nicht«, sagte Janet. »Wo …?«

Cat wollte gerade antworten, er wisse es auch nicht, als er Gwendolen sah. Ganz in der Nähe wurde sie auf einem goldenen Bett vorübergetragen. Die acht Männer, die es trugen, steckten in steifen goldenen Uniformen. Gwendolen hatte noch klobigere Kleider an als alle anderen, eine pompöse steife Robe in Weiß und Gold, und ihr Haar war zu einer goldenen Krone hochfrisiert. Sie benahm sich wie eine Königin. Sie lächelte herablassend, blickte tadelnd, nickte wohlwollend oder winkte huldvoll mit der Hand. Das goldene Bett streifte nun beinah den Torbogen.

Und Gwendolen erblickte Cat und Janet. Cat war sicher, dass sie sie gesehen hatte, er erkannte es an ihrer überraschten und ärgerlichen Miene. Möglich, dass Gwendolen ein Zauberwort sprach; möglich aber auch, dass einfach die Wirkung des Drachenbluts aufgebraucht war – der Raum hinter dem Torbogen wurde wieder dunkel, dann milchig und verschwamm schließlich im Nebel. Und dann war nichts mehr zu sehen als Gras, und die Luft hörte auf zu flimmern.

»Das war Gwendolen«, sagte Cat.

»Das dachte ich mir«, sagte Janet abschätzig. »Sie wird dick werden, wenn sie sich dauernd so herumtragen lässt. Aber wie finden wir *meine* Welt?«

Cat wusste es nicht. »Sollen wir versuchen, außen um den Torbogen herumzugehen?«

»Gute Idee«, meinte Janet und ging schon los. »Aber du, sei vorsichtig, Cat. Du weißt …«

Plötzlich stand Mr Nostrum zwischen den Pfeilern des geborstenen Torbogens. Er hielt die Postkarte, die Cat an Mrs Sharp geschrieben hatte, in der Hand und fuchtelte aufgeregt damit.

»Mein lieber Junge«, wandte er sich an Cat, »ich sagte halb drei, nicht zur Mittagsstunde. Es war purer Zufall, dass ich deine Unterschrift zwischen meinen Fingern hatte. Hoffen wir, dass nicht alles verloren ist.« Er wandte den Kopf und rief: »Komm schon, William. Der Blödian scheint mich missverstanden zu haben, aber der Zauber wirkt, das steht fest. Vergiss nicht, das – äh, die Ausrüstung mitzubringen.«

Er trat zwischen den Pfeilern hervor und Cat wich vor ihm zurück. Mit einem Mal schien alles so still. Die Blätter des Apfelbaums raschelten nicht und die lebhaft sprudelnde Quelle hatte sich in ein träges Rinnsal verwandelt.

Cat wurde bewusst, dass er und Janet etwas Schreckliches angestellt hatten.

Janet stand jenseits des Torbogens, die Hände auf den Mund gepresst, Entsetzen in den Augen. Plötzlich wurde sie von dem dicklichen Mr William Nostrum verdeckt, der zwischen den Pfeilern aus dem Nichts aufgetaucht war. Er hatte ein Seil um den Arm gewickelt. Aus den Taschen seines Gehrocks quollen glänzende Gegenstände. Seine Augen schielten in einer Weise, die höchste Aufregung verriet. Zudem war er ziemlich außer Atem.

»Vorzeitig, aber erfolgreich, Henry«, keuchte er. »Alle anderen sind unterwegs.«

William Nostrum kam ebenfalls zwischen den Pfeilern hervor. Mit gewichtigen Schritten trat er neben seinen Bruder unter den Apfelbaum. Die Erde bebte ein bisschen. Aus dem Garten drang kein Laut. Wieder wich Cat zurück. Er stellte fest, dass die kleine Quelle versiegt war.

Im Schlepptau der Nostrums strömten jetzt viele Leute herbei. Allen voran eine der drei akkreditierten Hexen aus dem Hexenviertel in Wolvercote, dunkelrot im Gesicht und offenbar völlig aus dem Häuschen. Sie trug ihren Sonntagsstaat: ein Monstrum von Hut mit Obst und Blumen drauf, dazu ein Kleid aus roter und schwarzer Atlasseide. Auch alle anderen waren sonntäglich gekleidet: Zauberer in blauem Tuch, mit Zylinder; Hexen in Seide und Georgette, mit Hüten in allen Farben, Formen und Größen; respektabel aussehende Geisterbeschwörer im Gehrock wie William Nostrum; dürre Hexer in Schwarz und ein Schwarm eindrucksvoller Hexenmeister – in langen schwarzen Mänteln die einen, die aus dem Klub, in scheckigen Knickerbockern die anderen, die vom Golfplatz kamen. Sie alle drängten sich durch den Torbogen, zuerst je zwei und zwei oder drei und drei, dann schon zu sechst und siebent. Cat erkannte unter ihnen die meisten der Hexen, Zauberer und Wahrsager aus dem Hexenviertel. Allerdings hatte er bisher weder Mrs Sharp noch Miss Larkins entdeckt.

William Nostrum rief: »Verteilt euch über die Wiese! Umstellt das Tor! Lasst keinen Fluchtweg offen!«

Janet boxte sich durch die Menge und packte Cats Arm. »Cat! Was haben wir getan?«

»Ah, meine liebe Gwendolen«, rief Mr Henry Nostrum. »Plan Nummer zwei läuft planmäßig.«

Die Wiesenhänge wimmelten von Hexen und Zauberern. Es waren Hunderte – ein Gewoge und Geschnatter wie bei der Eröffnung eines Basars. Kaum hatte der letzte Zauberer den Fuß zwischen die Torpfeiler gesetzt, legte Henry Nostrum eine Hand besitzergreifend auf Cats Schulter. Cat sah, dass auch der Magier aus Leidenschaft aus dem Hexenviertel bei einem der geborstenen Pfeiler Aufstellung genommen hatte – unrasiert und in seinem viel zu engen Sonntagsanzug. Mr William Nostrum machte sich hinter dem zweiten Pfeiler so breit wie möglich. Aus irgendeinem unerfindlichen Grund hatte er seine silberne Uhrkette abgenommen und wirbelte sie mit einer Hand im Kreis herum.

»Jetzt, meine liebe Gwendolen«, sagte Henry Nostrum, »würdest du bitte die Güte haben, Chrestomanci herbeizurufen?«

»Das – das möchte ich lieber nicht«, stammelte Janet.

»Dann übernehme ich es selbst«, sagte Henry Nostrum erfreut. Er räusperte sich und flötete mit dünner Tenorstimme: »Chrestomanci! Chrestomanci! Kommen Sie!«

Chrestomanci stand zwischen den Pfeilern.

Er hielt seinen eleganten grauen Hut in der Hand, der genau zu seinem erlesenen taubengrauen Mantel passte. Die versammelten Hexen und Zauberer begrüßten ihn im Chor mit einem Stoßseufzer. Chrestomanci ließ seinen milden, erstaunten Blick über die Menge gleiten. Er stutzte, als er Cat und Janet erblickte.

Cat öffnete den Mund, um Chrestomanci zu warnen. Aber im selben Moment setzte der Magier aus Leidenschaft zum Sprung an. Er knurrte. Seine Fingernägel wuchsen zu Krallen und seine Zähne zu Tigerfängen.

Chrestomanci nahm seinen Hut in die andere Hand und warf dem Magier aus Leidenschaft einen glasigen Blick zu. Der blieb mitten im Sprung in der Luft stehen und schrumpfte. Er schrumpfte so schnell, dass man es hören konnte: *surr* … Und dann war er eine kleine braune Raupe. Sie fiel ins Gras und krümmte sich. Während sie unter Chrestomancis Blick immer noch weiterschrumpfte, sprang William Nostrum hinter dem zweiten Pfeiler hervor und wickelte geschickt seine silberne Uhrkette um Chrestomancis rechtes Handgelenk.

»Vorsicht!«, riefen Cat und Janet. Zu spät.

Kaum war die erste Schlinge um Chrestomancis Hand gelegt, explodierte die Raupe mit ungeheurem Knall und der Magier aus Leidenschaft steckte wieder in seiner normalen Gestalt, etwas ramponiert, aber strahlend. Wieder setzte er zum Sprung auf Chrestomanci an. Und Chrestomanci? Die Uhrkette hatte ihn außer Gefecht gesetzt. Ein sekundenlanger, grimmiger Kampf entbrannte. Der Magier aus Leidenschaft versuchte, Chrestomanci mit seinen muskulösen Armen zu umschlingen. Chrestomanci versuchte, mit der linken Hand die Uhrkette von seinem rechten Handgelenk zu zerren. William Nostrum hielt sie wütend fest. Chrestomanci schaffte es mit knapper Not, sich den Magier aus Leidenschaft auf Armeslänge vom Leib zu halten. Nach zwei vergeblichen Versuchen gelang es diesem, von hinten die Arme um Chrestomancis Brust zu schlingen. Schließlich zog William Nostrum ein Paar silberne Handschellen aus der Tasche und fesselte damit Chrestomancis Hände.

Triumphaler Jubel brach in der wogenden und wippenden Menge aus – der Triumph wahrer Hexenschaft und Zauberkraft. Chrestomanci wurde zwischen den Torpfeilern hervorgezerrt, sein eleganter grauer Hut rollte vor Cats Füße. Henry Nostrum, der Cat immer noch festhielt, trampelte mit Wonne darauf herum. Cat versuchte, sich seinem Griff zu entwinden, aber er war ebenso hilflos, wie Chrestomanci zu sein schien.

»Es stimmt also!«, sagte Henry Nostrum erfreut. »Die Berührung mit Silber bezwingt den großen Chrestomanci!«

Der Magier aus Leidenschaft zerrte Chrestomanci zu dem Apfelbaum. William Nostrum trat zu seinem Bruder und riss ihm die silberne Uhrkette aus der Westentasche. Die silbernen Uhrketten von zwei Brüdern mit beträchtlichem Leibesumfang reichten bei weitem aus, um Chrestomanci an den Baumstamm zu binden. Das Publikum fing gespenstisch an zu lachen und applaudierte. Chrestomanci sackte zusammen. Das Haar fiel ihm ins Gesicht, die Krawatte hing schief unter seinem linken Ohr und sein schöner taubengrauer Mantel war voll grüner Flecken. Cat schämte sich, ihn in diesem Zustand zu sehen. Aber Chrestomanci schien ganz gefasst. »Nun habt ihr mich also in silberne Fesseln gelegt«, sagte er. »Was habt ihr weiter vor?«

William Nostrum verdrehte verzückt die Augen. »Oh, das Schlimmste, wertester Herr«, antwortete er. »Seien Sie dessen gewiss. Wir haben es satt, uns von Ihnen Beschränkungen auferlegen zu lassen, wissen Sie. Warum dürfen wir nicht ausziehen und fremde Welten erobern? Warum dürfen wir kein Drachenblut verwenden? Warum dürfen wir nicht so böse sein, wie wir gern möchten? Beantworten Sie mir das, Sir.«

»Ihr könnt die Antwort selber finden, wenn ihr nur ein wenig nachdenkt«, sagte Chrestomanci. Aber die Worte gingen im Geschrei der versammelten Hexen und Zauberer unter. In der allgemeinen Aufregung versuchte Janet, unbemerkt an den Apfelbaum heranzuschleichen. Sie hatte das Gefühl, irgendjemand müsse endlich etwas tun.

»Ab heute«, frohlockte Henry Nostrum, »nehmen wir die Zauberkünste in unsere Hände. Noch ehe es Abend wird, gehört diese Welt uns. Bei Cagliostro, allerwertester Herr, wir werden uns sämtliche uns bekannten Welten untertan machen. Wir werden

Sie und Ihre Macht vernichten, mein Teuerster. Zuvor aber müssen wir natürlich diesen Garten hier vernichten.«

Chrestomanci blickte nachdenklich auf seine Hände in den silbernen Handschellen. »Das würde ich Ihnen nicht raten«, sagte er. »Dieser Garten ist durchtränkt vom Frühtau aller Welten. Diese Kräfte sind viel stärker als ich. Ihr würdet an die Wurzeln der Hexerei rühren – und ihr würdet erfahren müssen, dass es unerhört schwer ist, ihn zu vernichten.«

»Aha«, sagte Henry Nostrum. »Aber wir wissen, dass wir Sie nur vernichten können, wenn zuvor der Garten vernichtet worden ist, Sie Schlaumeier. Und glauben Sie, wir wissen genau, wie wir den Garten zerstören können.« Er hob seine freie Hand und klopfte Cat auf die Schulter. »Die Mittel sind hier.«

Er fasste Cat um die Mitte und schleifte ihn zu dem Steinblock nahe dem Apfelbaum hinüber. William Nostrum wieselte herbei und entrollte sein Seil. Der Magier aus Leidenschaft sprang hilfsbereit hinzu.

Cat erschrak dermaßen, dass es ihm irgendwie gelang zu entkommen. Er entwand sich Henry Nostrums Armen und rannte schnell auf die zwei Pfeiler zu. Im Laufen versuchte er das Drachenblut hervorzuholen. Es waren nur ein paar Schritte bis zu den Pfeilern, aber er wusste, dass jede Hexe und jeder Zauberer auf dem Wiesenrund ihm einen Zauberspruch nachschleuderte. Cats Beine wurden schwer wie Blei. Sein Herz hämmerte. Er spürte, dass er sich im Zeitlupentempo fortbewegte, langsamer und langsamer, wie ein Aufziehspielzeug, dessen Mechanismus ausläuft. Er hörte, wie Janet ihn anspornte, aber er konnte nicht mehr weiter. Er stockte genau vor dem geborstenen Torbogen und war steif wie ein Klotz. Er konnte nur atmen, sonst nichts.

Die Nostrum-Brüder und der Magier aus Leidenschaft packten ihn und wickelten das Seil um seinen starren Körper.

Janet schrie: »Oh, bitte hört auf! Was tut ihr da?«

»Aber, aber, Gwendolen«, sagte Henry Nostrum erstaunt, »du weißt es sehr wohl. Ich habe dir haarklein erzählt, dass dieser Garten entzaubert werden muss und dass es dazu nur ein Mittel gibt: Auf diesem Stein hier muss das Leben eines unschuldigen Kindes geopfert werden. Du hast der Sache zugestimmt.«

»Nein, das hab ich nicht! Das war nicht ich!«, rief Janet.

»Halt den Mund!«, zischte Chrestomanci vom Apfelbaum her. »Willst du Cats Platz einnehmen?«

Janet starrte ihn an – bis sie den tieferen Sinn seiner Worte begriff. Währenddessen wurde Cat, steif wie eine Mumie, vom Magier aus Leidenschaft hochgestemmt und ziemlich unsanft auf den Steinblock befördert. Cat dachte: Natürlich hat Gwendolen gewusst, dass ich mehrere Leben zur Verfügung habe. Er wollte Janet einen beruhigenden Blick zuwerfen, doch zu seinem Erstaunen wurde sie im selben Augenblick von unsichtbarer Hand gepackt und rückwärts gezerrt. Ins Nichts. Das Einzige, was von ihr blieb, war ein überraschter Aufschrei, der sich hundertfach rund um die Wiese fortpflanzte. Alle anderen waren genauso überrascht wie Cat.

»Aha! Ausgezeichnet!«, sagte Gwendolen. »Ich bin zur rechten Zeit gekommen.«

Alle starrten sie an. Gwendolen trat zwischen den Pfeilern hervor. Sie stäubte mit einem Blatt Papier einen Rest Drachenblut von ihren Fingern.

»Gwendolen!«, rief Henry Nostrum. Er zeigte auf den leeren Platz, von wo Janet verschwunden war. »Was – wer ...?«

»Bloß ein Ersatzstück«, erklärte Gwendolen wegwerfend. »Ich habe sie und Cat soeben hier gesehen, ich wusste also ...« Sie bemerkte Chrestomanci, der in Fesseln an dem Baumstamm hing. »Fantastisch! Ihr habt ihn gebunden! Moment mal.« Sie kam auf Chrestomanci zu und trat ihm fest gegen beide Schienbeine. »Da! Und da!« Chrestomanci krümmte sich vor Schmerz. Gwendolens Schuhspitzen waren nagelscharf.

»Also, wo waren wir stehen geblieben?«, sagte Gwendolen, zu den Nostrum-Brüdern gewandt. »Ach ja. Ich habe vergessen, euch zu sagen, dass Cat neun Leben hat. Ich fürchte, ihr werdet ihn ein paarmal töten müssen.«

»Neun Leben!«, rief Henry Nostrum. »Du blöde Gans!«

Darauf erhob sich ein solcher Höllenlärm, jede Hexe und jeder Zauberer versuchte den anderen zu überschreien, dass kein Wort mehr zu verstehen war. Als der Lärm sich etwas legte, hörte Cat William

Nostrum kreischen: »Neun Leben! Wenn er neun Leben hat, du blöde Gans, so heißt das, dass er selbst ein Über-Magier ist!«

»Ich bin nicht blöd!«, kreischte Gwendolen zurück. »Ich weiß das genauso gut wie Sie. Ich habe mir seine Zauberkraft zunutze gemacht, seit er ein Baby war. Aber ich hätte nichts mehr davon, wenn Sie ihn umbringen, oder? Ich finde, es war überaus freundlich von mir, zurückzukommen und es Ihnen zu sagen.«

»Wie konntest du *seine* Zauberkraft benutzen?«, fragte Henry Nostrum scharf.

»Ich hab's eben getan«, sagte Gwendolen. »Es hat ihm nie was ausgemacht.«

»Vielleicht macht es mir doch was aus«, sagte Cat von seinem unbequemen Platz her. »Ich bin nämlich auch noch da, weißt du.«

Gwendolen sah überrascht auf ihn hinunter. Aber bevor sie antworten konnte, machte William Nostrum laut und deutlich »Schschscht!«. Er zappelte vor Aufregung. Er zog ein langes glänzendes Ding aus der Tasche und bog es zurecht.

»Ruhe!«, sagte er. »Wir sind schon zu weit gegangen, wir können nicht mehr zurück. Es gilt einfach, den schwachen Punkt dieses Knaben zu finden. Nur dann können wir ihn töten. Er muss einen schwachen Punkt haben. Alle großen Magier haben einen.« Mit diesen Worten schritt William Nostrum um Cat herum und deutete mit dem glänzenden Ding auf ihn. Cat sah mit Entsetzen, dass es ein langes silbernes Messer war. Das Messer zeigte auf sein Gesicht, obwohl William Nostrums Augen ganz woandershin blickten. »Welches ist dein schwacher Punkt, Junge? Heraus damit!«

Cat antwortete nicht. Das schien die einzige Chance zu sein, irgendeines seiner Leben zu behalten.

»Ich weiß es«, sagte Gwendolen. »Ich habe ihn selbst geschaffen, den schwachen Punkt. Ich habe alle seine Leben in ein Streichholzheft gesteckt. Auf diese Weise waren sie leichter zu benutzen. Es ist in meinem Zimmer im Schloss. Soll ich es holen?«

Ein Seufzer der Erleichterung war rund um die Wiese zu hören. »Na, dann ist ja alles in bester Ordnung«, sagte Henry Nostrum. »Kann er ins Jenseits befördert werden, *ohne* dass ein Streichholz abgebrannt wird?«

»Oh ja«, sagte Gwendolen. »Er ist einmal ertrunken.«

»Die Frage«, sagte William Nostrum, »ist jetzt also die, wie viele Leben er noch übrig hat. Wie viele hast du, Junge?« Wieder zeigte das Messer auf Cat.

Wieder antwortete Cat nicht.

»Er weiß es nicht«, sagte Gwendolen ungeduldig. »Ich musste ein paar seiner Leben aufbrauchen. Er verlor eins, als er geboren wurde, und eins, als er ertrunken ist. Und eins brauchte ich, um ihn in das Streichholzheft zu stecken. Er bekam Krämpfe davon, keine Ahnung, warum. Und dann hat diese in Silber gefesselte Kröte dort meine Zauberkraft von mir genommen, also musste ich in jener Nacht noch eins von Cats Leben nehmen, um mich damit in meine schöne neue Welt zu hexen. Oh, fast hätte ich es vergessen! Ich habe sein viertes Leben in eine Geige gesteckt, die ich dann in eine Katze verwandelte, weil mir seine Fiedelei auf die Nerven ging – Fiedel, erinnern Sie sich, Mr Nostrum?«

Henry Nostrum griff in seine Haare. »Blöde Gans! Irgendjemand hat diesen Kater weggeholt! Wir können ihn also gar nicht töten!«

Gwendolens Verlegenheit dauerte nicht lange. »Wenn ich wieder verschwinde, könnt ihr meine Ersatzpers…«

Die silbernen Uhrketten, mit denen Chrestomanci gefesselt war, klirrten. »Nostrum, Sie regen sich unnötig auf. Ich habe den Geigenkater holen lassen. Er ist irgendwo im Garten …«

Henry Nostrum starrte ihn misstrauisch an. »Ich misstraue Ihnen, Sir. Sie sind für Ihre Tücke berühmt.«

»Sie schmeicheln mir«, sagte Chrestomanci. »Leider kann ich, in Silber gebunden, nur die Wahrheit sprechen.«

Henry Nostrum sah seinen Bruder an.

»Das stimmt«, sagte William unsicher. »Silber zwingt ihn, die Wahrheit zu sagen. Ich nehme an, dass sich das abhanden gekommene Leben dieses Jungen irgendwo hier in der Gegend befindet.«

»Ich suche ihn!«, kreischte Gwendolen und rannte los. Sie flitzte den Hang hinauf und auf die Bäume zu, so schnell sie in ihren spitzen Schuhen laufen konnte.

Irgendeine Hexe rief gellend: »Alles auf die Beine! Jagt den Miezekater!«

Der Rasen leerte sich. Die Bäume, die den Wiesenrand säumten, raschelten und rauschten, rüttelten und schüttelten sich. Aber der Garten ließ nicht zu, dass irgendjemand sehr weit kam. Hexen und Zauberer wurden von den Bäumen wieder auf die Wiese gestoßen. Cat hörte Chrestomanci sagen: »Ihre Freunde scheinen von Zauberei keine blasse Ahnung zu haben. Der Weg hinaus ist gegen den Uhrzeigersinn. Vielleicht sollten Sie ihnen das sagen. Der Kater hockt wahrscheinlich im Sommer oder im Frühling.«

William Nostrum warf ihm einen unberechenbaren Blick zu und stürzte davon. »Gegen den Uhrzeiger, geliebte Brüder und Schwestern!«, rief er. »*Gegen* den Uhrzeiger!«

Die Bäume am Wiesenrand rauschten, als sie einen Schwarm farbenprächtiger Hexen und Zauberer, unter ihnen Gwendolen und der Magier aus Leidenschaft, in hohem Bogen auf den Rasen spuckten. Henry Nostrum machte sich auf die Beine. »Nein, meine lieben Freunde!«, rief er ihnen entgegen. »*Gegen* den Uhrzeigersinn!«

Cat und Chrestomanci blieben allein zurück.

Sechzehntes Kapitel

Cat lag da und sah durch die Blätter des Apfelbaums in den blauen Himmel hinauf. Immer wieder verschwamm alles vor seinen Augen. Cat machte die Augen zu und die Tränen rannen ihm in die Ohren. Jetzt endlich wusste er, wie herzlos Gwendolen war. Sie machte sich kein bisschen aus ihm! Cat war nicht sicher, ob er überhaupt noch ein Leben haben wollte. Er lauschte dem Gekreisch unter den Bäumen und wünschte fast, dass sie Fiedel bald einfingen.

»Cat«, sagte Chrestomanci. »Ich weiß, wie dir zumute ist. Wir hatten gehofft, du würdest die Wahrheit über Gwendolen nicht so schnell herausfinden. Aber du bist eben ein geborener Magier. Ich glaube, dass du ein größerer Magier bist als ich. Könntest du jetzt vielleicht etwas von deiner magischen Kraft darauf verwenden, dass Fiedel entkommt? Bitte! Du würdest mir einen großen Gefallen tun. Damit ich aus diesem verdammten Silberzeug rauskomme und zusammenraffen kann, was mir an Kraft noch geblieben ist.«

»Was soll ich denn tun?«, fragte Cat und machte die Augen auf.

»Kannst du deine linke Hand bewegen?« Cat versuchte es. »Ja, vor und zurück«, sagte er. »Aber ich kriege sie nicht aus dem Seil.«

»Das macht nichts«, sagte Chrestomanci. »In deinem kleinen Finger steckt mehr Kraft, als die meisten Leute, einschließlich Gwendolen, in ihrem ganzen Leben aufbringen. Und die Zauberkraft des Gartens müsste dir helfen. Säge einfach mit deiner linken Hand an dem Seil und stell dir vor, das Seil wäre aus Silber.«

Cat beugte den Kopf zurück und sah Chrestomanci ungläubig an. Chrestomanci war ziemlich blass und sehr ernst. Was er sagte, musste die Wahrheit sein. Cat bewegte die linke Hand gegen das Seil. Es fühlte sich rau an. Er sagte sich: Das ist kein raues Hanfseil, das ist Silber. Und das Seil fühlte sich glatt an. Aber das Sägen war mühsam und anstrengend. Cat hob die Hand, so hoch es ging, und setzte sie mit der Kante auf das Silberseil.

KLINK. KLIRR. Das Seil teilte sich.

»Danke«, sagte Chrestomanci. »Das wären die zwei Uhrketten. Aber in diesen Handschellen scheint ein sehr fester Zauber zu stecken. Kannst du es noch einmal versuchen?«

Das Seil war jetzt wieder rau, aber viel lockerer. Cat schlüpfte unter zahlreichen Verrenkungen heraus und kniete sich hin. Chrestomanci trat mit wackligen Schritten hinzu, seine Hände steckten noch immer hilflos in den Handschellen. Im selben Moment purzelte der Magier aus Leidenschaft aus den Bäumen heraus, gefolgt von der Hexe mit dem Blumenhut. Sie stritten sich.

»Und ich sag dir, die Katze ist hin. Sie ist gute zwanzig Meter runtergestürzt.«

»Aber ich sag dir doch, diese Viecher fallen immer auf die Füße.«

»Warum ist sie dann liegen geblieben?«

Cat wusste, dass er jetzt keine Zeit hatte, lange zu überlegen. Er packte die Handschellen mit beiden Händen und riss sie mit Gewalt auseinander.

»Au!«, rief Chrestomanci.

Aber die Handschellen sprangen auf. Cat strahlte vor Freude. Er nahm die beiden Teile in je eine Hand und befahl ihnen, sich in zwei wilde Adler zu verwandeln. »Den Nostrums nach!«, fügte er hinzu. Die linke Hälfte flog auf und davon wie geboten. Doch die rechte Hälfte war noch immer eine silberne Handschelle und fiel ins Gras. Cat musste sie mit der linken Hand aufheben und jetzt gehorchte sie ihm.

Cat sah sich nach Chrestomanci um. Chrestomanci stand unter dem Apfelbaum und blickte gespannt den Wiesenhang hinauf, dem redseligen kleinen Mann namens Bernard entgegen, der dort den Hügel herunterstolperte. Bernards Sonntagskrawatte war bequem gelockert. Er hielt einen Bleistift und eine Zeitung mit dem aufgeschlagenen Kreuzworträtsel in der Hand. »Zauberei mit H, zehn Buchstaben, letzter Buchstabe S«, murmelte er. Dann hob er den Kopf und sah Chrestomanci, grün gefleckt von Baumrinde. Er starrte auf die zwei Uhrketten, auf Cat, das Seil und auf die Menschenmenge, die oben, am Rand der Mulde, unter den Bäumen herumrannte. »Gütiger Himmel!«, sagte er. »Tut mir Leid. Ich hatte keine Ahnung, dass du mich brauchst. Brauchst du die anderen auch?«

»So rasch wie möglich«, sagte Chrestomanci.

Die Hexe mit Blumenhut entdeckte ihn und stieß einen gellenden Hexenschrei aus. »Sie entkommen! Haltet sie!«

Hexen, Zauberer, Geisterbeschwörer und Hexenmeister strömten den Abhang hinab und jeder murmelte einen Zauberspruch oder Zauberfluch. Dumpf rollte es über die Wiese. Darüber wölkte sich dicker Zaubergeruch. Chrestomanci hob die Hand, als wollte er um Ruhe bitten. Das Gemurmel wurde lauter und klang erbost. Aber keiner der Murmelnden kam näher. Die Einzigen, die sich noch regten, waren William und Henry Nostrum. Schreiend stürzten sie zwischen den Bäumen hervor und rannten, als wäre der Teufel hinter ihnen her. Zwei riesige Adler verfolgten sie Schwingen schlagend.

Bernard kaute mit gerunzelter Stirn an seinem Bleistift. »Das ist ja entsetzlich! So viele also!«

»Versuch es weiter, gib dein Letztes! Ich helf dir mit aller Kraft, die ich entbehren kann«, sagte Chrestomanci mit einem ängstlichen Blick auf die murmelnde Menge.

Bernards buschige Augenbrauen schnellten empor. »Ah!«

Miss Bessemer stand auf dem Hügel, in der einen Hand Teile eines Uhrwerks, in der anderen einen sauberen Lappen. Sie wirkte noch größer und noch purpurner als sonst.

Eine Hexe aus der murmelnden Menge rief: »Er kriegt Verstärkung!« Cat glaubte die Stimme Gwendolens zu erkennen. Der Zaubergeruch verdichtete sich und das Gemurmel wuchs zu Donnergrollen an. Die Menge schien sich langsam vorwärts zu schieben, ein wippendes Gewoge verrückter Hüte und schwarzer Gewänder. Die Hand, mit der Chrestomanci die Menge zurückhielt, begann zu zittern.

»Der Garten hilft ihnen auch noch«, sagte Bernard. »Leg dich mit ganzer Kraft ins Zeug, Bessie, Mädchen.« Er kaute an seinem Bleistift und runzelte die Stirn noch fester. Miss Bessemer wickelte die Uhrteile ordentlich in den Lappen und wurde merklich größer.

Und plötzlich tauchte rund um den Apfelbaum die übrige Familie auf. Allen war anzusehen, dass sie mitten aus ihren friedlichen Sonntagsbeschäftigungen herausgerissen worden waren. Eine der jüngeren Damen hatte Wolle um ihre Handgelenke gespannt und einer der jüngeren Herren wickelte sie auf. Der nächste Herr hielt einen Billardstock und die nächste junge Dame ein Stück Kreide in der Hand. Die alte Dame in Handschuhen häkelte an einem neuen Paar Handschuhe. Mr Saunders erschien mit dumpfem Aufprall. Er hatte den kleinen Drachen unter den Arm geklemmt, die beiden hatten sich gebalgt und blickten ziemlich verdattert.

Der Drache entdeckte Cat. Er strampelte und wand sich unter Mr Saunders' Arm heraus, wackelte durch das Gras und sprang in Cats Arme. Begeistert leckte er ihm mit Flammenzungen über das Gesicht und hätte ihn sicher verbrannt, hätte Cat nicht rechtzeitig die Flammen kühl gezaubert. Roger und Julia tauchten auf. Beide hatten die Arme hoch über den Kopf gestreckt, weil sie Spiegelfliegen gespielt hatten. Erstaunt sahen sie sich um. »Das ist ja der Garten!«, sagte Roger. »Und 'ne Menge Leute.«

»Uns hast du noch nie gerufen, Daddy«, sagte Julia.

»Dies ist ein besonderer Fall«, erklärte Chrestomanci. Er hielt jetzt seine rechte Hand mit Hilfe der linken hoch und schien müde zu werden. »Holt schnell eure Mutter her.«

»Wir werden die Gesellschaft aufhalten«, sagte Mr Saunders. Es sollte ermutigend klingen, aber es klang nervös. Die murmelnde Schar kam näher.

»Nein, das schaffen wir nicht!«, ächzte die alte Dame in Handschuhen. »Wir schaffen es nicht ohne Milly.«

Roger und Julia konnten Milly nicht holen. »Diese Leute halten uns mit Zauberformeln auf«, erklärte Roger.

»Versucht es noch mal«, sagte Chrestomanci. »Ich schaff's nicht. Irgendetwas hält auch mich auf.«

»Machst du mit bei diesem Gemeinschaftszauber?«, fragte der Drache. Cat erschrak. Ohne es zu wollen beteiligte er sich tatsächlich daran. Jedoch auf der falschen Seite – weil Gwendolen sich wieder seiner bediente. Er war so daran gewöhnt, dass er es kaum merkte. Aber jetzt plötzlich spürte er es. Gwendolen benutzte so viel von seiner Kraft, dass ihm siedend heiß wurde.

Cat holte seine Zauberkraft zurück. Es fühlte sich wie ein kühlender Luftzug an, der sein Gesicht streifte.

»Cat! Lass das!«, brüllte Gwendolen aus der Menge.

»Ach, halt die Klappe!«, rief Cat zurück. »Es ist ja meine!«

Zu seinen Füßen sprudelte wieder die kleine Quelle hervor. Cat sah es und wunderte sich. Dann bemerkte er, dass etwas wie heitere Gelassenheit die Familie erfasste. Chrestomanci hob das Gesicht und ein Licht schien darauf zu fallen. Cat drehte sich um und stellte fest, dass Milly endlich gekommen war. Sie wirkte groß wie der Apfelbaum. Sie strahlte sanft und freundlich wie ein langer, schöner Tag, der sich dem Ende zuneigt. Milly hielt Fiedel im Arm. Fiedel sah zerzaust und elend aus, aber er schnurrte.

»Tut mir Leid«, sagte Milly. »Wenn ich das gewusst hätte, wäre ich früher gekommen. Der arme Kerl ist von der Gartenmauer gefallen und da habe ich an nichts anderes mehr gedacht.«

Chrestomanci ließ lächelnd die Hand sinken. Er schien sie nicht mehr zu brauchen, um die Menge aufzuhalten. Die ganze Gesellschaft stand wie angewurzelt und ihr Gemurmel war verstummt. »Macht nichts«, sagte er. »Aber jetzt haben wir zu tun.«

Die Familie ging sofort an die Arbeit. Cat konnte hinterher nicht sagen, was eigentlich geschehen war. Er erinnerte sich an Klatschen und Donnergetöse, Dunkelheit und Nebel. Es kam ihm so vor, als ob Chrestomanci noch größer als Milly sei und bis in den Himmel ragte. Aber vielleicht lag es nur daran, dass Cat im Gras kniete, um den Drachen zu beschützen, der so schreckliche Angst hatte. Aus dem Gras konnte er hin und wieder die Familie sehen. Sie bewegten sich wie Riesen. Hexen schrien gellend. Zauberer und Hexenmeister heulten und brüllten. Manchmal wirbelte weißer Regen oder Schnee oder einfach weißer, schwirrender Rauch. Cat war sicher, dass sich der ganze Garten drehte, schneller und immer schneller. In dem weißen Gewirbel flogen Geisterbeschwörer, stapfte Bernard oder wogte Mr Saunders, Schnee im Haar. Julia rannte vorüber und knüpfte Knoten um Knoten in ihr Taschentuch. Milly musste Verstärkung mitgebracht haben. Cat erspähte Euphemia, den Butler, einen Diener, zwei Gärtner – und zu seinem Schreck Will Suggins, der gegen das Weiße in dem heulenden, kreiselnden Garten ankämpfte. Der Kreisel drehte sich immer schneller, alle Umrisse dahinter verschwammen, alle Geräusche wurden zu einem einzigen summenden Ton. Chrestomanci trat aus dem Weiß hervor und hielt Cat eine Hand hin. Er war nass und windzerzaust und Cat konnte noch immer nicht sagen, wie groß er war. »Gibst du mir etwas von deinem Drachenblut?«, sagte Chrestomanci. »Wie können Sie wissen, dass ich es habe?«, fragte Cat schuldbewusst. Er ließ den Drachen los, um den Tiegel hervorzuholen. »Der Geruch«, sagte Chrestomanci.

Cat reichte ihm den Tiegel. »Hier. Habe ich dabei ein Leben verloren?«

»Nein«, antwortete Chrestomanci. »Nicht einmal du. Und zum Glück hast du nicht zugelassen, dass Janet es anfasst.« Er trat wieder in den weißen Wirbel und streute das braune Pulver hinein. Cat sah, wie es hinweggewirbelt wurde. Der Nebel wurde bräunlichrot und das Summen schwoll zu einem schrecklichen Glockenton an, der Cat in den Ohren wehtat. Er hörte, wie Hexen und Zauberer entsetzt aufheulten.

»Lasst sie schreien«, sagte Chrestomanci. Er stand an den rechten Torpfeiler gelehnt. »Sie haben jetzt alle ihre Zauberkraft verloren. Sie werden sich bei ihren Parlamentsabgeordneten beschweren und die ganze Sache wird vor das Parlament gebracht, aber ich denke, dass wir es überstehen werden.« Er hob winkend die Hand.

Eine Schar aufgeregter, zeternder Leute in durchweichten Sonntagskleidern flog aus dem Weiß heraus, wurde vom Sog erfasst und durch den zerbrochenen Torbogen gezogen. Wie ein Haufen toter Blätter im Herbstwind wirbelten sie hindurch. Der nächste Schwarm folgte. Und wieder einer und wieder. Irgendwie fischte Chrestomanci die beiden Nostrums aus dem Strudel, er ließ sie für einen Moment vor Cat auf die Füße kommen. Cat war entzückt, zwei Adler zu sehen, die ihnen auf der Schulter saßen.

»Gebiete ihnen, zu verschwinden!«, sagte Chrestomanci.

Cat gebot es ihnen mit Bedauern und die Adler fielen als Handschellen zu Boden. Dann wurden die

Handschellen mitsamt den beiden Nostrums fort durch das Tor gesogen.

Als Letzte kam Gwendolen. Chrestomanci hielt auch sie fest. Gleichzeitig verschwand der weiße Wirbel, das Dröhnen verstummte, von allen Seiten näherten sich die Familienmitglieder. Gwendolen sah sich erschrocken um.

»Lassen Sie mich gehen! Ich muss zurück und als Königin die Welt regieren!«

»Sei nicht so selbstsüchtig«, sagte Chrestomanci. »Du hast kein Recht, acht andere Personen von einer Welt in eine andere zu versetzen. Bleib hier und lerne, wie man es richtig macht. Deine Höflinge dort befolgen nicht wirklich, was du ihnen sagst, weißt du. Sie tun nur so.«

»Das ist mir scheißegal!«, rief Gwendolen. Sie hob ihre goldenen Röcke hoch, kickte ihre spitzen Schuhe von den Füßen und lief auf das Tor zu. Chrestomanci streckte die Hand aus. Gwendolen drehte sich rasch um und streute ihm ihre letzte Hand voll Drachenblut ins Gesicht. Chrestomanci musste sich ducken und hielt schützend den Arm hoch. Gwendolen nutzte den Augenblick und rannte durch das Tor. Es gab einen enormen Knall. Der Raum zwischen den Pfeilern war schwarz und Gwendolen verschwunden. Zwischen den Pfeilern war nichts als grünes Gras.

»Was hat das Kind getan?«, fragte die alte Dame in Handschuhen verdattert.

»Sie ist endgültig in jene Welt dort gegangen«, sagte Chrestomanci. Auch er war verblüfft.

»Und seht euch das an!«, rief Mr Saunders.

Janet wankte den Hügel herunter. Sie weinte. Milly reichte Fiedel vorsichtig Julia und ging Janet entgegen. Janet schluchzte herzzerreißend. Milly nahm sie in die Arme. Alle anderen drängten sich um sie. Bernard klopfte ihr auf den Rücken und die alte Dame in Handschuhen redete beruhigend auf sie ein.

»Es ist alles ganz anders, als ihr denkt«, sagte Janet schluchzend.

Cat wollte auch etwas tun. Er zauberte einen blauen Samtsessel aus Gwendolens Zimmer her und stellte ihn neben Janet ins Gras. Janet lächelte unter Tränen. »Das war nett.« Sie wollte sich in den Sessel setzen.

»Ich gehöre zum Schloss Chrestomanci«, sagte der Sessel. »Ich gehöre zum Schloss …« Miss Bessemer blickte ihn streng an und er verstummte.

Janet setzte sich. Der Sessel wackelte ein bisschen, weil der Rasen uneben war.

»Wie wär's mit einem kleinen Mittagspicknick?«, fragte Milly, an Miss Bessemer gewandt. »Es muss fast zwei Uhr sein.«

»Einverstanden«, sagte Miss Bessemer. Sie drehte sich halb zu dem Butler herum. Er nickte. Der Diener und die beiden Gärtner schwankten mit einem riesigen Esskorb, so groß wie ein Wäschekorb, heran. Er enthielt allerlei Köstlichkeiten, Brathähnchen und Schinken, Fleischpasteten, Sülze, Obst und Wein.

»Oh Wonne!«, sagte Roger.

Alle setzten sich um den Korb herum. Cat achtete

darauf, dass er sich so weit wie möglich von Will Suggins entfernt niederließ. Milly setzte sich auf den Steinblock. Chrestomanci spritzte sich etwas von dem sprudelnden Quellwasser ins Gesicht – es schien ihn wundervoll zu erfrischen – und ließ sich dann, an den Steinblock gelehnt, ins Gras sinken. Die alte Dame in Handschuhen zauberte aus dem Nichts einen Schemel herbei. Bernard zog nachdenklich die Überreste des Seils unter dem Stein hervor. Sie verflochten sich zu einer Hängematte, die Bernard zwischen die zwei Torpfeiler spannte. Er fand es darin urgemütlich, obwohl er größte Schwierigkeiten hatte, die Balance zu halten und gleichzeitig zu essen. Fiedel bekam ein Hühnerbein und zog sich damit in den Apfelbaum zurück. Er schlug einen großen Bogen um den Drachen. Der Drache war eifersüchtig auf Fiedel. Er wich nicht von Cats Seite und bettelte um Fleischpastete.

»Ich warne dich«, sagte Mr Saunders, »das ist der verwöhnteste Drache auf dieser Welt.«

»Ich bin der *einzige* Drache auf dieser Welt«, entgegnete der Drache selbstgefällig.

Janet schluckte immer noch.

»Ich kann dich zurückversetzen«, sagte Chrestomanci. »Es ist nicht gar so einfach, jetzt, wo Gwendolen sich unwiderruflich in der Welt dort befindet. Aber es ist auch nicht unmöglich.«

»Nein, nein. Es ist ja alles gut so«, schluchzte Janet. »Jedenfalls wird alles ganz prima sein, wenn ich mich erst mal daran gewöhnt habe. Es ist nur der Schock jetzt. Wisst ihr ...« Ihre Augen füllten sich wieder mit Tränen und ihr Mund zitterte. Ein Taschentuch kam aus der Luft heran und drängte sich in ihre Hand. Cat wünschte, er hätte daran gedacht. »Danke«, sagte Janet. »Wisst ihr, Mum und Dad haben nichts bemerkt.« Sie putzte sich energisch die Nase. »Ich kam zurück in mein Zimmer und das andere Mädchen – sie heißt Romillia, ob ihr's glaubt oder nicht – hatte Tagebuch geführt. Sie war mitten im Satz weggerufen worden und hatte es liegen lassen. Also habe ich es gelesen. Sie hatte furchtbare Angst, dass meine Eltern merken könnten, dass sie nicht ich ist, weil sie nicht in ihre frühere Welt zurückgeschickt werden wollte. Sie war ein armes Waisenkind gewesen und hatte ein schrecklich trauriges Leben. Sie war todunglücklich dort. Als ich das las, bekam ich großes Mitleid mit ihr.«

»Du bist bei uns herzlich willkommen, mein Liebling«, sagte Milly.

»Bist du sicher, dass du bei uns bleiben willst?«, fragte Chrestomanci. Er sah Janet über das Hühnerbein hinweg, an dem er knabberte, prüfend an.

Janet nickte heftig. Ihr Gesicht war immer noch hinter dem Taschentuch verborgen.

»Um dich habe ich mich am meisten gesorgt«, sagte Chrestomanci. »Ich bedaure zutiefst, dass ich nicht gleich bemerkt habe, was geschehen war. Gwendolen hatte den Trick mit dem Spiegel entdeckt, weißt du, und den Austausch deshalb im Badezimmer vollzogen. Und überhaupt, keiner von uns hatte die leiseste Ahnung, dass Cats Kräfte so groß waren. Die

Wahrheit dämmerte mir erst bei dieser unseligen Froschgeschichte. Und dann habe ich natürlich sofort nachgesehen, was mit Gwendolen und den sieben anderen Mädchen geschehen war. Gwendolen war in ihrem Element. Jennifer, die an die Stelle von Romillia kam, ist genauso zäh wie Gwendolen und hatte sich schon immer gewünscht, ein Waisenkind zu sein. Königin Caroline, die von Gwendolen verdrängt wurde, war auf dem Thron genauso unglücklich gewesen wie Romillia im Waisenhaus, sie hatte schon dreimal versucht wegzulaufen. Und mit den übrigen fünfen war es ungefähr das Gleiche. Sie haben es jetzt alle viel besser getroffen – alle außer dir vielleicht.«

Janets Gesicht tauchte hinter dem Taschentuch auf. Sie sah ihn voll Empörung an. »Warum haben Sie mir nicht gesagt, dass Sie alles wussten? Ich hätte mich nicht halb so vor Ihnen gefürchtet. Und Sie glauben ja gar nicht, in was für Schwierigkeiten Cat dadurch geraten ist – nicht zu reden davon, dass ich Mr Bagwash zwanzig Pfund schulde und keine Ahnung von der hiesigen Geographie und Geschichte habe! Das ist wirklich kein Grund zum Lachen!«, fauchte sie, weil alle lachten.

»Verzeih«, sagte Chrestomanci. »Glaub mir, die Entscheidung hat mir so viel Kummer bereitet wie schon lange nichts. Aber wer, um alles in der Welt, ist Mr Bagwash?«

»Mr Baslam«, sagte Cat widerwillig. »Gwendolen hat ihm etwas Drachenblut abgekauft, hat es aber nicht bezahlt.«

»Er verlangt unverschämt viel«, sagte Milly. »Und außerdem ist es gesetzlich verboten, wie du weißt.«

»Ich geh morgen mal zu ihm und werd ein Wörtchen mit ihm reden«, sagte Bernard aus der Hängematte. »Wahrscheinlich hat er sich inzwischen aus dem Staub gemacht. Er weiß, dass ich ein Auge auf ihn habe.«

»Warum hat Ihnen die Entscheidung Kummer bereitet?«, fragte Janet.

Chrestomanci warf sein Hühnerbein in hohem Bogen dem Drachen zu. Dann wischte er sich langsam und bedächtig die Finger mit seinem Taschentuch ab. Er blickte unbestimmt zu Cat herüber. »Wegen Cat«, sagte er endlich. »Es wäre uns viel leichter ums Herz gewesen, wenn Cat den Mut aufgebracht hätte, irgendjemandem zu sagen, was geschehen war. Wir haben ihm eine Menge Gelegenheiten dazu gegeben. Aber als er beharrlich den Mund hielt, dachten wir, er wisse vielleicht doch über das Ausmaß seiner Kräfte Bescheid.«

»Nein, überhaupt nicht«, sagte Cat. Und Janet, mit einem Mal ganz glücklich, dass sie jetzt alles fragen durfte, meinte: »Ich glaube, es war trotzdem ein schrecklicher Fehler. Wir sind ja nur aus Angst in diesen Garten geflüchtet und dabei haben wir uns und Sie beinah umgebracht. Es wäre wirklich besser gewesen, Sie hätten es uns gesagt.«

»Vielleicht«, räumte Chrestomanci ein, während er nachdenklich eine Banane schälte. Er sah Cat noch immer an. »Normalerweise sind wir Leuten wie den

Nostrums mehr als gewachsen. Ich wusste, dass sie durch Gwendolen etwas planten, und ich glaubte, Cat wisse es auch – verzeih, Cat. Ich wollte Gwendolen keine Minute hier haben, aber wir kamen nicht drum herum, wenn wir Cat zu uns nehmen wollten, und das wollten wir. Chrestomanci *kann* nur ein Magier mit neun Leben sein. Kein anderer ist stark genug für diesen Posten.«

»Posten?«, fragte Janet. »Es ist also kein erblicher Titel?«

Mr Saunders lachte. »Lieber Himmel, nein! Wir alle hier sind Regierungsbeamte. Chrestomancis Beruf und seine Aufgabe ist es, dafür zu sorgen, dass diese Welt nicht ganz und gar von Hexen und Zauberern regiert wird. Gewöhnliche Leute haben auch Rechte. Es ist ein sehr verantwortungsvoller Beruf. Und wir anderen sind seine Mannschaft und helfen ihm dabei.«

»Er braucht uns, wie er zwei linke Beine braucht«, bemerkte Bernard, der genüsslich in seiner Hängematte schaukelte.

»Ach, komm schon!«, sagte Chrestomanci. »Ohne dich wäre ich heute verloren gewesen.«

»Ich frage mich, wie es dir gelungen ist, den nächsten Chrestomanci zu finden«, sagte Bernard.

»Magier, die neun Leben haben, sind nicht so leicht zu finden«, erklärte Chrestomanci. »Erstens sind sie sehr selten und zweitens müssen sie ihre Zauberkraft erst mal benutzen, ehe man sie entdecken kann. Das hat Cat nicht getan. Wir hatten tatsächlich schon daran gedacht, jemanden aus einer anderen Welt zu holen, als Cat einer Wahrsagerin in die Hände fiel. Jetzt wussten wir zwar, wo, aber nicht, wer er war. Ich hatte keine Ahnung, dass es sich um Eric Chant handelte oder überhaupt einen Verwandten. Freilich hätte ich daran denken können, es war ja noch nicht gar so lange her, dass in meiner nächsten Verwandtschaft ein Vetter eine Kusine geheiratet hatte. Kinder aus solchen Verbindungen haben die doppelte Chance, mit Zauberkraft geboren zu werden. Und ich muss gestehen, Frank Chant hatte mir sogar einen Brief geschrieben, in dem er mir mitteilte, dass seine Tochter eine Hexe sei und sich in irgendeiner Weise ihres jüngeren Bruders bediente. Vergib mir, Cat. Ich habe mich nicht darum gekümmert, weil ich auf deinen Vater schlecht zu sprechen war. Ich hatte ihm angeboten, dafür zu sorgen, dass seine Kinder ohne Zauberkraft zur Welt kommen würden, aber er hat es rundweg und mit sehr unfeinen Worten abgelehnt.«

»Trotzdem verstehe ich nicht, warum Sie Cat im Ungewissen gelassen haben«, sagte Janet.

Chrestomanci sah Cat wieder mit diesem unbestimmten Blick an. »Erinnere dich«, sagte er. »Wir kannten einander noch nicht sehr lange. Zunächst sah die Sache so aus: Cat schien überhaupt keine Zauberkraft zu haben. Stattdessen gingen die Hexereien seiner Schwester weit über das Maß ihrer Fähigkeiten hinaus, sogar dann noch, nachdem ihr die Zauberkraft genommen war. Was sollte ich mir also denken? Wusste Cat, was er tat? Und wenn nicht, warum nicht?

Und wusste er's doch, was hatte er vor? Als Gwendolen verschwand und niemand ein Wort darüber verlor, hoffte ich, dass die Antworten von selbst kommen würden. Aber weit gefehlt. Cat tat noch immer nichts …«

Cat fühlte sich unbehaglich. Und verletzt. »Lasst mich in Ruhe!«, sagte er und stand auf. »Hört auf, mich wie ein rohes Ei zu behandeln. Ich bin weder beschränkt, noch bin ich ein Baby. Ihr habt doch bloß Angst vor mir, stimmt's? Ihr habt es für euch behalten und ihr habt Gwendolen nicht bestraft, weil ihr Angst hattet, ich würde irgendetwas Grässliches anstellen. Aber ich wusste nicht einmal, dass ich es konnte.«

»Mein Liebling, wir waren doch nicht sicher«, sagte Milly.

»Nun, jetzt seid ihr sicher!«, sagte Cat. »Und wenn ich doch mal etwas getan habe, dann war es verkehrt. Zum Beispiel in diesen Garten hier zu kommen – und Euphemia in einen Frosch zu verwandeln. Aber ich wusste nicht, dass ich es getan habe.«

»Vergiss es, Eric«, sagte Euphemia, die auf dem Abhang neben Will Suggins saß. »Es war nur der Schock. Und weil ich es dir nie zugetraut hätte. Ich werde auch mit Mary reden. Ich verspreche es.«

»Sprich auch mit Will Suggins, ehe es zu spät ist«, sagte Janet. »Weil er Cat nämlich sonst in der nächsten Minute in einen Frosch verwandeln wird.«

»Wie darf ich das verstehen, Will?«, fragte Chrestomanci.

»Ich habe es ihm angedroht – für drei Uhr, Sir«,

entgegnete Will Suggins ängstlich, »falls er nicht kommt und mir als Tiger gegenübertritt. Ich meine, der Tiger bin ich.«

Chrestomanci zog eine große goldene Taschenuhr hervor. »Hm. Passt vorzüglich. Verzeih, Will, aber das war nicht sehr klug von dir. Also los. Verwandle Cat in einen Frosch oder dich selbst in einen Tiger, oder beides. Ich mische mich nicht ein.«

Will Suggins rappelte sich mühsam hoch. Man sah ihm an, dass er wünschte, viele Meilen weit weg zu sein. »Also dann – der Teigklumpen tue das Seine.«

Wie nicht anders zu erwarten, gab Will Suggins einen wunderschönen Tiger ab. Lang gestreckt und geschmeidig, mit edlen, gleichmäßigen Streifen. Massig und mächtig schritt er den Hügel herunter. Aber Will Suggins machte diesen Eindruck gebändigter Kraft zunichte. Er rieb sich verzagt mit einer Pranke sein großes Katzengesicht und blickte Chrestomanci Hilfe suchend an. Chrestomanci lachte nur. Der kleine Drache schwänzelte den Hügel hinauf, um das fremde Tier zu beschnuppern. Will Suggins erhob sich in panischem Entsetzen auf die langen Hinterbeine. Es war ein Anblick, eines Tigers so unwürdig und so beschämend, dass Cat ihn auf der Stelle in Will Suggins zurückverwandelte.

»Er war gar nicht echt?«, fragte der Drache.

»Nein!«, sagte Will Suggins und wischte sich mit dem Ärmel über das Gesicht. »Also gut, Kumpel, du hast gewonnen. Wie hast du es so schnell geschafft?«

»Ich weiß nicht«, sagte Cat entschuldigend. »Ich

habe wirklich keine Ahnung. Werde ich das lernen, wenn Sie mir Zauberunterricht geben?«, fragte er Mr Saunders.

Mr Saunders blickte etwas ratlos. »Nun …«

»Die richtige Antwort ist nein, Michael«, sagte Chrestomanci. »Ganz klar, dass Cat mit Anfängerkram nicht sehr gedient wäre. Ich werde dich selber unterrichten müssen, Cat. Du beginnst dort, wo die meisten anderen aufhören.«

»Aber warum wusste er über seine Kräfte nicht Bescheid?«, beharrte Janet. »Es macht mich ganz krank, wenn die Dinge nicht sonnenklar sind.«

»Ich glaube«, sagte Chrestomanci, »es liegt in der Natur der Sache. Mir erging es ganz ähnlich. Ich konnte auch nicht zaubern, kein bisschen. Aber irgendwie fanden sie heraus, dass ich neun Leben hatte – ich verlor sie so rasch hintereinander, dass es nicht zu übersehen war. Und sie erklärten mir, ich würde und müsste der nächste Chrestomanci sein. Ich war total aus dem Häuschen, weil ich nicht den einfachsten Hokuspokus zustande brachte. Also schickten sie mich zu einem Lehrer – eine unsagbar Furcht erregende Person. Er sollte herausfinden, woran mein Unvermögen lag. Er maß mich von oben bis unten und sagte: ›Leere deine Taschen, Chant!‹ Das tat ich. Ich zog meine silberne Uhr heraus und ein Kronenstück und ein silbernes Amulett von meiner Patin und eine silberne Krawattennadel, die ich anzustecken vergessen hatte, und eine Silberspange, die ich auf meine Zähne stecken sollte. Und sobald das alles aus meinen Taschen war, machte ich ein paar wirklich Aufsehen erregende Dinge. Wenn ich mich recht erinnere, flog das Dach vom Haus meines Lehrers.«

»Die Sache mit dem Silber stimmt also wirklich?«, fragte Janet.

»Was mich betrifft, ja«, sagte Chrestomanci.

»Ja wirklich, du Ärmster«, sagte Milly und lächelte ihm zu. »Manchmal ist es peinlich. Er kann zum Beispiel nur mit Pfundnoten und Kupfermünzen umgehen.«

»Er muss uns das Taschengeld in Pennys auszahlen, wenn Michael mal nicht da ist«, sagte Roger. »Stell dir vor, sechzig Pennys in der Tasche!«

»Am schwierigsten ist es bei Tisch«, erklärte Milly. »Er ist unfähig, irgendetwas zu tun, wenn er Messer und Gabel in der Hand hat – und Gwendolen stellte beim Abendessen grässliche Dinge an.«

»Wie albern!«, sagte Janet. »Warum, um Himmels willen, verwenden Sie nicht Besteck aus rostfreiem Stahl?«

Milly und Chrestomanci sahen sich an. »Daran habe ich noch gar nicht gedacht!«, sagte Milly. »Janet, mein Liebling, es ist einfach fabelhaft, dass du hier bleibst!«

Janet sah Cat an und lachte. Und Cat lachte auch.